그들은 알지만
당신은 모르는
30 가지

그들은 알지만 당신은 모르는 30가지

이리앨 지음

STOREHOUSE

이리앨 님은 믿을 수 있는 분인가요?

가족, 선후배, 멘토, 전문가 등 내 인생 설계에 도움을 줄 사람들은 많다. 문제는 너무 많은 정보가 동시다발적으로 쏟아져 넘쳐흐르고 있다는 점이다.

요즘 가정에서 흔히 볼 수 있는 광경 중 하나가 TV를 앞에 두고 스마트폰으로 유튜브 시청을 동시에 하는 모습이다. 여러 플랫폼에서 내 입맛에 맞는 콘텐츠들이 동시에 쏟아지고 있기 때문인데, 안 그래도 바쁜 학생이나 직장인에게는 시간을 따로 내서 정보를 식별해 습득해야 하는 번거로움이 더해지기도 한다. 필요한 물건을 고르는 정도라면 후기만 몇 개 훑어봐도 되지만, 출처도 없이 무작위로 뿌려지는 가짜 정보들도 많기에, 우리는 의식을 깨워 공부하지 않으면 안 된다. 앞으로 이런 상황은 분명 더 악화될 수밖에 없다.

어느 날부터 갑작스레 유행처럼 번지는 '~하는 법' 마케팅 앞에서

너도나도 불속으로 뛰어드는 사람들을 보면서 초조한 마음이 들었다. 유튜브 '이상한리뷰의앨리스' 채널을 통해 평균 10분 내외의 영상을 만들어 전달하기 시작하면서 가장 먼저 들었던 말도 '이리앨 님은 믿을 수 있는 분인가요?'였다.

사람들의 정신적, 육체적 건강과 자산을 위협하는 덫을 쳐서 계속해서 유인하며 말초신경을 자극하는 '독성 마케팅'을 보면, 나뿐만 아니라 신뢰를 통해 관계를 발전해나가고 싶은 모든 사람들의 심신이 지쳤을 것이라는 생각이 들었다. 무엇보다 새로운 지식을 발굴하는 것도 좋지만, 발굴된 좋은 지식들을 잘 엮어 한데 모은, 마치 편집숍 같은 '지식의 큐레이션'이 지금 시기에 필요하다고도 생각했다.

그런데 고급 지식의 출처는 대부분 영어가 많고, 번역을 마친 결과물도 심한 의역이나 번역 투의 말투 때문에 어떻게 읽고 받아들여야 하는지 헷갈리는 것이 많다. 영어는 제2의 외국어가 아닌 만국 공통어다. 그런데 자극적인 마케팅과 번역의 과정을 거쳐 전달되는 과정에서 오히려 더 어렵고 복잡해져버린다. 그리고 또다시 이런 언어의 장벽 때문에 지식의 격차가 벌어지기도 한다.

정보의 격차로 인해 누군가가 이득을 보는 구조에서 가장 염려스러운 부분은 사회와 커뮤니티의 존속이 어려워진다는 점이다. 하버드대 교수이자 심리학자인 조슈아 그린은 "찰스 다윈의 자연선택은 인류가 어떻게 더 지능적이고 뛰어난지를 설명할 수는 있지만, 모두가 어우러져 사는 사회에 필요한 윤리 도덕에 관해서는 설명이 불가하다"고 말했다. 모두가 적자생존을 위해 자신의 이익만을 취한다면, '내'가 '우리'를 앞지르고, 결국 '모두가 사는 사회'는 무너진다. 그 누구도 살아남지 못한다는 의미다.

더 높은 실력, 스펙, 인맥을 갖추는 것은 적자생존의 논리에 길든 우리에게는 너무도 당연한 이치다. 하지만 계속 그렇게 가다가는 우리 모두를 의미하는 사회의 존립이 위협받는다. 아니, 사라질 것이다.

이 책은 정보의 선별과 격차를 줄이기 위한 노력의 결과물이다. 내가 할 수 있는 역량 안에서 바른 지식을 전달하고, 누구나 차등 없이 정보를 활용할 수 있다면 '모두가 모두를 위하는 사회'로 나아갈 수 있으리라 믿는다.

2021년 5월 이리앨

차례

Chapter 1

지금 어떤 상황인가?
성공을 이끄는 선택은 스스로 하는 것이다

Chapter 2
성공한 사람들에게 배워라
자신의 방식으로 전환하라

Chapter 3
평범하고 기본적인 것들의 위대함
삶과 사업을 두 배 성공시키는 스킬

Chapter 1

지금
어떤 상황인가?

성공을 이끄는 선택은 스스로 하는 것이다

급하지는 않지만 중요한 일을 해야
인생이 바뀐다

인생은 일과 책임의 연속입니다. 일을 우선순위별로 정리만 잘해도 인생이 정리되고 목표하는 바를 더 효율적으로 이루는 데 큰 도움이 됩니다. 인생을 마치 게임을 하듯 공략법대로 공략해서 일 처리의 효율을 높일 수 있는 방법을 소개해드리겠습니다. 첫 번째, '4순위로 일의 카테고리를 정하라'입니다.

1순위: 급하고 중요한 것
2순위: 급하지는 않지만 중요한 것
3순위: 급하지만 중요하지 않은 것
4순위: 급하지도 중요하지도 않은 것

워낙 유명한 공략법이어서 많은 분들이 아실 겁니다. 이 4순위 중에서 2순위에 속하는 일들을 미리 보고 어떻게 관리하는지가 성공의 관건입니다. 왜냐하면 급하고 중요한 일인 1순위는 누구나 다 당장 하기 때문입니다.

2순위에 해당하는 일을 예를 들면 네 가지가 있습니다.

1. 계획: 장기 계획을 세우고 계획을 어떻게 이룰지에 대한 계획. 예를 들면 유튜브 구독자 10만 명 달성 같은 겁니다.
2. 예방: 미리 해서 큰일로 번지지 않게 하는 것. 자동차를 정기적으로 점검하고 치과에 정기적으로 방문하는 것 등입니다.
3. 관계: 사랑하는 사람이나 배우자와 질 높은 시간을 보내고 사랑의 관계를 유지하는 것 등이 될 수 있습니다.
4. 새로운 기술을 배우는 것: 더 많은 부를 창출하기 위해서 새로운 기술을 배우거나 자기 계발을 끊임없이 하는 것, 혹은 새로 도입된 기술에 빠르게 적응하는 것 등입니다.

인생의 변화와 발전의 비밀은 2순위에 해당하는 일을 얼마나 해내고 관리하느냐에 달렸습니다. 누구나 다 머리로는 2순위가 중요하다는 것을 알고 있지만 그만큼 어려운 과제이기 때문입니다. 우리 모두가 급한 불 끄듯 1순위에 해야 하는 일에 치이거나, 3순위에 해당하는 이메일 통보, 누군가의 부탁을 대신 들어주는 일에 시간을 뺏기거나, 4순위에 속하는 넋 놓고 TV 보기, 넷플릭스 보기, 유튜브 보기, 웹 서핑 등에 시간과 에너지를 빼앗겨서 2순위로 해야 하는 일들이 잊히는 것입니다.

그럼 2순위의 일들을 잘 해낼 수 있는 두 가지 공략법을 알려드리겠습니다.

첫 번째, 자기 계발을 위해서 시간을 확보하라.

직장인을 기준으로 출근하기 전 한 시간을 투자해서 새로운 기술을 배우십시오. 월급 액수에만 꽂혀서 남들과 비교하며 불안감에 젖어 있는 것보다, 1시간 일찍 일어나 나의 가치를 높일 수 있는 기술을 계발하세요. 급하지는 않지만 중요한 2순위를 하는 것은 삶을 대하는 자세를 능동적으로 바꿉니다.

두 번째, 일에 데드라인을 설정하라.

수능 영어 문제가 일반 수준의 학생한테 어렵게 느껴지는 이유는 문제당 주어진 시간이 짧기 때문입니다. 어떤 일을 신속하고 정확하게 처리하는 능력은 시간을 확보해줄 뿐만 아니라 일에 대한 숙련도를 높여줍니다. 특히 새로운 스킬을 처음 배울 때 처음이니까 천천히 하나하나 하려는 생각보다, 화장실이 급한 사람처럼 빨리 배울 수 있는 나만의 방법을 찾아 정복해야 합니다. 어떤 일이든 빨리 배우는 데 자신 있다고 말하는 사람처럼 매력적인 사람은 없습니다.

그럼 새로운 스킬을 빨리 정복하는 세 가지 방법을 소개해드리도록 하겠습니다.

첫 번째, 콘테스트나 대회에 참가해라.

본인에게 스스로 도전할 기회를 주는 것입니다.

두 번째, 연중행사나 휴일에 엮어서 데드라인을 만들어라.

예를 들어 '나는 피아노를 배울 거야'라는 모호한 계획보다 '나는 이번 12월에 있을 결혼기념일에 〈You are so beautiful〉이라는 노래를 연습해서 내 배우자 앞에서 연주할 거야'라고 정하는 것이 훨씬 빠르게 스킬을 습득할 수 있는 방법입니다.

세 번째, 자신과의 약속을 어기면 페널티를 적용하라.

'내가 이렇게 할 거야'라고 세운 목표를 달성하지 못했을 때 지인이나 가족들에게 각각 10만 원씩 준다는 약속을 하십시오. 돈을 주지 않기 위해서라도 더 열심히 목표를 이룰 것입니다.

그럼 일을 4순위로 나눠서 하는 공식과 개념은 알겠는데, 당장 뭘 해야 하는지, 해야 할 많은 일 중에서 어떤 일을 선택해야 하는지 잘 모를 때 도움이 되는 두 가지 툴을 알려드리겠습니다.

첫 번째, 팀 페리스의 일 공식입니다. 표를 함께 보겠습니다.

내가 해야 되는 2순위에 해당하는 일이 유튜브라고 가정을 하고, 공식에 넣어보겠습니다. 처음 질문은 "내가 즐길 수 있을까?"입니다. 맞다

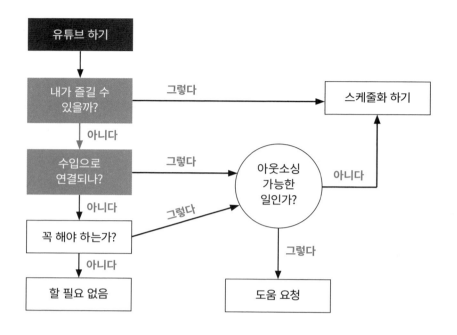

면 오른쪽으로 가서 스케줄에 넣고 실행하시면 됩니다. 만약 아니라면 다음 질문을 할 수 있습니다.

"수입으로 연결되나?" 돈을 벌 수 있는 것이 맞으면 오른쪽으로 갑니다. "아웃소싱 가능한 일인가?" 아니라면 다시 스케줄에 넣고 실행하면 됩니다. 반대로 내가 하는 유튜브를 다른 사람한테 맡겨 아웃소싱을 할 수 있다면, 이 일을 도울 수 있는 사람을 고용하거나 찾으면 됩니다.

다시 두 번째 질문으로 돌아가서 돈이 벌리지 않는다는 답이 나오면 그다음 질문으로 내려가면 됩니다. "꼭 해야 하는가?" 그렇다면 아웃소싱 질문부터 다시 시작합니다. 아니라면 해당 업무를 제외하면 됩니다.

몸관리	영양제 먹기	FSQ 90kg	인스텝 개선	몸통 강화	축 흔들지 않기	각도를 만든다	위에서 부터 공을 던진다	손목 강화
유연성	몸 만들기	RSQ 130kg	릴리즈포 인트안정	제구	불안정 없애기	힘 모으기	구위	하반신 주도
스테미너	가동역	식사 저녁7숟갈 아침3숟갈	하체 강화	몸을 열지 않기	멘탈을 컨트롤	볼을 앞에서 릴리즈	회전수 증가	가동력
뚜렷한 목표·목적	일회일비 하지않기	머리는 차갑게 심장은 뜨겁게	몸 만들기	제구	구위	축을 돌리기	하체 강화	체중 증가
핀치에 강하게	멘탈	분위기에 휩쓸리지 않기	멘탈	8구단 그래프트 1순위	스피드 160km/h	몸통 강화	스피드 160km/h	어깨주변 강화
마음의 파도를 안만들기	승리에 대한집념	동료를 배려하는 마음	인간성	운	변화구	가동력	라이너 캐치볼	피칭 늘리기
감성	사랑받는 사람	계획성	인사하기	쓰레기 줍기	부실 청소	카운트볼 늘리기	포크볼 완성	슬라이더 구위
배려	인간성	감사	물건을 소중히 쓰자	운	심판을 대하는 태도	낙차가 큰 커브	변화구	좌타자 결정구
예의	신뢰받는 사람	지속력	긍정적 사고	응원하는 사람	책 읽기	직구와 같은 폼으로 던지기	스트라이크 볼을 던질때 제구	거리를 상상하기

두 번째 툴입니다. 쇼헤이 오타니의 골 매트릭스입니다.

'쇼타임'이라는 별명으로 MLB에서 활동 중인 오타니 선수가 고등학교 1학년 때 그린 표입니다. 표를 보시면 중앙에 가로세로, 세 칸의 표가 있습니다. 표의 가장 중앙에는 목표를 넣어 두고 그 목표를 이루는 데 필요한 여덟 가지를 주변에 기재합니다. 그리고 여덟 가지 세부 목표를 더 세분화해서 가로세로, 세 칸의 표를 여덟 개 더 만듭니다. 파생된 각 표에 세분된 목표를 중앙에 기재하고, 그것을 이루기 위한 더 작은 목표를 여덟 칸에 기재해 맵핑을 합니다.

렌즈 이용법	조명 활용법	짐벌 촬영법						
야간 촬영	촬영	삼각대 촬영법		콘텐츠			시간 확보	
주간 촬영	카메라 작동법	카메라 구도						
			촬영	컨텐츠	시간 확보			
	구독자 늘리기		구독자 늘리기	유튜브 성공	끈기		끈기	
			썸네일 하는 법	댓글 관리	멘탈 관리			
	썸네일 하는 법			댓글 관리			멘탈 관리	

오타니 선수의 매트릭스에 따라 유튜브 성공을 목표로 표를 작성해 봤습니다. 성공을 위한 여덟 가지 항목 중 촬영을 직접 해야 한다면 촬영과 관련해 할 일 여덟 가지를 적고 매일 실행하면 됩니다.

많은 사람들이 2순위에 해당하는 일들이 중요한데 하지 않는 이유는 급하지 않기 때문입니다. 그렇다면 2순위의 일들을 1순위처럼 급하고 중요하게 만드는 방법은 무엇일까요? 여러분들이 하루에 1시간을 어떻게든 확보해서 그것을 가장 먼저 하는 것입니다. 데드라인까지 정하고 이루지 못했을 때 페널티까지 적용하면, 더 효과적으로 2순위의 일을 1순위처럼 해낼 수 있습니다.

TIP+KEY

1. 일의 카테고리를 정하라.

   1순위: 급하고 중요한 것

   2순위: 급하지는 않지만 중요한 것

   3순위: 급하지만 중요하지 않은 것

   4순위: 급하지도 중요하지도 않은 것

2. '급하지는 않지만 중요한 것'에 속하는 일들을 어떻게 관리하는지가 성공의 관건
   이다.

3. '급하지는 않지만 중요한 일'을 해낼 수 있는 두 가지 공략법

   첫 번째, 자기 계발을 위해서 시간을 확보하라.

   두 번째, 일에 데드라인을 설정하라.

4. 새로운 스킬을 빨리 정복하는 세 가지 방법

   첫 번째, 스스로 도전할 수 있는 콘테스트나 대회에 참가하라.

   두 번째, 연중행사나 휴일에 엮어서 데드라인을 만들어라.

   세 번째, 자신과의 약속을 어기면 페널티를 적용하라.

미루는 습관을 없애면
하고 싶었던 일을 할 수 있다

미루는 버릇의 사전적 정의는 '해가 될 것을 알면서도 지연하는 행위'라고 합니다. 여러분이 어떤 일을 할 때 3시간을 미루는 습관이 있고 그것을 1년 동안 계속했다면, 45일 동안 계획한 것을 지연한 셈입니다. 그리고 이것을 10년 동안 반복했다면 64주, 즉 1년 2주 정도를 낭비한 셈입니다. 그리고 이 시간은 지나면 돌려받을 수 없습니다.

하지만 어떤 새로운 기술을 배울 때 투자한 시간과 노력에 비례해 실력이 천천히 상승하지 않습니다. 시간이 지남에 따라 갑자기 가속도가 붙는 것처럼 점점 더 잘하게 되는 '스노우볼 이펙트(Snowball effect)'가 일어나지요. 다시 말하면 미루지 않고 일단 시작해서 꾸준히 한다면, 어느 순간 가속도가 붙어서 어떤 한 분야를 수월하게 섭렵할 수 있다는 뜻입니다.

그런데 우리는 대부분 더 재밌는 것을 위해 덜 재밌는 것을 미룹니다. 어떤 특정한 개인한테만 일어나는 현상이 아니라 인간의 본성이기에 대부분의 사람들이 마찬가지입니다. 이런 미루는 습관을 극복하기 위한 3단계를 말씀드리겠습니다.

첫 번째, 일을 미루게 하는 원인을 파악하라.
두 번째, 그 원인에 대한 명확한 공략법을 설정하라.
세 번째, 단기적인 유혹을 제압하라.

일을 미루게 하는 원인의 유형은 다섯 가지로 정리할 수 있습니다.

유형 1. 완벽주의입니다.

대체로 이런 분들은 일을 마무리하는 데 취약합니다. 시작한 프로젝트를 추가하고 지우고 편집하는 반복의 늪에서 못 벗어납니다. 거의 죽을 때까지 완벽한 타이밍과 방법만 찾다가 인생이 끝나기 쉬운 스타일입니다. 그래서 이런 완벽주의 스타일들이 공략할 목표는 끝내기를 두려워하는 마음입니다.

유형 2. 몽상가 스타일입니다.

이런 유형에 속한 분들은 이상적입니다. 이 때문에 계획을 위한 계획을 세우지만 실행하지는 못합니다. 꿈을 많이 꾸기 때문에 굉장히 창의적입니다. 하지만 시작하지를 못합니다. 꿈만 꾸다가 끝나는 인생이 많습니다. 이런 분들이 공략할 목표는 시작을 두려워하는 마음입니다.

유형 3. 자기 비하 스타일입니다.

실수할까 봐, 혹은 일을 그르칠까 봐 두려움이 많은 스타일입니다. 그렇기 때문에 아무것도 하지 않으면 나쁜 일이나 실수는 아예 일어나지도 않는다는 결론에 다다른 분들입니다. 이분들이 공략할 목표는 실패에 대한 두려운 마음입니다.

유형 4. 위험한 것을 즐기는 외줄 타기 스타일입니다.

마지막 순간까지 일을 미루는 스타일로 시간 계산을 못합니다. 한 가지를 시작했을 때 나머지 일들이 생각나면서 동시에 여러 가지 일을 진행합니다. 시간 안에 어떤 일을 끝낼 수 있다는 자기 확신이 강한 스타일입니다. 이분들이 공략할 목표는 일하는 데 너무 많은 시간이 드는 것을 두려워하는 마음입니다.

유형 5. 일벌 스타일입니다.

게으르거나 일을 하지 않는 것은 아닌데 진짜 해야 할 일을 하지 못하고, 느낌상 해야 할 것 같은 일을 하는 스타일입니다. 이런 분들은 우선순위를 정하는 것을 싫어합니다. 그리고 자꾸 급한 일에만 집중합니다. 이분들이 공략할 목표는 노력하기를 싫어하는 마음입니다.

여러분들은 어느 유형에 속하나요? 본인의 유형을 파악했다면 유형별로 공략법을 선택하면 됩니다.

첫 번째 유형인 완벽주의자는 완벽함을 재정의할 필요가 있습니다. 최대한 냉정하고 객관적인 방법으로 일을 분류하고, 구체적인 목표를 세워 일을 진행하고, 어떤 결과가 나올지 예상하는 연습을 계속해야 합니다. 앞에서 살펴본 4순위로 일의 카테고리를 정하는 방법에 따라 반드시 해야 하는 1순위에 집중하고 시간과 에너지를 가장 많이 투자해야 합니다. 그리고 안 해도 되는 3순위 일을 하고 싶은 욕구를 잠재우는 방법을 찾아내야 합니다.

한 가지 팁을 드리자면 시간 제한을 활용하는 것이 많은 도움이 되는데요. 정해진 시간이 지나면 일에서 손을 떼는 연습을 하세요. 이런 연습을 반복하면 여러분은 시간 안에 효율성을 극대화하면서 결과까지 얻는 방법을 터득할 수 있습니다.

두 번째 유형인 몽상가 스타일에게는 명료성이 약입니다. 여러분들이 가진 비전을 목적으로 바꾸십시오. 어떤 결과를 원하는지, 어떤 것에 투자하기 원하는지를 스스로에게 질문하고 답을 찾으려고 노력하십시오.

그리고 해야 하는 일들을 쪼개십시오. 꿈을 현실로 만들기 위해서 실현 가능한 목표를 세우는 것이 중요합니다. 가능하다면 목표를 이루는 과정을 블로그, 일기 등의 툴을 통해 기록하십시오. 모호함을 없앰과 동시에 눈에 보이지 않는 가치를 볼 수 있는 법을 배울 수 있습니다.

그리고 몽상가 스타일은 철저히 스케줄에 따르는 연습을 해야 합니다. 해야 할 일을 쪼갠 다음 얼마나 시간이 걸리는지 재보십시오. 시간이 얼마나 드는지 미리 계산해보면 본인 능력으로 가능한 일인지 능력 밖의 일인지를 판단할 수 있게 됩니다. 몽상가 유형은 반드시 이룰 수 있는 것을 목표로 잡아야 합니다. 이렇게까지 하는 이유는 모호한 것을 제거하기 위함입니다.

세 번째 유형인 스스로를 비하하는 스타일은 실수를 가장 두려워하기 때문에 자신의 마음을 잘 파악해야 합니다. 예를 들어 살을 빼고 싶다는 욕구가 올라왔을 때, 내가 왜 살을 빼고 싶은지 스스로에게 물어보십시오. 이성에게 잘 보이기 위해서인지, 뚱뚱하다고 놀림당하는 게 싫어서인지 등 어떤 마음 때문에 그런 생각을 하게 되는지부터 파악합니다. 그 마음을 파악했다면 두려움을 극복하고 리스크를 관리할 수 있게 됩니다.

스스로를 비하하는 스타일은 두려움이 가득한 분들이기에 무엇보다 두려움을 관리하는 것이 가장 중요합니다. 몽상과 스타일과 마찬가지로 일을 손쉽게 할 만한 것들로 쪼개고 쪼개십시오.

마지막으로 자신만의 루틴을 만드십시오. 꾸준함만이 두려움을 공략할 수 있습니다. 하루 이틀 만에 되는 쉬운 일이 아닙니다. 매일 연습하고 매일 행동에 옮기십시오. 매일 조금씩 발전하는 것에 집중하십시오.

네 번째 유형인 외줄 타기 스타일은 닥쳐서 일하는 유형입니다. 한마디로 이 유형의 사람들은 노력하기를 아주 싫어합니다. 일하는 건 괜찮은데 돌아보고 재정비하고 재조립하는 것을 싫어하는 스타일입니다. 군대처럼 시키는 대로만 일하는 것이 가장 편하다고 생각하지요.

이런 분들은 앞서 소개해드린 것처럼 일의 우선순위를 분류해서 집중적으로 해나가고, 일의 데드라인을 설정하십시오. 앞의 유형에서도 데드라인 설정법이 있기는 했습니다. 하지만 닥쳐서 하는 스타일은 데드라인을 통해서 시간의 압박을 느끼는 것이 무엇보다 중요합니다. 이것이 적당한 스트레스로 작용해서 일을 계속할 수 있도록 돕기 때문입니다. 시간과 에너지를 1순위, 2순위에 집중해서 쓰고, 3순위에 대해서는 정해진 시간 안에서만 하고, 그것을 초과해서 시간을 쓰지 않도록 합니다.

마지막으로 해야 할 일을 체크리스트로 만들어 점수제를 적용하십시오. 예를 들어 1순위의 일을 마쳤을 때 4~5점, 2순위를 마쳤을 때 2~3점, 3순위를 마쳤을 때는 1점을 줘서 매일 한 일에 대해 점수를 매기고 총점을 내어 일별로 점수를 비교해보는 것입니다. 매일 점수를 비교하면 업무의 질적인 부분과 양적인 부분을 직접 점검할 수 있습니다. 무엇보다 중요한 원칙은 일을 한 번에 하나씩 끝내는 것입니다.

우리는 왜 미루는 습관을 극복해야 할까요? 일을 더 잘하기 위해서? 돈을 더 많이 벌기 위해서? 모두 맞지만 사실 우리가 진짜 원하는 것을 할 시간을 확보하기 위해서입니다. 만약 미루는 습관을 버릴 수 있다면 꼭 해야 할 일과 원하는 일에 시간과 에너지를 전부 쏟을 수 있습니다.

TIP+KEY

1. 미루는 시간이 하루 3시간씩 1년이면 45일, 10년이면 64주가 된다. 이 시간은 돌려받을 수 없는 시간이다.

2. 새로운 기술을 배울 때는 투자한 시간과 노력에 가속도가 붙는 것처럼 스노우볼 이펙트를 얻을 수 있다.

3. 미루는 습관을 극복하기 위한 3단계
   첫 번째, 일을 미루게 하는 원인을 파악하라.
   두 번째, 그 원인에 대한 명확한 공략법을 설정하라.
   세 번째, 단기적인 유혹을 제압하라.

4. 냉정하고 객관적인 방법으로 중요도에 따라서 네 가지 카테고리로 일을 분류하고, 반드시 해야 하는 1순위에 시간과 에너지를 가장 많이 투자하라. 안 해도 되는데 하면 좋은 3순위를 하고 싶은 욕구를 잠재우는 방법을 찾아라.

5. 꾸준함만이 두려움을 공략할 수 있다. 자신만의 루틴을 만들어라.

6. 미루는 습관을 극복해야 하는 이유는 우리가 진짜 원하는 것을 할 수 있는 시간을 확보하기 위해서다.

생각이 팩트와 멀어지면
잘못된 선택을 한다

인간이 이성적인 사고 과정을 할 때 감정은 방해 요소가 될 수 있습니다. 의사결정에 있어 인간의 약점일 수 있는 감정, 나아가 편견, 확증편향, 잘못된 사상 등에서 우리를 자유롭게 해 주는 방법을 열 가지로 깔끔하게 정리한 스웨덴 출신 의사 겸 통계학자가 있습니다. 바로 특유의 통계와 팩트를 기반으로 통념을 깨뜨리는 메시지를 담은 책『팩트풀니스(factfulness)』의 저자 한스 로슬링입니다.

2018년 출간된『팩트풀니스』는 인간의 본능에 대해 열 가지 방법으로 팩트 체크를 해주는 책입니다. 이 책의 저자 한스 로슬링은 처음부터 책을 출간하려는 목적을 가진 것이 아니라, 통계를 통해 세상을 있는 그대로 보도록 하는 목적의 테드(TED) 강의를 하면서 이 책의 출간까지 이어졌습니다.

저자 한스 로슬링을 한마디로 설명하자면 이과생이라고 표현할 수 있습니다. 책의 목차 구성만 봐도 전형적인 이과생 스타일입니다. 딱 10개의 챕터로 서브 챕터 같은 것 없이 일목요연합니다. 매우 깔끔하고 효율적인 구성입니다. 테드 강의 영상에서 보이는 프레젠테이션 모습도, 말투도, 딱 이과생 그대로입니다.

사람들의 통념을 단순한 통계치를 통해 뒤집어엎는 영상이 있습니다. 유럽을 포함한 서양 선진국 사회를 저출산, 핵가족, 늘어난 기대 수명으로 생각하고, 아시아와 같은 개발도상국들은 고출산, 대가족, 짧은 기대 수명이라고 생각했다면, 21세기에 들면서 완전히 달라졌습니다. 미국과 베트남의 가족 구성과 사회를 통계로 비교해보면, 1964년 때와는 달리 2003년에 들어서는 저출산, 핵가족, 그리고 길어진 기대 수명의 측면에서 베트남과 미국이 크게 다를 바가 없습니다. 바로 이런 부분을 통계로 접근하지 않고 통념으로만 접근했다가는 잘못된 결론을 도출할 수밖에 없습니다.

특히 스웨덴과 다른 국가들을 비교하면서 1891년의 스웨덴은 2017년의 레소토, 1921년의 스웨덴은 2017년의 잠비아, 1948년의 스웨덴은 2017년의 이집트, 1975년의 스웨덴은 2017년의 말레이시아와 비슷하다고 비교하고, 현재 21세기 스웨덴은 다른 나라들과 비슷한 수준이라고 합니다.

한스 로슬링이 강의나 책에서 하는 말을 한마디로 요약한다면 "데이터가 당신의 생각보다 더 낫다(Data is better than you think)"입니다. 팩트 체크를 통해 현 상황의 진위를 파악하는 것의 중요성을 강조하는 말입니다. 빌 게이츠는 오래된 편견과 사람들의 케케묵은 세계관이 변하기를 바라는 마음에서 2018년에 이 책을 전자책 버전으로 대학 졸업생들에게 무료로 배포했습니다.

많은 학교나 기관에서 오래된 통계 자료를 사용한다고 합니다. 개인마다 이미 가지고 있는 편견에 더해서 학교에서까지 이런 편견이나 오래된 통계에 의존하니 사람들은 더욱 통념이나 직관에 의존할 수밖에 없습니다.

한스 로슬링 박사는 미국과 유럽 미디어를 포함한 많은 사람들이 세계 영아 중 몇 퍼센트가 백신을 맞았는가에 대해 모두 틀렸다는 결과를 보여주면서, 그 결과가 침팬지가 맞출 수 있는 비율보다 더 낮다는 것을 지적했습니다. 또한 저자는 직관을 어떻게 활용하고 적용할 것인가에 관해 설명하면서, 인간의 직관 오류와 그 대처법에 관해서도 설명합니다.

먼저 저자가 책에서 말하는 인간의 열 가지 인식 오류에 대해 설명하겠습니다.

첫 번째, 사람들은 부자와 가난한 자를 나누는 것처럼 이분법적으로 사고하려고 한다. 서양 사람들도 발전한 서양 국가들과 발전하지 못한 비서양 국가들로 세계를 인식하려는 경향이 있다. 실제로 세계인의 소득 수준은 4단계로 보는 것이 더 적합하다.

두 번째, 사람들은 세상이 더 안 좋은 쪽으로 변해간다고 생각한다. 이는 미디어의 자극적 기사, 보도 편향, 과거 일들에 대한 부정확한 기억력, 발전과 향상에 대한 부정적 인식 때문이다.

세 번째, 사람들은 일이 한 방향으로만 계속 흘러갈 것으로 생각한다. 그러나 실제로는 한 방향으로 흐르다가 다른 방향으로 전환하기도 한다.

네 번째, 사람들은 폭력, 환경오염, 테러, 사고 등을 보도하는 대중매체의 다소 과장된 표현에 실제 이상으로 두려워한다. 두렵다고 말하는 것들을 찾아보고 읽음으로써 학습된 리스크인지 실제로 일어날 리스크인지 구분해야 한다.

다섯 번째, 사람들은 어떤 사건이나 일의 중요도의 크기를 가늠하지 못한다. 한 발자국 뒤로 물러서서 큰 그림을 보거나 쪼개어 보거나 같은 항목의 것들과 견주어가면서 보아야 알 수 있다. 예를 들어 코끼리 한 마리만 보고 코끼리가 크다고 말할 게 아니라, 코끼리는 진돗개 성견보다 30배 크다는 식으로 견주어 크기를 가늠해야 한다.

여섯 번째, 사람들은 잘못된 범주화를 한다. 범주화하는 것은 좋지만 같은 항목으로 분류된 것들이나 사람들이 다 비슷하다고 생각한다. 비즈니스의 경우, 제2, 3시장을 그저 가난한 국가들로 분류해, 구매력이 있는 시장을 놓치는 오류를 범한다.

일곱 번째, 사람들은 사람, 문화, 국가의 선택이 운명에 의해 결정 지어진 것으로 믿는 경향이 있다. 그리고 이것들은 고정되어 변하지 않을 것이라고 믿는다. 그 결과 사람들, 국가들은 특정한 방식대로 행동할 것으로 생각한다. 실제로는 사회와 문화는 계속해서 변하고 있다. 특히 천천히 변화하는 것을 변하지 않는 것으로 간주하는 오류에 주의해야 한다.

여덟 번째, 사람들은 한 가지 원인 또는 해결책만 생각하려는 경향이 있다. 전문가들도 자신의 전문 분야에 쉽게 편향되고 같은 이유로 다른 분야에 대한 지식이 부족하다. 비슷한 원리로 숫자는 우리가 세상을 이해하기 쉽게 도와주지만, 모든 것을 다 숫자로 설명할 수는 없다. 약은 질병과 싸우는 데 매우 중요한 역할을 하지만, 생명을 살리는 데 사용할 수 있는 유일한 방법은 아니다. 민주주의는 국가를 운영하는 데 매우 훌륭한 방식이지만, 경제와 사회의 성장을 이룩하기 위한 유일한 방법은 아니다. 이런 오류를 피하려면 나와 생각이 다른 사람과의 대화를 통해 내 생각이 맞는지를 계속 검증하는 작업을 하라.

아홉 번째, 사람들은 어떤 일이 잘못되거나 안 좋은 방향으로 흘러 갈 때 어떤 대상을 탓하고 싶어 하는 본능이 있다. 단적인 예로, 건물 바닥을 물걸레로 청소하는 청소부가 있는데 바닥에 물기 때문에 미끄러져 넘어졌다면, 왜 하필 사람이 다니는데 물걸레로 청소를 해서 내가 넘어지게 하냐고 탓하기 쉽다. 하지만 상황을 조금만 들여다보면 청소부가 물걸레로 청소를 할 때 바닥이 미끄럽다는 경고판을 세워두고 청소를 했으며, 내 부주의 또는 서투름 때문에 그 같은 상황이 벌어졌다는 간단한 팩트를 알 수 있다. 쉽게 말해 악당을 찾아 처치하려는 영웅 놀이에 빠지지 말라. 원인과 시스템을 파악하라.

열 번째, 사람들은 시간이 없다거나 너무 늦었다는 생각 때문에 문제나 기회에 달려드는 경향이 있다. 기간 한정 세일에 재고가 많지 않다, 서두르지 않으면 다른 사람이 사 간다는 말을 누구나 한 번쯤 들어 보았을 것이다.

한스 로슬링 박사가 이룩한 수많은 업적을 굳이 한마디로 표현한다면 통계를 통해 세계인의 인식을 업데이트시킨 것이라고 할 수 있습니다. 갭마인더 웹사이트(www. gapminder.org)에 방문하면 한스 로슬링 박사가 고안해낸 원과 그래프로 표현한 통계 프로그램을 직접 시연해볼 수 있습니다. 2019년 기준 기대 수명 대비 수입을 따져보면 한국은 레벨 4에 속해 있고, 한국, 미국, 캐나다, 프랑스, 일본보다 더 높은 수준에 머무는 나라 중 하나는 싱가포르입니다. 그뿐만 아니라 X축, Y축에 각각 수입, 기대 수명, 여성 1인당 출산율, 영아 사망률, 1인당 이산화탄소 배출량 등 다양한 항목 값을 넣어서 한눈에 데이터를 가늠할 수 있습니다.

백인우월주의를 가진 서양 사람들이나 역사적으로 먼저 발전을 이루었던 서양 선진국들이 다른 개발도상국들을 무시하는 동안, 다른 나라들은 엄청난 성장을 이루었습니다.

〈진격의 거인〉이라는 일본 애니메이션 작품의 감독 하야시 유이치로도 자기만의 세계 안에 빠져서 나오지 못하는 오타쿠들에게 세상 밖으로 나와 현실을 맞이하라는 메시지가 작품에 담겨 있다고 말한 적이 있습니다. 비슷한 맥락에서 한스 로슬링의 아들 올라 로슬링은 서양이 경제적으로 세계를 지배하는 시대는 이미 지났다는 것을 IMF의 GDP 통계를 기반으로 팩트 체크를 해줍니다. 서양의 기업들이 앞으로 돈을 벌기 위해서는 북미 이외의 국가권에 눈을 돌려야 한다고 조언하면서 말입니다.

정치, 경제, 사회 모든 분야를 정확한 팩트 기반으로 다 보지는 못합니다. 하지만 비즈니스의 경우 팩트 체크를 통해 세상을 제대로 보지 못하고 시장 조사를 제대로 하지 않으면 바로 손실이라는 결과로 이어집니다.

비즈니스처럼 눈에 가시적으로 결과가 보이지는 않지만, 누군가가 나와 비슷한 환경에서 시작했음에도 다른 결과가 나오는 이유 중 하나는 내 예측이 틀릴 수도 있는 상황을 미리 대비하는 자세 때문입니다.
나의 짧은 생각과 선입견은 잘못된 상황 판단으로 연결되고, 결국 의사
결정 오류를 낳습니다.

1. 팩트 체크를 먼저 하는 것은 우리 모두의 몫이다.

2. 한스 로슬링 박사가 말하는 인간의 열 가지 인식 오류.

　　첫 번째, 사람들은 부자와 가난한 자를 나누는 것처럼 이분법적으로 사고하려고 한다.

　　두 번째, 사람들은 세상이 더 안 좋은 쪽으로 발전한다고 생각한다.

　　세 번째, 사람들은 일이 한 방향으로만 계속 흘러갈 것으로 생각한다.

　　네 번째, 사람들은 폭력, 환경오염, 테러, 사고 등을 보도하는 대중매체의 다소 과장된 표현에 두려워한다.

　　다섯 번째, 사람들은 어떤 사건이나 일의 중요도의 크기를 가늠하지 못한다.

　　여섯 번째, 사람들은 잘못된 범주화를 한다. 범주화하는 것은 좋지만 사람들은 같은 항목으로 분류된 것들이나 사람들이 다 비슷하다고 생각한다.

　　일곱 번째, 사람들은 사람, 문화, 국가의 선택이 운명에 의해 결정지어진 것으로 믿는 경향이 있다.

　　여덟 번째, 사람들은 한 가지 원인 또는 해결책만 생각하려는 경향이 있다.

　　아홉 번째, 사람들은 어떤 일이 잘못되거나 안 좋은 방향으로 흘러갈 때 어떤 대상을 탓하고 싶어 하는 본능이 있다.

　　열 번째, 사람들은 시간이 없다 또는 너무 늦었다는 생각 때문에 문제나 기회에 달려드는 경향이 있다.

3. 비즈니스의 경우 팩트 체크 통해 세상을 제대로 보지 못하고 시장 조사를 제대로 하지 않으면 바로 손실이라는 결과로 이어진다.

자신감 때문에
실패했다

성공한 사람들은 어떤 일이 일어나든 감정적으로 대응하거나 부정적이지 않고, 상황을 최대한 냉철하게 분석하는 습관이 있습니다. 이미 일어난 일에 대해 반응하기 전에 해결책을 찾기 위해 먼저 팩트 체크부터 하는 것입니다.

성공하기 위해서는 자신이 누군지 제대로 아는 게 중요하다는 말 자주 들어보았을 겁니다. 내가 누군지 이것저것 해보면서 경험을 통해 알아갈 수도 있지만, 사람들이 보편적으로 특정 상황에서 어떤 반응을 하는지 연구한 학자들의 말을 참고하는 것도 빨리 나를 알 수 있는 방법 중 하나입니다.

인간으로서 나의 약점, 한계점을 알아보고 빨리 성공을 성취할 방법을 『보이지 않는 고릴라(Invisible Gorilla)』에서 설명하는 몽키 비즈니스 환상(Monkey Business Illusion)을 통해 알아보겠습니다.

저자 크리스토퍼 차브리스는 미국의 연구 심리학자이고, 대니얼 시
몬스는 인지 과학자 겸 실험 심리학자입니다. 책에서 두 저자는 인간의
여러 착각(illusion)에 관한 자신들의 연구 결과를 항목별로 나누어 설명
합니다.

첫 번째, 기대의 힘입니다. 한 선수가 미식축구 경기 중 당연한 듯
이 아무렇지도 않게 공을 들고 천천히 걸어갑니다. 미식축구 경기의 특
성상 공을 들고 빨리 도망갈 것을 기대했기 때문에, 느리게 걷는 사람은
아무도 잡지 않습니다.

두 번째, 변화의 무지입니다. 쉽게 말해 변화를 알아차리지 못하는
것입니다. 한 남자가 행인에게 길을 묻습니다. 그런데 중간에 커다란 액
자를 들고 지나가는 사람들이 시야를 가리는 사이, 길을 묻던 남자가 바
뀝니다. 하지만 길을 알려주는 것에 몰두한 행인은 이를 알아채지 못합
니다.

세 번째, 기억의 착각입니다. 프로 체스 선수에게 실험을 합니다. 첫
번째 실험에서는 체스 플레이에서 나올 수 있을 법한 패턴을 종이에 프
린트해 잠깐 보여준 뒤, 기억나는 대로 체스 말들을 배치하게 합니다. 체
스 선수는 거의 다 맞춥니다. 두 번째 실험에서는 같은 상황에서 체스 말
들을 패턴이나 룰에 관계없이 랜덤하게 배치한 것을 보여줍니다. 그리
고 기억에 의존해서 체스 말을 놓으라고 하면 제대로 맞히지 못합니다.

아무리 전문가라고 할지라도 일종의 패턴을 기반으로 이해한다는 것이죠. 이를 바꿔 생각해보면 사람이 하루아침에 갑자기 무엇을 잘하거나 성공하는 것은 불가능하다는 이야기도 됩니다.

네 번째, 자신감의 착각입니다. 자신감(Confidence)은 나쁜 뜻으로 쓰이는 경우가 거의 없는 단어입니다. 이왕이면 자신감 있어 보이는 태도와 말투를 중시합니다. 사회생활, 연애생활을 포함한 대인관계에서 꼭 갖추어야 할 덕목으로도 여겨집니다.

그런데 이 자신감은 사회 초년생에게나 통하는 말입니다. 자신 있어 보이게 행동하는 것보다 중요한 건 일을 얼마나 잘 처리하느냐, 주어진 일을 얼마나 정확하게 해내느지 여부입니다. 그래서 중간급 정도 되는 상사들은 절대로 튀는 행동을 하지 않고 말을 수차례 숙고한 후 내뱉습니다.

저자들은 자신감이 심리학자들이 사람의 성향을 분석하기 위해 정리한 다섯 가지 기준에 속하지 않는다고 말합니다. 심리학자들은 주로 다음의 다섯 가지 영역을 바탕으로 사람의 성향을 분석합니다. 민감성, 탄력성 등을 나누는 신경증(neuroticism), 외향적인지 조용한 성격인지를 가늠하는 외향성(extroversion), 어느 정도 창의적인지를 가늠하는 경험에 대한 개방성(openness to experience), 친근한지 도전적인지를 가늠하는 호감도(agreeableness), 효율적인지 부주의한지를 가늠하는 성실성(conscientiousness)입니다.

하지만 자신감 자체는 사람의 성격을 평가하는 기준에 들어가지 않는다고 합니다. 심지어 자신감(Confidence)이라는 단어의 앞 단어를 딴 Con-man, Con-artist를 사기꾼이란 뜻으로 쓰기도 합니다. 이런 Con-man을 말할 때, 빠지면 서러운 사람이 있습니다. 스티븐 스필버그 감독의 영화 〈캐치 미 이프 유 캔(Catch me if you can)〉의 주인공입니다. 레오나르도 디카프리오가 역을 아주 잘 소화했죠. 저자들은 책에서 영화의 장면을 자세하게 묘사합니다. 영화의 주인공 애버그네일은 이 자신감 있는 행동을 아주 어릴 적부터 시작했는데, 고등학교 때는 선생님인 척 연기를 하고, 열여덟 살 때는 팬암 항공사의 파일럿인 척 사기를 쳤습니다.

자신감과 관련된 몇 가지 항목들을 더 살펴보겠습니다. 저자들은 사람들이 새로운 기술을 배울 때, 실력이 낮을수록 과신을 한다고 말합니다. 하지만 실력을 키우는 과정에서 자신감이 느는 속도는 현저히 느려지고, 계속 실력이 향상하면 실제 실력과 자신감의 괴리도 줄어듭니다. 그리고 실력이 어느 정도 정점에 올라오면 그제야 제 실력에 맞는 자신감을 느끼게 된다고 합니다.

주목해야 할 점은 실력이 어느 정도 있는 상태가 아니라 실력이 전혀 없는 사람이 갖게 되는 과신(overconfidence)의 위험성입니다. 비즈니스 분야 유튜버들이 모든 대상에게 적용할 수 없는 종류의 사업에 대해 초보를 대상으로 강의를 하는 이유가 여기에 있습니다. 실력 없는 초보일수록 나는 할 수 있다는 과신을 하기 쉬운 상태이기 때문입니다. 이 과신에 더해 부자가 되고 싶은 욕망이 합쳐지면 강의는 잘 팔립니다.

저자들은 두 명의 의사를 예를 들어 말합니다. 자신의 의사 소견에 대해 자신 있게 말하는 의사와 확신이 없는 의사가 있다면, 우리는 자신 있게 말하는 의사를 더 실력 있는 사람이라고 여깁니다. 하지만 의사들을 의대생 때 성적으로 분류해보면 실력이 낮을수록 과신에 차 자신이 좋은 의사라고 착각할 가능성이 높다고 합니다.

그렇다면 이런 착각들을 어떻게 돈으로 연결할까요? 저자들은 여러 착각 가운데 원인의 착각(illusion of cause)으로 설명합니다. 원인의 착각이란 두 가지 일이 한 번에 일어났을 때, 한 가지 일이 나머지 일이 일어나는 데 연관성이 있다고 생각하는 착각입니다. 예를 들어 음모론 같은 것이죠. 아이스크림 소비량과 익사율이 관련이 있다는 것은 전혀 인과관계가 없는 예입니다. 아이스크림을 더 많이 먹을수록 익사를 하는 일이 더 많이 생긴다던가, 아이스크림을 먹은 사람들이 어떤 이유로 특히 익사를 많이 하게 되는 것도 아닙니다. 오히려 예상치 못한 제3의 요소가 있습니다. 그것은 여름의 뜨거운 열기입니다. 날이 더워질수록 사람들이 아이스크림을 더 많이 먹게 되는데, 같은 이유로 물에 들어가는 사람들이 많아지고 익사율 또한 높아지는 것입니다. 아이스크림과 익사율 사이에 '보이지 않는 고릴라'가 있었던 것입니다. 반대로 겨울에는 덥지 않기 때문에 아이스크림 소비량도 줄고 익사율 역시 줄어듭니다.

그럼 이것을 어떻게 돈으로 바꿀 수 있을까요? 정치적이건 사회적이건 사건, 사고는 항상 일어나게 되어 있습니다. 코로나로 인해 일자리를 잃어버리거나 경제적 타격을 받은 사람들이 있지만, 반대로 코로나 때문에 마스크 업자들은 대박을 맞았죠. 모든 시장에 다 집중할 수는 없습니다. 그래서 나만의 포트폴리오를 가지고 집중하며 시장의 흐름을 읽어내야 합니다. 하지만 모든 결과에는 상관관계뿐만 아니라 제3의 요소가 항상 있습니다. 이것이 바로 경제 지능(Financial Intelligence)이 중요한 이유입니다. 각종 정보를 토대로 이런 시그널들을 읽고 어디로 가야 할지, 무엇을 준비해야 할지를 알아야 하는 것입니다.

착각은 우리가 일상에서 하는 것입니다. 정상적으로 사고하더라도 내가 틀릴 수도 있다는 생각을 갖고 임해야 모든 일에 있을 실패를 획기적으로 줄일 수 있습니다. 하지만 "내가 분명히 맞다, 왜냐하면 난 수십억을 번 사람이니까"라고 말하는 사람들에게 우리는 너무도 쉽게 마음을 내어줍니다.

저자들은 사람들이 의사에게 자신의 의사결정권까지 내어준다고 말합니다. 사업하는 사람 중에는 분명 비싼 외제차를 끌 형편이 안 되는데도 굳이 끌고 다니는 사람들이 있습니다. 정확히 사람들의 기대심리와 착각을 이용하는 부류입니다. 그런데 이제 의식 있는 여러분들은 비싼 외제차에 속지 않습니다. 그렇다면 그런 부류들은 다음으로 외제차 대신 일 하지 않아도 자산이 저절로 증식되는 시스템을 갖췄다고 자신감에 가득 차 말하겠죠.『보이지 않는 고릴라』의 저자들은 저널리스트,

직장 상사, 광고주, 정치인은 의도적으로, 혹은 의도치 않게 자신이 원하는 결과를 얻기 위해 이런 착각을 이용한다고 말합니다.

어떤 면에서 보면 자신이 굉장히 중요한 사람이라는 자신감이 없이는 살아가기 힘든 사람들이 많은 것 같습니다. 우리 모두는 가치 있게 여겨지고, 가치 있는 일을 하기 원하죠. 정확히 이 부분을 노리고 경력과 실력이 없는 대중을 대상으로 하는 장사꾼들이 넘쳐나고 있습니다. 마케팅이나 광고도 초 단위로 알림을 내보내면서 이 제품이 필요하다고 우리를 설득시킵니다. 문제는 자신감 자체에 있는 것이 아니라 자신감을 사랑하는 것에 있습니다. 자신감으로만 일을 해결하려는 자세가 자신감의 환상에 빠지게 만듭니다.

TIP+KEY

1. 자신 있어 보이는 것보다 중요한 건 일을 얼마나 잘 처리하느지, 주어진 일을 얼마나 정확하게 해내는지 여부다.

2. 원인의 착각이란 두 가지 일이 한 번에 일어났을 때 한 가지 일이 나머지 일이 일어나는 데 연관성이 있다고 생각하는 착각이다.

3. 의식 있는 사람들은 외제차에 속지 않는다. 마찬가지로 자산이 저절로 증식되는 시스템을 누구나 만들 수 있다는 자신감 찬 말에도 속으면 안 된다.

멘토는
내 안에 있다

부자들은 절대 안 하지만 가난한 사람들은 매일 하는, 그래서 반드시 피해야 할 실수 세 가지가 있습니다. 『흔들리지 않는 돈의 법칙(Unshakable)』이라는 책에서 소개하는 '부자가 되기 위해 피해야 할 세 가지 실수'입니다.

이 책의 저자인 토니 로빈스는 작가이자 강연자, 라이프 코치, 박애주의자입니다. 어렸을 때 이혼으로 인해 가정이 해체된 경험을 여러 번 겪은 사람입니다. 영화 〈내겐 너무 가벼운 그녀〉에도 카메오로 출연한 적이 있습니다.

최근에는 넷플릭스에서 〈멘토는 내 안에 있다(I am not your guru)〉라는 다큐멘터리로 많은 사람에게 영감을 주기도 했습니다. 이 다큐멘터리의 장면 가운데, 자살 충동을 느끼는 젊은이에게 다가가 당신은 줄 것이 많은 사람이라고 말하면서 그 사람의 생각을 5분 만에 바꿔버리는 모습은 감동적입니다. 세미나를 그냥 쇼로 끝내버리거나 돈만을 목적으로 하지 않고 사람들을 진심으로 돕기 원하는 큰 에너지를 가진 사람입니다.

저자는 "나는 당신의 판사가 아니다, 나는 당신의 선생이 아니다, 나는 당신의 구세주가 아니다, 나는 당신의 구루가 아니다"라고 당당하게 말하면서 사람들에게 영적 멘토 역할을 하는 사람으로 유명합니다.

『흔들리지 않는 돈의 법칙』에서 토니 로빈스는 '인생은 무언가를 성취하는 것만이 아니라 본인의 소명을 다하는 것이다'라는 이해의 큰 틀 안에서, 투자 전문가들과 함께 돈, 부, 투자에 관해 이야기한 내용을 책에 담았습니다. 저자는 뇌과학을 바탕으로 한 라이프 코칭 경력이 많은 사람답게 책에서 일반인들이 부자가 되기 위해 반드시 알아야 할 조건들을 거침없이 이야기합니다.

"많은 사람이 부를 축적하지 못하는 이유는 자신의 뇌 때문이다."

부를 이루는 방법에도 80대20의 법칙이 적용된다고 하면서, 부를 이루는 데 실패하는 가장 큰 이유의 80%가 심리적 문제이고, 20%가 방법론적 문제라고 합니다.

가장 큰 실수 첫 번째는 내가 틀릴 수 있다는 것을 인정하지 않는 것입니다. 저자는 투자자들에게는 내가 맞다고 하는 확신이 가장 위험하다고 말합니다. 이 말을 좀 더 자세히 설명하면, 어떤 정보를 받아들일 때 자신만의 분석력을 바탕으로 내가 틀릴 수도 있다는 가정하에 나오는 다른 검증된 관점의 의견을 부지런하게 찾을 필요가 있다는 것입니다.

어떤 면에서는 부자나 사업가는 과학자 같기도 합니다. 한 페이지로 15분 안에 설명할 수 있는 기획력을 가지고 사업을 하거나, 돈을 벌수 있는 투자처를 찾아두고 그 가설이 맞는지, 허점은 없는지, 다른 관점으로 접근하면 어떨지, 사각지대는 없는지, 전천후로 살피는 모습은 본인이 세운 가설을 실험을 통해 증명하는 과학자와도 비슷합니다.

두 번째 실수는 최신 유행을 트렌드라고 착각하고 잘못된 투자를 하는 것입니다. 이 이야기는 투자자뿐만 아니라 일반인에게도 적용된다고 생각합니다. 유튜브를 비롯한 SNS에서도 자극적이고 '핫'한 콘텐츠가 있으면, 사람들은 그것에 꽂혀 당장 미래를 주도할 트렌드가 될 것이라 믿습니다. 지금 인기 있는 것이 미래에도 그럴 것으로 생각하기 때문에 투자자든 일반인이든 돈과 시간을 망설임 없이 쏟아붓습니다. 마케팅을 이용해서 쉽게 유행을 만들어서 베스트셀러, 베스트 아이템으로 둔갑시키면 처음에는 소비자들이 앞 다투어 소비하게 만들 수 있습니다. 하지만 꾸준히 팔리고 많은 사람에게 검증된 스테디셀러는 그렇지 않습니다.

토니 로빈스는 이것을 가장 잘 설명한 사건이 2016년 미국 대선이라고 설명합니다. 여성들이 사회에서 겪는 유리 천장을 부수겠다며 사람들에게 많은 관심과 호응을 얻었던 힐러리 클린턴의 사전 대선 예상

승률은 61%였습니다. 그리고 전날 저녁 8시에 바로 역전되었죠. 트럼프가 90%의 대선 예상 승률을 얻은 것이었습니다. 그리고 트럼프는 대통령이 되었습니다. 이것을 설명하는 심리 현상이 있는데, 바로 최신 편향(recency bias)이라고 합니다. 최근에 겪은 경험에 더 무게를 두어 미래를 예측하게 되는 현상을 의미하죠.

지금 유튜브를 보면 대부분 뭔가 있는 것처럼 본인의 사회적 위치와 부를 내세워 클릭을 유도하지만, 실제 내용은 그렇지 않은 것들이 많습니다. 이를 뒤집어 보면 모두가 그렇게 하고 있고 그것이 계속해서 최신 트렌드가 될 것이라고 믿기 때문입니다. 또한 이들이 유튜브 시청자들의 수준이 낮고 속이면 속는다, 속일 수 있다는 믿음을 갖고 있기 때문입니다. 그리고 누군가 대중을 깨울 수 있는 목소리를 내면, 그게 그들이 말하는 트렌드에 맞지 않거나 전략에 맞지 않기 때문에 밀약해 불씨를 꺼트리려고 하죠.

이영표 선수가 국가대표팀에 발탁된 이야기가 있습니다. 중학교 때부터 노력은 배신하지 않는다는 말을 믿고 꾸준히 열심히 해왔는데, 그렇게 노력했던 본인이 국가대표에 발탁되지 않았을 때 절망했다고 합니다. 하지만 절망도 잠시, 스스로 부족한 부분을 계속 점검하고, 다른 선수들이 날씨가 추워져 개인 훈련을 게을리할 때도 이영표 선수는 계속해서 개인 훈련을 진행했습니다. 그 결과 국가대표로 한 번 발탁되었던 선수들이 다시 발탁되지 못하는 경우가 많았지만, 이영표 선수는 한

번 대표팀으로 발탁된 이후 본인이 은퇴를 선언할 때까지 대표팀에 뽑히지 않은 적이 없었습니다.

토니 로빈스의 책에도 이런 명언이 적혀 있습니다.

"위대한 일은 유행과 대중의 의견에 굴복하는 사람들에 의해 이루어지지 않는다."

세 번째 실수는 지나친 과신입니다. '우리의 능력과 지식을 과대평가하는 것은 재앙의 레시피다'라고 책에 적혀 있습니다.

운전을 처음 배울 때 자주 들었던 말이 교통사고가 가장 자주 날 때는 운전 경력이 10년 정도 되었을 때라고 합니다. 10년 정도 경력이 쌓이고 무사고이면 평균 이상의 괜찮은 운전 실력을 갖췄다고 생각하고, 내가 컨트롤할 수 없는 도로 상황을 주의하지 않고 사고를 내는 것입니다. 여기에 숨겨져 있는 심리 현상이 바로 과신입니다.

토니 로빈스는 이 과신의 심리 현상에 카운터를 날리면서 세 가지 실수를 다 넘을 수 있는 해법을 두 가지로 설명합니다.

"진짜가 되어라. 그리고 정직해라.
당신이 특별한 재능이 없다는 것을 인정하는 것 자체가 재능일 수 있다. 왜냐하면 본인이 재능 있다고 과신하는 사람들보다 실수를 차단할 가능성을 더욱 높일 수 있기 때문이다."

토니 로빈스가 말하는 긍정을 끌어들이는 레시피, 부의 법칙, 라이프 코칭을 들으면 인간은 매우 흔들리기 쉽고 연약하다는 점을 다시 한번 깨닫게 됩니다. 어찌 보면 "인간은 신념을 담는 그릇을 가지고 있다"의 다른 표현 같기도 합니다. 무엇을 받아들이고 믿기로 결정했느냐에 따라 선택, 행동, 마인드에 영향을 미치고, 이것을 반복했을 때 어떤 결과를 이루게 되는 것처럼 말입니다.

한 실험에서 모르는 사람이 지나가는 사람을 붙들고 본인이 들고 있던 따뜻한 커피를 잠깐만 들어달라고 부탁을 한 뒤 신발 끈을 묶고 고맙다고 인사하는 것을 100명에게 하고, 같은 방법으로 지나가는 사람을 멈춰 세우고 잠깐 아이스커피를 들어달라고 부탁을 한 다음에 신발 끈을 묶었다고 합니다. 그리고 30분 후에 사람들을 보내서 커피 드는 것을 도와주었던 모든 사람에게 한 이야기를 읽게 했습니다. 그 후 이야기의 주인공에 대해 어떻게 생각하는지 물었을 때, 차가운 커피를 들었던 사람 중 81%가 주인공을 차갑고 냉정한 사람으로 평가하고, 따뜻한 커피를 든 80%의 사람들이 주인공을 따뜻하고 배려심 많은 사람으로 평가했다고 합니다. 바로 '프라이밍(priming)'입니다.

돈이라는 건 있다가도 없다는 말을 흔히들 합니다. 유명한 연예인 중 50센트, 조니 뎁은 수백억 자산가였는데 흥청망청 낭비하다가 파산 지경에 이르렀죠.
어찌 보면 부라는 것은 돈이라는 액수로 표현할 수 있는 실존 같지만, 사실 인간의 심리와 감정에 따른 계속되는 선택과 결정의 결과가 아닌가 생각됩니다. 그리고 인간은 너무도 쉽게 심리와 감정, 그리고 환경에 지배당하는 존재인 것 같습니다. 토니 로빈스가 말한 80대20의 법칙에서 심리가 80%를 차지한다고 했던 것처럼 말입니다.

토니 로빈스의 접근법이 정답이라고 할 수 없고, 그가 전하는 메시지, 그가 하는 방식을 그대로 베껴서 숨겨져 있는 사업의 비밀을 밝힐 수 있는 것도 아니지만, 그의 통찰은 롤모델로 삼아도 될 만큼 가치 있다고 생각합니다. 어떤 면에서는 내 인생의 진짜 주인공이 되는 매뉴얼을 알려주고 있습니다.

TIP+KEY

1. 부자가 되기 위해 하지 말아야 할 실수 세 가지.

첫 번째, 내가 틀릴 수 있다는 것을 인정하지 않고, 내가 맞다고 생각하는 것을 반대하는 생각을 환영하지 않는다.

두 번째, 최신 유행을 트렌드라고 착각하고 잘못된 투자를 한다.

세 번째, 지나친 과신이다.

인간이 결정하는 한
해답은 있다

성공 자체가 인생을 빛나게 해주고 더 행복하게 만들어주는 것은 아닙니다. 그런데도 우리는 성공한 사람을 다른 세계의 사람인 것처럼 대하고 부러워합니다. 시스템화된 도시 체제 안에 기대어 재화와 서비스를 이용하고 있기 때문입니다. 시골로 내려가 자급자족하는 법을 익히지 않는 이상, 우리는 앞으로도 우리의 전문 분야가 아닌 것들에 대가를 지불하고 살아가야 합니다. 그런 의미에서 돈은 꼭 필요한 서비스를 이용할 수 있는 티켓이 되어버렸죠.

미국의 한 기관의 조사 결과 부자가 된 사람 중 80%는 자기 사업을 일으킨 사람들이라고 합니다. 사업을 통해 큰돈을 일시금으로 받은 효과를 얻는 것입니다. 그들처럼 부를 이루기 위해서는 많은 사람을 대상으로 사업을 해야 한다는 결론에 이르는 것이 대세인 것 같습니다. 그렇다면 더더욱 사람들에 대해, 그들의 심리와 생각에 대해 제대로 알아보고 성공률을 높이는 사업 계획을 구상하고 준비할 필요가 있습니다.

실제로 심리학과 경제학의 접점을 이룬 학문 분야가 있습니다. 바로 돈 되는 심리학, 행동 경제학(Behavioral Economics)입니다.

행동 경제학은 심리학의 한 갈래로써 개인이나 기관의 의사결정 과정의 경제학을 연구하는 학문입니다. 경제학 이론을 바탕으로 사람들의 의사결정이 얼마만큼 심리, 인식, 감정 그리고 사회적 요소가 반영되는지를 연구합니다. 나아가 인간이 늘 합리적인 결정만을 하는 것은 아니라는 것을 증명하기도 합니다. 특히 인간이 자만감, 자기 제어 등의 인간적인 요소를 어떻게 컨트롤하는지를 연구해서 투자의 성패를 가르는 데 도움을 주는 학문입니다.

이해를 돕기 위해 행동 경제학적 측면에서 몇 가지 예를 한번 살펴보겠습니다.

영화 〈인셉션〉을 보면 한 기업을 물려받은 사람의 마음을 바꾸기 위해 그 사람의 꿈속으로 들어가 심리와 감정을 이용해서 생각을 심는 장면이 나옵니다. 이 영화의 주인공을 맡은 레오나르도 디카프리오는 원래 꿈을 통해 상대방의 비밀을 빼내는 일을 했는데, 중요한 결정을 하는 것 때문에 자신의 스승이자 극중 아내의 아버지를 찾아갑니다. 그만큼 의사결정이 이윤을 극대화하기 위한 경제학 원칙에 기반을 두고 있지만 "결정을 내리는 이는 인간이고, 인간 고유의 심리, 감정 등의 요소들은 배제할 수가 없으며, 늘 합리적인 결정을 내리는 것이 아니다"는 것을 증명하는 좋은 예입니다.

　우리 주변을 보더라도 다 큰 성인이 되어 지식이나 정보가 부족한
게 아님에도 불구하고 큰 결정을 내리기 전에 꼭 주변의 멘토나 의지하
는 사람을 찾아가 묻는 경우가 많습니다. 내가 보지 못하는 부분이나 나
의 의사결정에 있어 최적화되지 않은 부분에 대해 점검도 받고, 더 나은
결정에 도움이 되는 요소를 찾기 위해서 그렇게 하는 것입니다.
　주변 사람들 또는 멘토를 찾아가 묻는 분들은 일반적으로 지혜가
있다고 여겨집니다. 그 이면에는 본인의 결정이 늘 합리적이지만은 않
다, 틀릴 수도 있다는 사실을 인정하고 있기 때문입니다. 따라서 이들은
더 나은 선택을 할 가능성도 높습니다.
　바로 이점 때문에 일을 성공시키고 돈을 벌기 위해서 여러분들이
내리는 의사결정이 얼마만큼 감정, 이성, 심리의 영향을 받았는지 행동
경제학적으로 바라보는 것이 중요합니다. 그런데 말처럼 쉬운 과정이
아니라서 롤모델과 목표 설정이 큰 역할을 합니다.

　많은 성공한 사람들의 공통점은 행동 경제학적으로 봤을 때 의사결
정을 매우 잘한 사람들입니다. 그렇다면 듀크 대학 교수이자 행동 경제
학자 댄 아리앨리가 말하는 우리의 의사결정에 미치는 영향에 대해 알
아보겠습니다.

　댄 아리앨리는 본인의 책인 『상식 밖의 경제학(Predictably Irrational)』

에서 여러 가지 실험을 통해 인간이 어떤 상황에서 비합리적으로 반응하는지 증명합니다. 몇 가지 살펴보겠습니다.

첫 번째, "모든 것은 상대성이 있다."

책의 초반에 보면 저자가 〈이코노미스트〉의 구독 가격 정책에 대해서 말합니다. 경제 잡지 〈이코노미스트〉는 고객을 대상으로 세 가지 가격 옵션을 줍니다. 온라인 구독 59달러, 프린트 버전의 잡지 구독 125달러, 온라인과 잡지를 모두 구독했을 때 125달러. 이 딜을 본다면 마지막 것을 선택하는 것이 더 합리적이라고 생각할 사람들이 많을 겁니다. 실제로 실험 결과도 그랬습니다.

그리고 세 가지 구독 옵션 중 한 가지를 뺀 후 다시 실험했다고 합니다. 이코노미스트 온라인 구독 59달러, 또는 온라인과 잡지 구독 125달러로 두 가지 옵션만 주었을 때, 사람들은 온라인 구독만 하는 것이 더 합리적인 선택이라고 생각했다고 합니다. 이것이 바로 상대성을 이용하는 것입니다.

저자는 이 상대성을 이용해서 데이트에서 튀는 사람이 되는 법을 소개합니다. 예를 들어 내 마음속에 원하는 남자를 애인으로 만들기 위해 초반에 자신과 비슷하지만 매력이 조금 떨어지는 외모의 친구들을 데리고 나가라고 조언합니다.

두 번째는 "가격의 힘"입니다.

서양 사회에서는 물건 가격에 대해 매우 보수적이고 합리적으로 접근하는 편입니다. 예를 들어 축구화 같은 경우에는 신모델이 출시될 때마다 서너 가지 버전이 함께 나오는데, 같은 패밀리 디자인이지만 가장 비싼 옵션부터 가장 저렴한 옵션까지 다양하게 출시하는 것입니다. 가격대별로 그 신발이 정말 가격에 합당한지를 따져보고, 자신의 형편에 맞는 선택을 하는 사람들이 많기 때문입니다.

그런데 건강과 관련해서는 그렇지 않습니다. 한 알에 2.5달러짜리 약이 있습니다. 한 실험에서 저자는 그 약을 특정 기간만 10센트로 할인 판매한다는 브로슈어를 나눠주었습니다. 그 결과 약이 한 알에 2.5달러일 때는 거의 모두가 구매했지만, 10센트일 때는 평소보다 절반의 사람만 구매했다고 합니다. 특히 '지급한 가격만큼의 물건을 받는다(You get what you pay for)'는 인식을 여기에 적용해서 약이 비쌀수록 건강에 더 좋을 것이라고 생각한 것입니다. 이 점을 사업에 적용해보면 우선 셀링 포인트를 잡은 다음 왜 이런 가격이 형성되었는지를 잘 전달하는 것에 집중해야 합니다.

스타벅스 창업자 하워드 슐츠의 경우 스타벅스가 기존의 다른 커피숍들과 어떻게 차별화될 수 있는가에 대해 깊이 고민했다고 합니다. 그러고는 가격을 높게 책정하는 대신 커피숍 안에 들어왔을 때 분위기에 집중했습니다. 다른 커피숍에서는 스몰, 미디엄, 라지 사이즈라고 하지만, 스타벅스에서는 톨, 그란데, 벤티라고 말하죠. 이름이 귀찮아서 "중간 사이즈 커피 주세요"라고 해도, 직원은 콕 집어서 "그란데 사이즈 맞으시죠?"라고 합니다.

세 번째 포인트는 "가격의 또 다른 측면"입니다.

왜 어떤 제품들은 가격이 터무니없이 높은지 알 수 있는 부분입니다. 진주의 왕이라 불렸던 보석상 살바도르는 한 프랑스인의 제안에 따라 타히티에서 흑진주를 가져다 팔게 되었습니다. 그런데 이 흑진주의 세일즈는 예상과 달리 완전 실패로 돌아갑니다. 고민 끝에 그는 친구인 보석상계의 큰손 해리 윈스턴을 찾아가 다이아몬드, 루비, 에메랄드가 비치된 쇼케이스에 흑진주를 함께 전시해달라고 부탁합니다. 그러고 나서 흑진주의 가격은 천정부지로 치솟게 되었죠.

여기서 저자가 이야기하는 가격이 결정될 때 발생한 오류는 임의적 일관성(Arbitrary Coherence)입니다. 쉽게 말해 가격은 뜬금없이 형성된다는 점입니다. 그럼 이 임의적 일관성이 일반 개인에게도 적용될까요?

저자는 주민등록번호 끝자리가 개인이 물건 값을 내는 데 얼마까지 영향을 주는지 실험을 했습니다. 미국의 주민등록번호인 사회보장번호 끝자리 두 개를 숫자의 크기대로 다섯 개의 항목으로 나누어 조사했습니다. 여러 데이터 중 하나만 예를 들겠습니다. 한 무선 키보드의 가격을 정하는 데 얼마까지 구매 의향이 있느냐는 질문에 주민등록번호 끝자리가 00에서 19 사이의 사람들은 16.90달러, 끝자리가 20에서 39 사이인 사람들은 26.82달러, 끝자리가 40에서 59 사이의 사람들은 29.27달러, 60에서 79 사이의 사람들은 34.52달러, 80에서 99 사이의 사람들은 55.64달러의 평균치가 나왔습니다. 그리고 상관관계의 수치가 -1에서 1 이 최소와 최대치의 결과인데 0.52의 결과가 나왔습니다. 그 외에 나머지 항목들은 최소 0.32에서 0.42 사이의 상관관계 지표가 나왔다고 합니다.

이를 통해 저자가 강조하고자 하는 것은 오리가 알을 깨고 나오자마자 보이는 주체에 각인(imprint)이 되어 엄마처럼 따르듯이, 사람들은 무의식적으로 처음 꽂힌 가격에서 잘 헤어 나오지 못한다는 것입니다. 이 실험 결과가 우리에게 시사하는 바는 무엇일까요?

저자는 이렇게 묻습니다. "우리는 어떤 것에 앵커링되어 임의적인 의사결정을 하고, 이 결정들이 모여 오늘날 우리를 만들게 된 것이 아닐까요?"라고 말입니다. "지금까지 뭔가에 각인된 채로 직업을 고르고 배우자를 만나고 어떤 옷을 입을지 정한 것은 아닐까요?"라고까지 묻습니다.

철학자 데카르트가 말했던 "나는 생각한다. 고로 존재한다(Cogito Ergo Sum, I think therefore I am)"는 말과는 정반대로, 우리는 생각 없이 처음에 꽂힌 생각들을 기반으로 결정하고 행동한다는 결론이 나왔다면 앞으로는 어떻게 해야 할까요?

저자는 소크라테스의 말을 인용하며 해결책을 제시합니다. "반성하지 않는 삶은 살 가치가 없다(Unexamined life is not worth living)"는 말을 마음에 두고, 어떤 것을 구매하거나 결정할 때 왜 그런 결정을 하고 싶은지 어떤 생각 때문에 그런 것인지 고민해야 합니다.

이를 사업에 적용하면 이렇게 정리할 수 있습니다. 결국 킬러 아이템이나 마케팅 전략이란 내가 어디에 꽂혀 있는지를 자세히 파악하고 나와 같이 꽂혀 있는 사람들은 몇 명인지, 또 다른 사람들은 어디에 꽂혀 있는지를 파악해 접근하면 되는 것입니다.

네 번째, 자기통제(self-control)의 문제점입니다.

저자는 MIT에서 세 개 강의실의 학생들에게 과제를 내주면서 과제의 데드라인에 대해 세 가지 변화를 주는 실험을 했습니다. 첫 번째 강의실 학생들에게 과제를 내줄 때는 과제 제출 데드라인을 본인들이 정하도록 했는데, 대신 본인들이 정한 데드라인을 지키지 못했을 경우 페널티를 준다고 했습니다. 두 번째 강의실의 학생들에게는 데드라인을 정하되 본인들이 정한 데드라인보다 늦더라도 페널티를 주지 않겠다고 했습니다. 세 번째 강의실 학생들에게는 데드라인을 저자가 직접 정해 시간 선택의 여지를 주지 않았다고 합니다.

세 개의 강의실 중 어느 강의실 학생들의 과제가 좋은 점수를 받았을까요? 바로 저자가 데드라인을 직접 정해준 세 번째 강의실 학생들이었습니다. 그리고 가장 성적이 낮은 학생들은 저자의 개입이나 페널티가 없었던 두 번째 강의실 학생들이었습니다.

이 실험이 시사하는 바는 많은 사람이 본인이 미룬다는 것에 대해 인지하지 못하고 있다는 점입니다. 이것을 통해 여러분들이 알아야 하는 것은, 사람은 지속적인 동기부여와 가이드가 필요하다는 사실입니다. 다시 말해 나를 동기부여해주고 올바른 가이드 역할을 해줄 인물이 삶에서 중요하다는 뜻이죠.

많은 사람을 대상으로 하는 사업도 같은 맥락에서 출발하면 됩니다. 사람들의 구매 포인트를 겨냥하고 가치를 제공하는 행위 뒤에는 강하게 끌어주는 역할이 꼭 필요합니다.

아는 만큼 보입니다. 그런데 아는 것이 행동 경제학이라는 툴이나 성공하는 사람들의 방법처럼 긍정적인 부분일 수도 있지만, 다른 사람의 실패 원인을 보는 것일 수도 있습니다.

이를 사업자, 돈을 버는 측면, 성공의 측면에서 다시 살펴보겠습니다. 만일 사업에 성공하고 많은 돈을 버는 사람이 10%라면, 10%의 사람들이 어떻게 성공했는지를 분석하면 됩니다. 하지만 반대로 나머지 90%의 사람들이 어떻게 해서 10%가 되지 못했는지도 살펴보고, 그렇게 하지 않는 노력도 필요합니다.

그런 면에서 인간의 심리적, 감정적, 인지적 요소가 의사결정에 얼마나 영향을 미치는지 알아보는 행동 경제학은 양날의 칼 같습니다.

다시 영화 〈인셉션〉을 통해 설명하자면, 아버지의 기업을 물려받는 극중 로버트 피셔는 병상에 있는 아버지가 건강하실 때 아버지로부터 인정을 한 번도 제대로 받지 못했습니다. 그 때문에 기업을 물려받아 더 큰 업적을 세우려고 합니다. 주인공인 레오나르도 디카프리오가 인셉션을 통해 로버트 피셔에게 심어준 생각은 아버지가 너를 사랑하고 늘 마음속에 아들로 인정하고 있다는 간단한 메시지입니다. 그 생각만 가진다면 아버지가 돌아가시고 나서 야망을 가지고 기업을 더 크게 경영할 의욕이 사라지기 때문이죠. 아이러니하게도 기업 상속자 로버트 피셔에게 있던 애정 결핍이 기업을 더 크게 키울 뻔했던 겁니다.

이 이야기를 의지력(Will Power) 측면에서 살펴보겠습니다. 알코올 중독자 아버지 밑에서 자란 두 사람이 있는데, 1명은 알코올 중독자인 아버지 때문에 내 인생이 이 모양 이 꼴이라고 하면서 술을 마셨습니다. 하지만 다른 1명은 난 알코올로 인해 한 사람의 인생이 어떻게 무너지는가를 봤기 때문에 오늘의 이 자리에 있었다고 말하며 정반대로 성공한 인생의 길을 걷게 됩니다.

돈, 성공을 목표로 한다면 성공한 사람들이 어떤 결정을 어떤 인간적인 요소에 기반해 내리게 되었는지 파악하고, 내게 있는 앵커링, 재능 분야, 결핍 등을 접목해 성공에 한 걸음 더 가깝게 다가가는 과정이 정말 중요하다는 사실을 꼭 잊지 않았으면 좋겠습니다.

TIP+KEY

1. 많은 성공한 사람들의 공통점은 행동 경제학적으로 봤을 때, 의사결정을 잘한 사람들이다.

2. 댄 아리앨리의 비합리적 반응의 증명
   첫 번째, 모든 것은 상대성이 있다.
   두 번째, 가격의 힘.
   세 번째, 가격의 또 다른 측면.
   네 번째, 자기통제의 문제점.

3. 만일 사업에 성공하고 많은 돈을 버는 사람이 10%라면 10%의 사람들이 어떻게 성공했는지를 분석하면 된다. 반대로 나머지 90%의 사람들이 어떻게 해서 10%가 되지 못했는지도 보고 그렇게 하지 않는 노력도 필요하다. 그런 면에서 인간의 심리적, 감정적, 인지적 요소가 의사결정에 얼마나 영향을 미치는지 알아보는 행동 경제학은 양날의 칼과 같다.

4. 돈, 성공을 목표로 한다면 성공한 사람들이 어떤 결정을 어떤 인간적인 요소에 기반해 내리게 되었는지 파악하고, 자신이 가진 앵커링, 재능 분야, 결핍 등을 접목해 성공에 한 걸음 더 가깝게 다가가는 과정이 중요하다.

화려한 삶이 최고가 아니다
자신의 시간을 살아라

무언가를 이룬 사람들은 성공을 하고 부를 거머쥔 것처럼 표현되지만, 자세히 들여다보면 그들이 목표한 곳에 이르렀다고 하는 표현이 맞습니다. 이런 사람들에게 종교 여부를 떠나 신에게 기도하라고 하면 이 말 저 말 하지 않고 원하는 말만 깔끔하게 군더더기 없이 할 가능성이 크겠죠. 그만큼 집중해야 할 것에 집중하고 있다는 뜻입니다. 이렇게 필요할 때만 집중하는 내공을 갖기 위해서는 먼저 신경을 *끄는* 훈련부터 하는 것이 필요합니다.

마크 맨슨의 『신경 *끄기의 기술*』을 통해 더 자세히 설명해보겠습니다.

미국에서 자란 저자는 남 눈치 안 보는 신경 *끄기*의 기술에 득도한 러시아 사람입니다. 러시아는 저자가 말하는 신경 *끄기*를 생활화하는 민족이라고 할 수 있죠. 본인이 러시아에 갔던 경험을 나누는 대목에서,

미국 사람들은 아무리 사실이어도 절대로 상대방이 기분 나빠할 만한 말을 하지 않는 편인데, 러시아 사람들은 상대가 멍청하면 멍청하다고 직설적으로 말한다고 하면서 신경 *끄기*의 좋은 예라고 설명합니다.

그럼 책에 담긴 신경 *끄기*의 기술을 살펴보겠습니다. 저자가 말하는 성공에 대한 미신에 관한 핵심 내용 네 가지입니다.

첫 번째, 시장은 계속해서 변하고 새로운 것이 나오면 우리에게 계속해서 무언가를 하라고 합니다. 이에 대해 저자는 "계속 뭔가를 더 하려고 하지 마라"라는 해법을 줍니다.

"더 무언가를 뒤쫓지 말라. 특히 나의 가치, 나의 행복, 나의 재산 같은 겉으로 볼 때 좋은 것들을 좇으면 좇을수록 더 불행해진다."

"자신을 괴롭히지도 말라. 실패하거나 좌절감 같은 안 좋은 감정을 경험하는 것은 정상적이다. 안 좋은 일을 경험한 것에 대해 좋지 않게 생각하면 끝없는 부정적인 루프에 걸리게 된다."

"모든 것을 신경 쓰지 말라. 내가 해야 할 일들에만 집중하라. 그것만 해라."

두 번째, 편안함을 추구하는 세상은 고통 같은 것들이 나쁜 것이라고 말하지만 저자의 생각은 다릅니다.

"고통이 나쁜 것은 아니다. 고통은 너의 친구다. 고통을 받아들이면 어떤 행동을 취하게 되는데, 고통을 피하거나 부정할수록 결국에는 더 악화될 뿐이다. 감정은 약한 시그널이다. 감정은 어떤 행동을 하도록 하는 생물학적 시그널이지만 항상 정확하지는 않다. 감정을 너무 억누르지도 너무 집중하지도 말라."

"그리고 행복은 문제로부터 온다. 행복이란 문제를 해결하면서 오는 것이다. 문제가 없어서 행복이 오는 것이 아니다. 문제를 해결하다 보면 그 과정에서 오는 보상과 어려움을 견디는 과정을 즐기게 되는 것이다."

세 번째입니다. 어떤 서비스가 필요해서 전화나 방문을 하면 고객으로서 극진한 대접을 받습니다. 그럼 마치 우리가 뭔가 된 것처럼 느낄 때가 많죠. 특히 백화점 같은 곳에 가서 비싼 옷을 구매하고 나오면 어깨가 으쓱합니다. 이에 대해 저자는 말합니다.

"당신은 특별한 사람이 아니다. 당신은 보통 사람이다. 엄청난 성공을 이룬 사람들의 스토리는 당신에게 적용될 수 있는 이야기가 아니다."

"당신은 엄청 위대해지려고 태어난 사람이 아니다. 평균의 사람이 되는 것은 실패가 아니다. 그러므로 가짜 위대함이나 지름길 같은 것들은 불필요하다. 진정한 성공의 길은 지루하다. 비현실적인 기대와 사치의 환상 같은 것은 버려라. 자신의 단점과 마주하고 지루한 일상을 견딜 준비를 해라. 발전된 자신이 되기 위해 한 걸음씩 나아가라. 조금씩 나아가는 것을 즐겨라."

"당신의 문제만 특별한 게 아니다. 모두가 살면서 트라우마를 겪는다. 어려운 일을 겪는다는 이유로 특권이 있거나 더 능력이 있는 것은 아니다. 당신의 문제는 다른 사람의 것보다 더 특별하거나 더 고통스럽지도 않다."

문제가 있는 사람들, 어려움을 겪은 사람들끼리 모여 서로를 위로만 하고 있다면 그들은 그들만의 리그를 만듦으로써, 그들이 겪은 고통 하나 때문에 특권 의식을 갖게 될 가능성이 큽니다.

네 번째, 고통의 가치입니다. 자기 인식력을 높이라고 강조하죠. 삶의 고통을 줄일 수는 없습니다. 하지만 저자는 우리 삶에 일어난 고통을 정의할 수는 있다고 말합니다. 또한 자기 인식을 위한 세 가지 단계를 설명합니다.

"당신의 감정이 무엇인지를 파악하라. 왜 그렇게 느끼는지 이해하라. 그리고 그 기저에 숨겨진 가치를 찾아라."
"자신만의 기준을 알아라. 기준을 바꿀 수 있다면 내가 한 일 또는 하지 않은 일에 대해 관점을 바꿀 수 있다."
"건강한 가치를 받아들여라. 쾌락, 물질적 성공, 헛된 정의 추구, 긍정적 사고 등과 같이 건강치 못한 가치는 장기적 행복을 가져오지 않는다."
그럼 저자가 말하는 좋은 가치란 무엇일까요? 좋은 가치란 현실적인 것, 사회적으로 건설적인 것, 즉각적이고 감당할 수 있는 것입니다. 안 좋은 가치란 미신, 사회적으로 파괴적인 것, 즉각적이지 않고 감당할 수 없는 것입니다.

예를 들어 정직은 좋은 가치라고 말합니다. 왜냐면 감당할 수 있고 현실을 반영하며 때로는 타인을 불쾌하게 하더라도 도움이 되기 때문입니다.

이에 반해 인기는 나쁜 가치라고 말합니다. 만일 인기가 당신 삶에서 중요한 가치가 되면 댄스파티에서 가장 인기 있는 사람이 되는 것이 당신이 정한 가치 있는 삶의 기준이 될 것이지만, 인기를 얻는 것은 당신이 컨트롤할 수 있는 것이 아니기 때문입니다. 그리고 사람들이 실제 속으로 어떻게 생각하는지 현실을 모른 채 인기가 있는지 없는지에만 집중하기 때문이기도 하죠.

저자가 말하는 좋은 가치, 건강한 가치는 정직, 혁신, 취약성, 자기 존중, 호기심, 자선, 겸손, 창의입니다. 저자가 말하는 안 좋은 가치, 건강하지 않은 가치는 교묘한 수나 폭력으로 차지한 우위, 항상 관심에 집중하는 것, 혼자 있으려 하지 않는 것, 다른 사람에게 호감을 사는 것, 부를 위해 부자가 되는 것 등입니다.

『신경 끄기의 기술』의 저자는 건강한 가치들은 겉으로 티 나는 게 아니라고 말합니다. 가치는 무엇을 우선순위로 둘 것인가에 의해 결정됩니다. 본질적으로 가치에 대한 두 가지 기준인 겉으로 티 나지 않으면서 가장 우선순위로 해야 하는 것들의 교집합을 찾아본다면, 분명 그중 하나는 자기인식(self-awareness)일 것입니다.

저자는 자기인식에 대해 말할 때 양파 같다는 표현을 합니다. 까도 까도 계속해서 여러 층의 레이어가 나오고, 깔 때마다 예기치 않게 눈물이 나기 때문입니다. 그리고 자기인식이란 나의 감정을 잘 이해하는 것이라고도 표현합니다. 아마 그것 때문에 자기 감정에 솔직하고 직설적으로 말했던 러시아 사람들이 부러웠던 모양입니다.

하지만 자기인식의 힘이 약하고 감정에 대해 잘못된 인식을 가진 사람들이 많습니다. 저자는 감정적 사각지대도 분명히 존재한다고 말합니다. 자기 계발의 구루들은 이런 점을 간과한 채 절망에 빠진 사람들을 대상으로 어떻게 하면 돈을 더 벌 수 있는지만 말한다고 합니다.

왜 내가 벤틀리를 못 탔냐가 아니라 왜 그들은 벤틀리를 성공과 실패의 기준으로 정했는지, 왜 나는 부자가 되어야 하는지, 내가 행복하다고 느낄 때가 무엇을 할 때인지를 먼저 물어야 합니다.

TIP+KEY

1. 성공에 대한 미신에 관한 핵심 내용 네 가지.

   첫 번째, 시장은 계속해서 변하고 새로운 것이 나오면 우리에게 계속해서 무언가를 하라고 한다.

   두 번째, 편안함을 추구하는 세상은 고통 같은 것들이 나쁜 것이라고 말한다.

   세 번째, 당신은 특별한 사람이 아니다. 당신은 보통 사람이다. 엄청난 성공을 이룬 사람들의 스토리는 당신에게 적용될 수 있는 이야기가 아니다.

   네 번째, 고통의 가치. 삶의 고통을 줄일 수는 없다. 하지만 우리 삶에 일어난 고통을 정의할 수는 있다.

2. 좋은 가치란 현실적인 것, 사회적으로 건설적인 것, 즉각적이고 감당할 수 있는 것이며, 안 좋은 가치란 미신, 사회적으로 파괴적인 것, 즉각적이지 않고 감당할 수 없는 것이다.

모두가 거짓말을 하지만
누구도 극단적인 거짓을
선택하지는 않는다

온라인에서 돈 버는 법을 말하고 파는 각양각색의 사람들이 있습니다. 그 가운데 어떤 능력을 장착시켜주거나 물건을 파는 것이 아닌데도, 강의만 들으면 마치 뭔가 될 것 같은 착각을 주는 콘텐츠는 그저 '지적 플라시보'일 뿐입니다.

하지만 앞으로도 그들은 새로운 플랫폼, 방법을 총동원해서 계속해서 대중을 상대로 뭔가 줄 것 같은 행동을 할 수밖에 없습니다. 그들만이 알고 있는 정보 때문이기도 하지만, 법이 사기꾼이라고 명할 때까지는 어떤 말이나 행동을 해도 사기꾼이 아니라는 사실은 그들만의 든든한 보험이기 때문입니다. 돈만 있다면 SAT 시험 점수 고득점은 물론, 미국 최고의 학교 진학도 가능한 시대에 앞으로는 어떤 일이 일어날지 모르겠습니다.

사회에 팽배한 거짓을 어떻게 줄일 수 있는지, 왜 줄여야 하는지 아는 것은 정말 중요합니다.

한 경제학 교수가 대학 강의에서 학생들을 상대로 이런 말을 했습니다. "부자인 사람 있는가? 대학생인 이상 거의 다 가난할 것이다. 하지만 사기는 그 상황을 역전시킬 수 있다. 사기를 쳤을 때의 장점은 돈을 벌 수 있다는 것이고, 단점은 걸릴 수도 있다는 점이다. 비밀을 말해주자면 사기를 쳐서 걸리는 것과 잡혀서 처벌받는 것은 전혀 다른 문제다."

댄 애리얼리의 『거짓말하는 착한 사람들(The Honest Truth About Dishonesty)』의 내용입니다. 책에서 말하는 사람들이 거짓말을 하는 이유에 대해서 살펴보겠습니다.

게리 베커라는 사람이 실제로 경험한 부정 주차에 관한 실제 이야기입니다. 회의 시간이 임박해 도착한 베커는 주차할 공간을 찾을 수가 없었습니다. 회의에 늦지 않는 것이 1순위였기 때문에 주차를 바르게하지 않았습니다. 그 상황에서 게리 베커에게 옳고 그름을 생각할 여유가 없었기 때문입니다. 회의에 늦는 것과 주차구역이 아닌 곳에 주차해벌금, 견인까지 될 상황 중 무엇이 더 비용이 드는지 따질 뿐입니다.

게리 베커라는 사람의 이 일화 때문에 SMORC(Simple Model of Rational Crime) 모델이 탄생했다고 합니다. 이 모델에 따르면 방금 소개한 일화처럼 사람들은 특정 상황에서 득과 실을 따지지, 옳고 그름을 따지지 않습니다. 이 모델은 시카고대 경제학자 겸 노벨상 수상자이자, 방금 불법주차를 한 장본인인 게리 베커의 경험으로 도출해낸 이론입니다.

불법 주차를 했을 때 발생하는 손실이 회의에 늦었을 때 발생하는 손실보다 적을 때 불법 주차를 선택한 것처럼, 은행이나 편의점에서 돈을 털다가 붙잡힐 확률과 손실보다, 떨지 않고 굶을 때의 손실이 더 크기 때문에 강도가 된다는 논리입니다. 쉽게 말해 "돈 버는데 윤리, 도덕이 어디 있냐? 원래 인간은 자기 이익만 보고 움직이는 거다. 애덤 스미스도 그렇게 이야기했다. 그러니 내가 돈 버는 것에 대해 뭐라고 하지 마라. 법에 문제만 안 되면 속이는 게 잘못이 아니라 속는 게 잘못이다"라는 주장이죠. 이런 논리로 똘똘 뭉친 사람들이 펼칠 수 있는 이야기입니다.

정말 인간이 자기 이익을 위해 거짓이든 사기를 치든 무슨 짓이든 할 수 있는지, 원래 모두가 그렇게 사는 게 맞는 것일까요?

베커가 도출한 이론의 포인트는 '정직에 관한 결정은 비용 편익 분석(cost-benefit analysis)을 통해 나에게 이익이 되는 것을 결정하는 것을 포함한다'는 것입니다. 몇 가지 실험을 통해 거짓과 사기가 어느 선에서 이루어지는지 살펴보겠습니다.

첫 번째 실험입니다. 사람들을 모아 숫자들이 랜덤하게 적힌 표를 주고 그 안에서 합이 10이 되는 숫자를 두 개 찾는 시험지를 주었습니다. 5분이라는 시간 안에 최대한 많이 풀게 하고 문제를 맞힐 때마다 문제당 50센트를 준다고 했습니다. 다 푼 학생은 앞에 나와 정답을 확인하고 돈을 받아갔죠.

다음 그룹에는 같은 실험 상황에서 혼자 답을 확인하고 뒤에 문서

파쇄기에 문서를 버리고 앞에 나와서 몇 개의 문제를 맞혔는지 말을 하고 돈을 받아갑니다. 속일 수 있는 여지를 준 것이죠. 물론 결과를 확인하기 위해 피실험자들이 모르게 문서파쇄기는 양쪽 측면만 잘려 답을 확인할 수 있도록 설계했습니다.

그 결과 문제의 결과를 속일 수 없었던 첫 번째 피실험자들과 비교하면, 속일 수 있는 여지가 있었던 두 번째 실험의 피실험자들이 더 많은 돈을 받아갔습니다. 평균 두 문제 정도 차이가 났다고 합니다. 이를 통해 알 수 있는 것은 우리는 속이는 사실이 들키지 않을 때 스스로의 이익을 위해 결과를 속일 수 있다는 것입니다.

이번에는 문서파쇄기는 그대로 설치해두고 속일 수 있는 상황을 만들되 정답을 맞힐 때 얻게 되는 문제당 돈을 50센트, 1달러, 2달러, 5달러 이렇게 그룹별로 다르게 해봤습니다.

사람은 옳고 그름을 따지지 않고 자신의 이익을 위해 득과 실을 따진다고 주장하는 SMORC의 이론대로라면 자신의 이익을 위해 문제당 단가가 가장 높은 그룹에서 가장 많이 속이는 결과가 나와야 하는데, 문제당 가격이 다 달랐음에도 모든 그룹의 평균이 원래 맞춘 것보다 두 개 정도 더 많았다고 합니다. 오히려 문제당 단가가 가장 높은 그룹에서는 부풀린 문제의 개수가 가장 적었다고 합니다. 저자는 문제당 단가가 10달러였다면 아마 속이는 비율이 더 낮았을 것이라고 말합니다.

몇 가지 사항만 바꿔서 저자는 또다시 실험을 했습니다. 시험을 본 사람들이 자신의 결과를 숨길 수 있는 정도를 바꾼 것입니다. 첫 번째 그룹에게는 그들이 푼 시험지의 절반만 파쇄하고 앞에 나와 결과를 말한 후에 돈을 정산받도록 하고, 두 번째 그룹에게는 모든 시험지를 파쇄할 수 있도록 한 뒤 앞에 나와 결과를 말한 다음 돈을 정산받도록 했고, 세 번째 그룹에게는 모든 시험지를 파쇄하고 결과를 말할 필요 없이 스스로 돈이 담긴 통에서 알아서 정산하도록 했습니다.

세 번째 그룹에 속한 사람들이 시험 결과와 돈 액수까지 속이기 가장 좋은 환경이었죠. 결과는 실험에 참여한 많은 사람들이 속였지만 조건이 다른 세 그룹 모두 비슷한 수준의 거짓말만 했습니다.

이 실험에서 얻을 수 있는 결론은 SMORC 이론에 따라 사람들은 자신의 최대 이익을 위해 거짓말을 하지는 않는다는 것입니다. 각자의 도덕성은 '이 정도는 속여도 돼'라는 스스로가 정한 주관적인 기준에 따라 정해지기 때문입니다. 사람들은 자신의 자아상이 무너지지 않을 정도의 선에서만 거짓말을 하는 것입니다.

두 번째 실험입니다. 저자는 MIT 기숙사의 공동 취사실에 콜라 여섯 캔과 1달러짜리 여섯 장을 두었다고 합니다. 그 결과 여섯 캔의 콜라는 가져갔지만 돈은 아무도 건드리지 않았습니다. 1달러를 가져가서 자판기에서 콜라를 사 먹는 것과, 콜라 한 캔을 그냥 가져가는 것은 같은데도 사람들은 캔에만 손을 댔다고 합니다. 이를 통해 알 수 있는 것은 사람들은 직접적으로 돈에 손을 대는 것은 안 된다는 생각을 가지고 있다는 사실입니다.

이 실험을 통해 저자가 걱정하는 부분, 즉 지금 우리 주변에 현실이 되어버린 부분이 나옵니다. 화폐를 실물로 들고 다니는 일이 더 적어질수록 우리는 더욱 도난에 대한 감각이 무뎌진다는 것이죠. 신용카드는 말할 것도 없고 온라인 뱅킹, 온라인 사업 등의 개념이 상용화되고 활성화될수록 화폐를 물리적으로 직접 훔쳐가는 것이 아니므로 더 많은 사기와 거짓이 판치기 쉽다는 이야기입니다.

아까 소개했던 문제를 맞출 때마다 문제당 돈을 받아 가는 실험에서, 문제를 맞히고 돈을 바로 받지 않고 문제를 맞힌 개수만큼 토큰을 가져간 후에 토큰을 돈으로 바꾸라고 했을 때, 문제를 맞히고 돈을 바로 받을 때보다 사람들은 두 배 더 부풀려 거짓말을 했다고 합니다.

어느 날 댄 애리얼리 박사에게 편지가 도착했습니다. 경제학과를 졸업하고 로펌을 상대로 서비스를 제공하는 금융 컨설팅 회사에서 일하는 사람에게서 온 편지였습니다. 그 사람은 자신이 속한 회사에서 자신이 맡은 일이 소위 사기를 치는 것이라고 했습니다. 사기 내용은 실제로 일한 시간보다 더 많게 계산해서 비용을 청구하는 것, 다른 사람에 비해 실제로 일한 시간을 정직하게 청구한 사원은 해고당했다는 점, 재택 근무할 때 실제보다 더 많은 시간을 일했다고 거짓 보고했고, 가끔 회사에 와서는 하는 일이 거의 없었다는 점이었습니다. 이 편지 내용을 통해 저자는 말합니다.

"회사들은 직원들이 실제 지폐에 손만 대지 않는다면 나머지 가치를 자기 이익을 위해 쓰는 것에 대해 덜 민감하다."

방금 말씀드린 이 실험은 퍼지 요인(Fudge Factor)과 관련이 있습니다. 저자는 한 예를 통해 설명합니다. 아이가 학교에서 친구의 연필을 훔쳤다는 사실을 담임 선생님 편지로 알게 된 부모님이 화가 난 경우입니다. 아이에게 차근차근히 연필을 훔치면 안 되고 필요하면 사달라고 말하면 되지 않았느냐고 화를 참고 타이르죠. 그러나 우리는 연필을 훔친 것에 대해서는 잘못되었음을 알고 훈계하지만, 회사에서 개인 용도로 제공하는 연필을 막 가져오는 것에 대해서는 같은 잣대를 적용하지 못합니다. 이게 저자가 말하는 퍼지 요인입니다.

그럼 어떻게 하면 거짓말을 덜 할 수 있을까요? 저자는 거짓말을 덜 하는 법, 더 정직을 선택하는 법에 대해 재밌는 일화를 통해 설명합니다. 어느 날 유대교 소속 한 남자가 기독교의 목사와 같은 유대교 랍비를 찾아갔다고 합니다. 딱 봐도 흥분한 상태였죠. 그러면서 하는 말이 누가 회당에서 자기 자전거를 훔쳐갔다고 했습니다. 신성한 회당에서 도난이 일어난 것입니다. 불경스러운 일에 화가 난 랍비는 잠시 생각하더니 해결책을 말해줍니다.

"다음 주 예배할 때 맨 앞에 앉아라. 그리고 십계명을 다 같이 읽을 때 특히 남의 것을 도둑질하지 말라고 하는 대목에서 너의 눈을 마주치지 못하는 사람이 있다면 그 사람이 도둑이다."

다음 주 예배 시간이 돌아왔고 예배가 끝났습니다. 결과가 궁금한

랍비는 자신을 찾아왔던 그 남자에게 묻습니다. "효과가 있더냐?" 그 남자는 매우 효과가 좋았다고 답했습니다. "간음하지 말지어다"라는 대목을 읽을 때 어디다 자전거를 두었는지 기억이 났다는군요. 이 유머가 우리에게 시사하는 바는 십계명과 같은 것이 실제로 우리의 행동에 영향을 미친다는 부분입니다.

저자는 이 이야기를 바탕으로 실험을 했습니다. UCLA에서 450명의 사람을 두 그룹으로 나누고 한 그룹에게는 십계명을 외우도록 한 뒤 앞에서 했던 합이 10이 되는 것을 찾는 매트릭스 문제를 풀도록 하고, 나머지 한 그룹에게는 10권의 책 제목을 외우게 하고 매트릭스 문제를 풀게 했습니다. 그 결과, 책 제목 10권을 외운 사람들은 적당한 선에서 문제당 돈을 조금이라도 더 받기 위해 거짓말을 했지만, 십계명을 외운 사람들은 아무도 거짓말을 하지 않았다고 합니다. 심지어 십계명을 제대로 외우지도 못했는데도 말이죠.

저자는 종교적 상징이 정직을 높여줄 수 있다는 것에 대해 설명하기 위해 『탈무드』 이야기도 합니다. 『탈무드』에 보면 성관계를 하고 싶어 안달이 난 종교인 이야기가 나옵니다. 그래서 이 사람은 창녀를 찾아가죠. 당연히 그의 종교는 이를 허락하지 않지만 그럴수록 욕구를 억누르는 느낌을 강하게 받았습니다. 창녀와 같은 방에 단둘이 있을 때, 그는 옷을 벗기 시작합니다. 셔츠를 벗는데 'TZITZIT'라는 글자처럼 보이는 네 줄의 매듭으로 엮인 술이 나옵니다. 그는 이것을 보고 구약성

서에 나오는 종교적 법에 관한 내용인 'MITZVAH'가 떠오릅니다. 그리고 그는 얼른 돌아 옷을 입고 종교적 기준을 지키기 위해 방을 나옵니다.

한 실험 결과, 흡연자도 유대교의 안식일에는 담배에 대한 욕구가 현저히 낮아진다고 합니다. 심리적 이유일까요? 기분 탓일까요? 그럼 이것이 평소에 담배를 피우고 싶은 욕구와 기분이 올라오는 것과는 어떻게 다를까요? 왜 하필 안식일만 다가오면 계속해서 담배를 피우고자 하는 욕구가 사라질까요? 저자는 바로 종교에서 주입하는 규칙 때문이라고 말합니다. 종교 규칙이 사람의 담배 피우고 싶은 욕망을 통제해버린 것입니다.

저자는 열쇠 수리공의 이야기를 합니다. 자신의 학생 중 1명인 피터라는 사람이 열쇠를 집에 두고 문을 잠그는 바람에 도시에서 허가를 받은 열쇠 수리공을 찾았다고 합니다. 문을 따주러 온 열쇠공이 한마디했는데, 그게 피터에게 큰 교훈을 남겼습니다. 열쇠공은 1% 사람만이 정직하고 절대 훔치지 않는다고 했습니다. 그리고 또 다른 1%의 사람은 항상 거짓되어 당신의 잠긴 문을 따고 TV를 훔치려 한다고 했죠. 그리고 나머지 98%는 조건이 맞을 때는 정직하지만 선을 넘고 싶은 유혹이 충분히 올라오는 상황이 되면, 그들 역시 거짓된 행동을 한다는 것이었습니다.

도둑은 언제든지 잠긴 문을 따고 들어갈 수 있습니다. 다만 자물쇠가 존재하는 이유는 조건만 맞으면 거짓이나 도둑질을 할 수 있는 대부분의 98% 사람들로부터 보호를 하기 위한 용도입니다.

저자 댄 애리얼리는 이 98%의 사람들이 비도덕적인 것이 아니라 옳은 선택과 방향을 선택하도록 그들을 지속해서 리마인드해줄 수 있는 무언가가 필요하다고 설명합니다. 성경이 스테디셀러가 된 이유는 계속해서 읽어야 하는 구조이기 때문입니다.

다행인 건 우리 안에 윤리 기준이 있다는 사실입니다. 하지만 불행은 게으르게 가만히 있는다고 해서 우리 안에 있는 윤리 기준이 알아서 작동하지 않는다는 사실이죠. 계속해서 우리 안에 윤리, 도덕심이 기능하도록 리마인드해주어야 합니다.

TIP+KEY

1. 지적 플라시보: 어떤 능력을 장착시켜주거나 물건을 파는 것이 아닌데도 강의만 들으면 뭔가 될 것 같은 착각을 주는 콘텐츠들이 주는 효과다.

2. 도둑은 언제든지 잠긴 문을 따고 들어갈 수 있다. 다만 자물쇠가 존재하는 이유는 조건만 맞으면 거짓이나 도둑질을 할 수 있는 대부분의 98%의 사람들로부터 보호하기 위한 용도다.

3. 우리 안에는 윤리 기준이 있다. 하지만 게으르게 가만히 있는다면 우리 안에 있는 윤리 기준이 작동하지 않는다. 우리 안에 있는 윤리, 도덕심이 기능하도록 리마인드 해주어야 한다.

Chapter 2

성공한
사람들에게
배워라

자신의 방식으로 전환하라

미디어에 사람들의 사고가 잠식될
참담한 미래를 경고한
데이비드 포스터 월리스

영감의 가치는 무척 귀합니다. 영감 하나로 세상을 놀라게 할 만한 작품이나 비즈니스 플랜을 세울 수 있기 때문입니다. 그럼 영감의 질량, 무게, 부피가 있다면 무겁고 클까요? 오히려 그 반대입니다. 우리 몸에 지니고 다닐 수 있는 어떤 것보다도 가볍습니다. 나노봇 같은 작은 로봇을 몸에 이식하는 징그러운 과정을 거치지 않아도 됩니다. 왜냐하면 우리 자체가 영감을 받을 수 있는 일종의 수신기(receptor)이기 때문입니다.

쉽게 말해 내 몸만 있으면 무에서 유를 창조할 수 있는 영감을 얻을 수 있음에도, 우리는 그 반대의 상황만 열심히 구현하려 애씁니다. 예를 들면 더 사실적이고 고화질의 그래픽을 구현하기 위해 더 강력한 그래픽 카드를 장착하고, 고해상도 영상을 촬영하기 위해 최고급 카메라를 쓰며, 해당 영상을 저장하기 위해 전보다 더 큰 용량의 저장 장치를 구매합니다. 그리고 우리는 이렇게 발전된 기술에 감탄하며 고화질 TV를 구매하기 위해 통장 잔액을 확인하거나 할부 금액을 따져봅니다.

영감을 데이터화한다면 단순하고 가벼운 형태의 소스라는 것은 확실합니다. 기업의 비밀 정보나 자동차 회사의 디자인을 빼돌릴 때도 큰 용량이 필요하지 않습니다. 영감의 형태를 파일 형식으로 나타낸다면 생각 조각(a piece of thought), 이미지 혹은 글귀가 될 것입니다.

우리에게 영감을 주는 사람들은 분야별로 다양합니다. 여기에서는 현대 사회의 시스템, 특히 대중문화와 관련해 사람들을 일깨우고 영감을 주는 미국의 극작가 데이비드 포스터 월리스에 대해 소개하겠습니다.

데이비드 포스터 월리스는 미국의 소설 작가 겸 창의적 글쓰기 교수였습니다. 그의 철학을 간단히 설명하자면 TV와 같은 매스미디어, 미국 전역에 퍼져 있는 개인주의를 기반으로 한 물질주의에 대한 비판입니다.

그에 따르면 미국 사람 모두가 자기중심적이도록 교육되었고, 책임보다는 자유를 강조하는 교육을 받았다고 합니다. 사실 이렇게 해야만 자기중심적 사고를 하는 사람들을 타깃으로 광고를 해서 잠재적 고객으로 만들 수 있고, 미국의 시장 경제가 돌아갈 수 있기 때문이라고 합니다. 그리고 미국이란 나라를 하나의 거대한 쇼핑몰 같다고 표현합니다.

데이비드 포스터 월리스 하면 『무한한 흥미(Infinite Jest)』라는 포스트모더니즘 소설이 가장 유명하지만, 대중문화와 사람들에게 어떤 영향을 미쳤고, 어떤 영감을 주었는지를 알아보기 위해 『재밌다고들 하지만 나는 두 번 다시 하지 않을 일(A supposedly fun thing I'll never do again)』이라는 에세이를 소개하겠습니다.

월리스는 이 책에서 TV와 미국의 소설을 비교합니다. TV를 통해서 노력 없이 제공되는 영상 소비 행태에 관해서도 이야기를 하지만, 큰 그림에서 보면 TV와 미국의 소설은 플랫폼에 대한 예시일 뿐, 사람들이 콘텐츠를 소비하는 행태 자체에 대해서 일깨워주려고 합니다. 아래는 책의 내용입니다.

"외로운 사람들은 외로운 것을 선호하는 경향이 있다. 왜냐하면 그들은 다른 인간들과 함께 지내며 드는 정신적 비용을 견디는 것을 거절하기 때문이다. 그들 모두는 사람들에게 알레르기가 있는 것이다. 이들을 편의상 조 브리프 케이스라고 하자. 조 브리프 케이스들은 다른 사람들의 눈에 자신이 어떻게 비추어질지 두려워한다. 하지만 이들은 여전히 광경, 볼거리, 그리고 사람들을 그리워한다. 그래서 TV를 본다. 그들이 TV를 보는 것은 거의 관음증에 가깝다. 사실 TV는 어디까지나 화면을 통해 일종의 쇼를 보여주는 것뿐이다. 그리고 그것을 볼 시청자만 필요할 뿐이다. 관음증 환자라는 개념은 TV에는 존재하지 않는다. 시청자들은 무의식적으로 진짜 살아 있는 사람의 가장 중요한 품격은 TV에서 볼 만한 가치가 있는 사람이라는 논리의 압박을 받는다."

데이비드 포스터 월리스의 철학은 대학교 교수였을 때도 고스란히 나타납니다. 학생들에게 개인 연락처를 주면서 "학과 공부와 관련해 도울 일 있으면 돕겠다. 하지만 내가 돕도록 강요하지는 말라. 여기는 대학이지 고등학교가 아니다"라고 말했다고 합니다. 남을 돕는 일에는 관대하지만 자립심과 책임감도 강조한 셈입니다.

또한 수업에서 학생들에게 "대중을 타깃으로 한 책들은 많은 이들에게 읽히기 위해 저렴하게 배포된 권장 도서일 뿐이다"라고 말한 적이 있는데요. 그중 한 권이 『성공하는 사람들의 7가지 습관』을 쓴 스티븐 코비의 책이라고 합니다. 그리고 본인이 학생들에게 수업에 임하기 전에 읽으라고 한 책이 있는데, 그 책은 최소 두 번을 읽어야 했습니다. 게다가 학점까지 짜게 주는 교수였다고 합니다. 데이비드 포스터 월리스의 수업에서 A 학점을 받은 학생은 월리스의 문학적 관점과 해석에 반대할 수 있는 자신만의 실력과 철학을 갖춘 학생이었다고 합니다.

이런 일화만 보더라도 데이비드 포스터 월리스가 미국의 대중문화, 물질주의, 미디어에 길들여진 수동적인 사람들과 세태를 바꾸기 위한 열정을 교단에서 쏟아냈던 것을 알 수 있습니다.

데이비드 포스터 월리스처럼 자신이 속한 나라, 커뮤니티, 문화의 현주소를 파악하고 분석한 후, 자기 생각을 글로 옮겨 적는 일은 굉장히 피곤한 과정입니다. 그래서 교수가 되어 미국에 팽배한 컨슈머리즘과 개인의 자유를 강조하며 소비를 유도하는 문화 트렌드에 대한 비판적 시각을 글쓰기 수업을 통해 학생들에게 전달하고 싶지 않았을까 합니다.

데이비드 포스터 월리스는 인터넷, SNS 등 빠른 속도에 익숙해진 미국 문화에 대해서도 일침을 가합니다. 안타까운 점은 데이비드 포스터 월리스 같은 작가의 작품도 그가 지양하고자 했던 통속적인 대중소설로 여겨지거나, 깊이에는 관심 없는 무지한 대중에게 쉽게 평가받는 것을 피할 수 없었다는 점입니다.

그는 벌써 30여 년 전인 1990년대 때부터 앞으로 다가올 더 발전된 기술, 미디어, 엔터테인먼트가 일으킬 문제를 미리 내다본 영감을 지닌 작가였습니다.

TIP+KEY

1. 영감의 가치는 무척 귀하다. 영감 하나로 세상을 놀라게 할 만한 작품이나 비즈니스 플랜을 세울 수 있기 때문이다.

2. 몸만 있으면 무에서 유를 창조할 수 있는 영감을 얻을 수 있음에도, 우리는 그 반대의 상황만 열심히 구현하려 애쓴다.

3. 영감의 형태를 파일 형식으로 나타내면 생각 조각(a piece of thought), 이미지 혹은 글귀가 될 것이다.

무일푼으로 자수성가하는
가장 현실적인 방법

    심리학적으로 사람에게 자극을 주어 행동을 하게 만드는 일을 동기 부여라고 합니다. 동기부여가 되어 행동하게 만드는 것도 일인데, 일단 행동을 한다고 해서 큰 변화가 일어나지 않는 것도 현실입니다.

    미국의 자수성가를 대표하는 인물인 브라이언 트레이시는 이렇게 말합니다.

> "그냥 하자라는 말로는 부족하다(Just do it is not enough). 왜냐하면 어렵게 동기부여가 되어서 진짜 뭘 해보면 변화가 나타나거나 바로 성공할 확률이 거의 없기 때문이다."

    〈하버드 비즈니스 리뷰〉에 따르면 한 회사가 한 가지 상품을 만들기까지 평균 15번의 실패를 한다고 합니다. 그뿐만 아닙니다. 유명한 경영 컨설턴트인 피터 드러커는 한 개인이 성공하기 위해서는 최소한 네 가지 루트를 만들어 공략해야 한다고 말했습니다. 페이스북 창업자 마크 저커버그도 하버드 졸업 연설에서 가장 큰 성공은 실패할 자유가 있을 때 이룰 수 있다고 강조했죠.

그렇다면 많은 이들에게 정신적 지주, 조언자, 형 역할을 하는 수백억 자산가 게리 바이너척의 성공도 하루아침에 일어난 게 아니라는 것도 충분히 짐작할 수 있습니다. 게리 바이너척의 역사가 어디서 시작되었는지 알아보고, 우리의 삶과 사업에도 적용할 수 있는 그의 성공 원칙들을 함께 알아보겠습니다.

그는 8명의 가족과 함께 1978년 러시아의 벨라루스에서 미국으로 이민을 옵니다. 당시 뉴욕 퀸스에서 단칸방을 얻어 함께 살게 되는데요, 퀸스는 영화 〈스파이더맨〉에서 피터 파커가 사는 동네이기도 합니다. 그러다가 뉴저지로 이사를 합니다. 게리 바이너척이 젊었을 때는 레모네이드 스탠드 프랜차이즈업과 야구 선수들이 프린트된 야구 카드를 교환하는 사업을 해 이윤을 남깁니다.

그는 열네 살 때부터 가족이 운영하는 와인 소매업에 종사한 경력을 바탕으로 2000년대 초반에는 와인 구루로서 유튜브에 자리매김하고, TV 쇼에도 출연합니다. 미국에서의 삶이 이민자, 사업가로서 시작했기 때문에 어릴 적부터 죽기 살기로 사업에 임하는 집념이나 사업 감각이 몸에 밴 사람입니다.

2006년에는 기존에 운영하던 와인 사업을 와인 라이브러리로 브랜딩을 하고, 수백만 달러 매출을 내는 사업으로 발전시키는 데 많은 공을 세웁니다. 유튜브 덕에 와인 사업에 물꼬를 트게 된 경험을 통해 무언가를 느꼈는지 2009년에는 동생과 함께 바이너척 미디어 컴퍼니를 세우면서 부모님의 와인 사업에서 손을 뗍니다.

후문이지만 본인이 이윤을 많이 창출했음에도 돈 한 푼 받지 않고 나왔다고 합니다. 현재 게리 바이너척은 투자, 인터넷상에서 압도적인 존재감, 책으로 유명하죠.

'게리 바이너척 정도 되니까 성공하는 거야'라는 생각과 '성공은 남의 것'이라는 닫힌 사고에서 벗어나는 데 도움이 되는 게리 바이너척의 성공 요소를 분석해보겠습니다. 잘 염두에 두고 적용한다면 당장 사업이 아니더라도 어떤 일을 할 때 가장 나은 버전의 나 자신과 함께할 수 있을 겁니다.

첫 번째입니다. 게리의 아버지가 항상 그에게 한 말이 있었습니다. **"너의 말은 채권이다(Your word is bond)."** 간단히 말해 '너의 말은 신용이다, 돈이다' 이렇게 생각할 수 있습니다. 자세히 설명하자면 세계 경제가 위축될 때 미국의 달러를 국채로 가지고 있는 것과, 제3국에서 발행한 국채를 가지고 있는 것에는 가치의 차이가 있습니다. 마찬가지로 모두의 경제 상황이 어려울 때도 말에 효력이 있으려면 미국 같은 힘과 브랜딩이 되어야 한다는 의미입니다. 바로 그런 점에서 나의 말이

미국의 채권처럼 된다는 것의 무게가 결코 가볍지 않다는 것을 이해할
수 있을 겁니다.

두 번째입니다. 많은 사람들이 게리 바이너척을 좋게 평가하는 이
유 중 하나는 사람들을 상대로 고액의 수수료를 받으며 희망을 팔거나
사업 노하우를 판매하려 하지 않기 때문입니다. 사실 단순한 마케팅이
나 얕은 사업 지식, 노하우보다 더 어려운 이야기를 합니다. "사업을 원
한다면 사장의 그릇을 만들어라. 너 자신이 최고의 자산이 되어라. 자신
에게 투자하는 것을 잊지 말라." 그리고 이렇게도 말합니다. "당신이 세
상에 나왔다는 것은 4,000억 분의 1의 경쟁을 뚫었다는 이야기다. **자신
에게 배팅을 해라(Bet on yourself)!**"

세 번째입니다. 자기 인식(self-awareness), 다시 말해 **"너 자신을 알라
(Know who you are)!"**입니다. 자신을 안다는 것은 나의 능력과 역량을
안다는 것인데, 이렇게 해야 내가 목표로 하는 것에 맞는 것들을 가져가
고, 그렇지 않은 것들을 쳐내면서 성공을 이루게 됩니다.

네 번째, **"돈을 실용적으로 사용하라(Be practical with your
money)!"**입니다. 정말 필요한 것에 돈을 쓰는 절제나 절약 없이는 지갑
에서 돈이 굉장히 빠른 속도로 새어 나갑니다. 돈을 실용적으로 쓰기 위
해서는 지금 처한 상황에서 현실적으로 다음 레벨로 올라가는 데 필요
한 것이 무엇인지 따져봐야 합니다. 그리고 지속가능한 성장을 할 수 있

는 모델에 집중하되 완벽한 상황을 꾀하지는 말아야 한다고 합니다.

요즘은 아무도 돈을 모으는 측면에 대해 말하지 않고 쓰는 측면만 말을 하는데, 이는 데이비드 포스터 월리스가 미국이라는 나라가 하나의 큰 쇼핑몰 같다고 말하면서 컨슈머리즘을 비판한 것과 같은 맥락입니다.

다섯 번째입니다. **"돈보다 더 중요한 것들이 있다(There are more important things than money)"**입니다. 모두가 경제적 자유를 원하지만 그것만이 다가 아닙니다. 게리 바이너척의 가족 구성원 모두가 경제적으로 안정적이지만, 게리가 함께 있어 주고 감정적인 도움을 주는 것은 돈보다 더 중요하다고 말합니다.

그리고 돈만 쫓았을 때, 자신이 진정으로 좋아하는 것과 잘하는 것을 쫓을 때보다 실제 돈을 얻는 속도가 느려진다고 합니다. 돈을 쫓았을 때는 돈에 대한 정보와 지식, 사례를 많이 알 수 있어도 실제로 돈을 소유한 것과는 거리가 멀기 때문입니다.

그러니까 휴먼 팩터를 고려해야 합니다. 돈만 쫓는 과정에서는 나라는 사람을 흥분하게 할 만한 것이 없습니다. 게리 바이너척은 자신을 가슴 뛰게 만들고 살아 있는 느낌을 주는 것에 집중해야 한다고 말합니다.

게리가 성공할 수 있었던 이유는 손실에 대해 미리 계산하고 실망하지 않았기 때문입니다. 이 역시 사업을 키워가는 과정 자체를 너무 좋아하고 즐겼기 때문입니다. 그래서 실패에 끄떡없는 멘탈을 유지하고,

자기 자신을 알고, 잘하는 것에 집중하며, 주어진 상황에서 겸허히 한 걸음 한 걸음 디딜 수 있었던 것입니다.

여섯 번째입니다. **"진짜 나다워져라(Be the real you)."** 사실 이 부분은 퍼스널 브랜딩과 관련 있습니다. 퍼스널 브랜딩은 사업가로서 고객을 만나는 것과는 달리, 내가 나의 브랜드를 걸고 관객 앞에 서는 것입니다. 그렇기 때문에 사람들이 나에게 원할 것 같은 모습으로 꾸미거나, 제한된 나의 모습으로 사람들 앞에 서면 결국 사람들에게 외면받을 수밖에 없습니다. 퍼스널 브랜딩의 측면에서 나다워지라는 말은 변하지 말라가 아니라 항상 옳은 것을 행하되 발전의 측면에서는 계속해서 변화하라는 의미입니다.

게리 바이너척은 성공에 목말랐기에 성공에 집중했습니다. 하지만 단순히 성공에만 목말라 옳지 않은 일을 하거나, 혜성처럼 나타나 반짝 사람들의 관심을 끌지는 않았습니다. 애플, 코카콜라가 그렇게 했듯이 브랜딩에 집중해 성공하고, 지속가능한 성장을 꾀해 고객들이 알아서 찾도록 만들었습니다.

그의 책 가운데 『잽, 잽, 잽, 라이트훅(Jab, Jab, Jab, Right Hook)』이라는 재미있는 제목을 가진 책이 있습니다. 권투로 말하자면 펀치의 조합으로 강약 조절을 해 상대를 쓰러뜨리는 방법을 연마하듯 소셜미디어를 통해 어떤 전략으로 경쟁에서 살아남을까에 관한 내용을 담고 있습니다. 책에는 이런 말이 있습니다.

"맞다. 페이스북 같은 SNS가 알고리즘 엔진이나 디자인을 바꾸면 굉장히 혼란스럽다. 하지만 그 좌절에 지지 않을 수 있고, 계속해서 정신 차리고 새로운 변화를 어떻게 나의 장점으로 전환할지를 고민한다면 그 어느 마케터 무리보다 앞서 나갈 수 있다."

게리 바이너척은 앞으로도 계속해서 경제적 자유, 가만히 있어도 돈이 벌리는 사업을 광고하며 강의를 유도하거나 사람들을 유입시키는 사람들이 있을 거라고 말합니다. 그런 사람들은 계속해서 버전을 바꿔 등장합니다. 이제는 예전처럼 쉽게 속일 수 없는 사람들을 대상으로 솔 깃한 정보를 나눠주기도 하면서 좋은 행동과 나쁜 행동을 적절히 섞어 서 활동할 수밖에 없을 겁니다.

그러니까 그냥 그들은 그들대로 내버려 두되, 시간과 에너지를 더 나은 나를 만드는 데 집중해야 합니다. 작은 것부터 말입니다. 그게 누 군가에게는 미소 짓는 연습, 남을 충분히 배려하는 연습 같은 아주 작 은 것일 수도 있습니다. 계속 나아가십시오. 힘들지만 이렇게 시야를 넓 게 갖고 나아갈 때 돈, 사람, 성공을 다 담을 수 있는 사람이 될 수 있습 니다.

얼마를 벌던 인생의 투자 수익률은 돈 자체가 아니라 행복입니다. 여러분이 오늘 로또를 맞거나 대박이 날 회사를 미리 알아 투자를 해 서 돈을 왕창 벌었는데, 내일 당장 사고가 나면 어떻게 하겠습니까? '나 는 몇 살, 언제까지 건강하게 살 거야'라는 보장은 누가 해줍니까? 그럼을 그리는 재능이 없는 사람에게 '재능이 있어라', 운동 못하는 사람에게 '운동 잘해라'라고 말하는 것보다, '주어진 삶에서 열심히 살아라'라는 게리 바이너척의 말이 더욱 필요한 시대입니다.

자, 여러분이 지금 있는 자리에서 최선을 다해 준비할 수 있는 작은 성공, 잽은 무엇입니까?

TIP+KEY

1. 동기부여란 심리학적으로 사람에게 자극을 주어 행동을 하게 만드는 일이다.

2. 그냥 하자는 말로는 부족하다. 왜냐하면 어렵게 동기부여가 되어서 진짜 무언가 해보면 변화가 나타나거나 바로 성공할 확률이 거의 없기 때문이다.

3. 한 회사가 상품 하나를 만들기까지 평균 15번의 실패를 하고, 한 개인이 성공하기 위해서는 최소한 네 가지 루트를 만들어 공략해야 한다.

4. 게리 바이너척의 성공 요소
   첫 번째, 너의 말은 채권이다.
   두 번째, 자신에게 배팅을 해라.
   세 번째, 너 자신을 알라.
   네 번째, 돈을 실용적으로 사용하라.
   다섯 번째, 돈보다 더 중요한 것들이 있다.
   여섯 번째, 진짜 나다워져라.

5. 얼마를 벌던 인생의 투자 수익률은 돈 자체가 아니라 행복이다.

동기부여의 정의를 새로 쓴
최고의 자기계발서
『나를 다치게 할 수 없어』

자수성가한 유명 유튜버들의 콘텐츠 중 가장 흔한 내용이 바로 인생을 바꾼 책에 관한 이야기입니다. 이번에는 그중에서도 정말 읽고 나면 삶의 자세가 바뀔 수밖에 없는 인생 책으로 알려진 『나를 다치게 할 수 없어(Can't Hurt Me)』를 소개하겠습니다.

먼저 저자 데이비드 고긴스에 관한 키워드를 몇 가지 알아보겠습니다.

그는 은퇴한 네이비실 군인입니다. 그리고 네이비실의 모든 훈련을 끝까지 완수한 유일한 인물입니다. 60번 이상의 울트라마라톤대회를 완주하고, 17시간 동안 4,020회의 턱걸이를 해 기네스 신기록을 가지고 있습니다.

뉴욕주 버펄로 지역 출신입니다. 이곳은 나이아가라를 미국 쪽에서 볼 수 있는 지역으로 의사, 변호사, 회사 임원, 프로 미식축구 선수들이 살 정도로 매력적이고 멋진 동네였지만, 자신은 지옥과 같은 어린 시절을 보냈다고 합니다. 굉장히 강압적이고 억압적인 아버지에게 고문과 같은 폭력을 당했고, 이 가정의 비극을 아는 이웃이 결국 참다못해 도망칠 수 있는 길을 열어주었다고 합니다.

데이비드 고긴스는 독성 스트레스(Toxic Stress)입니다. 그는 아버지로부터 도망쳐 나온 후 할아버지 집에서 정상적인 생활을 시작하려고 했습니다. 육체적, 정신적 학대를 받고 자랐기 때문에 정신과 의사는 ADHD로 진단을 하지만, 이후에 독성 스트레스라는 사실을 알게 됩니다. 독성 스트레스는 아이들에게 소아마비, 뇌수막염보다 더 심각한 병으로, 나중에 학습장애로 이어져 중고등학교 내내 거의 모든 시험을 친구들의 시험지를 베껴서 겨우 진급했다고 합니다.

다음 키워드는 단도직입(Straight Forward)입니다. 그는 무식하다 싶을 정도로 단도직입적입니다. 여기에는 목표 지향적이고, 엄청난 노력으로 결과를 끌어낸다는 의미를 함축하고 있습니다.

고긴스를 보면 개척자(Pioneer)가 연상됩니다. 초창기 미국의 개척자들이 목숨 걸고 서부를 찾아가 모험했던 선구자 정신을 엿볼 수 있습니다. 책에는 개척자의 이야기처럼 마음에 불을 지펴주는 내용들이 가득합니다.

그는 철저하게 '당신은 혼자(You are alone)'라는 것을 전제로 자기 자신과 마주할 것과, 스스로 자신을 리딩하는 것에 대해 말합니다. 이것을 위해 그는 자신과의 대화를 강조합니다.

"당신이 할 수 있는 가장 중요한 대화는 바로 자신과의 대화다. 왜냐하면 자기 자신과 잠에서 깨고, 함께 걷고, 잠자리에 들고, 결국 실행에 옮기는 것도 자기 자신이기 때문이다."

고긴스는 자신이 좋건 싫건 자신을 추슬러야 하는 것은 자신이라고 강조합니다. 그리고 이어서 뇌에 대해서 말합니다. 당신의 뇌는 세상에서 가장 강력한 무기이며, 우울증을 겪든 어려움을 겪든 결국 남는 것은 당신의 뇌뿐이라고 강조하죠.

"24시간 동안 내내 당신은 당신의 뇌에서 보내는 메시지를 듣게 된다. 당신의 뇌를 컨트롤하지 못한다면, 그리고 당신의 뇌에 지배당한다면 이제 망한 거다. 당신이 주체가 돼서 당신의 뇌에 명령을 해야 한다. 뇌를 지배해야 한다. 그게 안 된다면 끝난 거다."

데이비드 고긴스가 뇌를 지배하는 방법은 바로 열심히 하는 것(Hard work)이었습니다. 그는 네이비실에 입대하기 위해 ASVAB라는 시험을 봐야 했는데, 책을 읽어도 이해가 안 됐습니다. 그래서 다시 읽었습니다. 그래도 이해가 안 됐습니다. 그래서 다시 읽었습니다. 그래도 이해가 안 됐습니다. 그래서 책의 내용을 글로 적었습니다. 그래도 이해가 안 가자 또 적었고, 또 적었다고 합니다. 그랬더니 머릿속 뇌에서 '알았어! 그럼 적응하고 어떻게든 방법을 찾아보자, 할 때까지 해보자'는 신호가 켜졌다고 합니다.

다음 키워드는 그의 힘의 동력, 바로 고통(Pain)입니다. 맞으며 자랐거나, 괴롭힘 당한 적이 있거나, 학대당했거나 하는 등의 아픔은 에너지가 되어 나를 발전시키는 동력으로 쓸 수 있다고 합니다.

다음 키워드는 바퀴벌레입니다. 그는 134킬로그램의 뚱뚱한 몸으로 방역회사에서 바퀴벌레 살충제를 뿌리는 일을 하면서 월 100만 원가량을 벌었습니다. 그리고 그런 삶이 자신의 잠재력을 100% 끌어올린 괜찮은 인생이라고 여겼습니다.

그런데 몇 년 후에 진짜로 무언가에 도전하면서 계속 발전을 해본 후 그때를 돌아보니 잠재력을 꺼낸 것이 전혀 아니었다고 말합니다. 살을 48킬로그램 빼고 그 어렵다는 네이비실 훈련의 전 과정을 졸업하고 난 후에야 자신이 진정 열심히 살았다는 것을 깨달았습니다.

우리 안에 있는 진짜 능력은 진짜 열심히 해 볼 때까지는 절대 알수 없습니다. 몇몇 사람들은 데이비드 고긴스의 노력이 가학적이라고 하지만, 그는 고통과 아픔이 뇌를 작동하는 원동력이라는 사실을 알아냈습니다.

2020년 3월 출간된 『나를 다치게 할 수 없어』는 고통에서 시작합니다. 처음부터 44페이지까지 읽는 데 불우한 성장 과정이나 학대 때문에 매우 고통스러웠습니다. 그는 누군가 삶의 고통을 겪었거나, 실패 등의 어려움을 겪었다면 그저 남들보다 빨리 온 것뿐이라고 말합니다. 그리고 고통의 근원인 아버지로부터 도망 나오게 된 순간을 시작점으로 삼아 아픔을 삶의 동력으로 전환시켰습니다.

그는 꿈도 희망도 미래도 없는 삶을 살다가 할아버지가 미 공군에서 40년 넘게 취사병으로 일했던 것이 기억났다고 합니다. 교회에 갈 때나 회사에서 특별한 이벤트가 있을 때마다 공군 정복을 입었던 할아버지를 보면서 늘 화가 나 있던 자신을 스스로 다스리기로 결심합니다. "이래서는 공군에 못 가, 아무 쓸모도 없어"라고 말입니다. 그리고 외모부터 단정하게 가꾸고 이미 군대에 들어간 것처럼 매일 아침 이불을 개고, 바지를 올려 입고, 아침마다 머리를 밀고, 잔디를 깎고, 설거지를 했습니다.

모든 책임을 세상, 인종 차별, 아버지로 돌린 게 아니라, 자기 자신에게 돌리기 시작했습니다. 이렇게 할 수 있었던 이유를 책임감의 거울(accountability mirror)이라고 표현합니다. 그저 거울에 보이는 그대로 자신의 상태를 인정하는 것입니다. 멍청하면 멍청하다고, 뚱뚱하다면 뚱뚱하다고 말입니다. 뚱뚱하다는 사실을 인정하면, 그 뚱뚱한 몸의 상태가 몸에 좋지 않기 때문에 변화를 일으켜야 한다고 스스로 깨닫게 되고,

그것이 변화의 시작이 됩니다. 그는 이렇게 대담하게 말합니다.

> "만약 당신이 30년 넘게 하고 싶지도 않은 똑같은 일을 리스크를 지기 두려워서 반복하고 있다면 진정한 겁쟁이다."
>
> "인종차별, 사회 부조리 때문에 인생이 망한 게 아니다. 미 정부나 도 널드 트럼프, 이민자들 때문에 당신에게 돌아갈 기회가 박탈되거나 돈 벌 기회를 잃은 것이 아니다. 당신 자신이 당신을 멈춰 세운 것이다."

누가 적군인지 아군인지, 어느 편에 서야 할지, 화를 어디에다 배출시켜야 할지 모르는 상처투성이의 데이비드 고긴스는 한국 나이로 고등학교 3학년이 되어서야 원인을 발견합니다. 이 모든 원인이 자신 때문이었다는 사실을. 그래서 아무리 화가 나는 일이 있어도 자기 탓을 하면서 웬만한 일에 시간과 에너지를 버리지 않는 선택을 하게 됩니다. 살을 빼기 위해 2시간 동안 자전거를 타고, 2시간 동안 수영을 했습니다. 그리고 웨이트 트레이닝 할 때도 살을 빼기 위해 세트당 100에서 200회로 5~6세트씩 운동을 했습니다.

그는 항상 배고팠습니다. 제대로 된 끼니는 저녁 한 끼였는데, 고칼로리 음식을 모두 끊고 닭가슴살과 채소, 밥만 먹었습니다. 그리고 일어나서 이런 하루를 매일같이 반복했습니다. 이 과정을 마치 D 학점을 받은 학생이 하버드를 가기 위해 한 노력이라고 표현합니다.

데이비드 고긴스의 워크아웃 프로그램은 몸에서 끝나지 않았습니다. 3주 계획법을 적용해 1주차에서는 내가 어떻게 사는지 시간대별로 자세히 적고, 2주차에는 1주차에 적은 스케줄을 바탕으로 15분, 30분 단위로 하루를 쪼개어 기록하고, 불필요한 죽은 시간을 마치 살을 빼듯이 제거하면서 자신의 노력을 최대화할 수 있는 스케줄을 스스로 만들었습니다.

그러나 이런 지독한 하드 워크 과정에서 내일이 오는 것이 두렵기도 했다고 합니다. 부작용으로 우울증이 생기고, 이혼을 당하고, 자신을 이기겠다는 의지가 무력해지고 가치 없어 보이기도 했습니다.

하지만 데이비드 고긴스는 이러한 고통을 플립(Flip) 능력으로 오히려 진취적으로 활용했습니다.

자기 불신과 불안이 찾아오면 오히려 앞으로 나아가고 있다는 증표로 삼았습니다. 그리고 영화 〈로키〉에서 주인공이 최고의 적수인 아폴로와 싸울 때 코치가 그냥 져도 되니까 포기하라고 해도 계속 일어나는 모습을 떠올리면서, 영화 음악을 틀고 다음날 운동을 하러 갔습니다.

이렇게 해도 정체기(Plateau)가 왔다고 합니다. 몸이 안 쑤시는 데가 없었고, 아프지 않은 곳이 없었다고 합니다. 그래서 어느 날은 평소에 하던 턱걸이보다 개수를 하나 줄였다고 합니다. 그런데 집에 돌아오면서 그 턱걸이 하나가 생각나 다시 돌아가서 한 세트를 다시 했다고 합니다. 그는 외칩니다.

"지름길은 원래 없어!"

'교감신경의 축복'이란 모든 것을 내 탓으로 돌리며 끝내고 싶은 마음이나 내가 받은 상처, 어려움, 아픔과 같은 것들을 플립해서 앞으로 나가고 발전하는 동력으로 사용하는 뇌과학적 방법입니다.

데이비드 고긴스는 성공하는 비결 중 하나가 바로 뇌를 잘 쓰는 것에 있다고 말을 하면서, 특히 교감신경에 대해 강조합니다. 부정적인 생각이나 말을 하거나 남을 탓하기 시작하면 교감신경의 축복과는 멀어집니다. 이와는 반대로 잠시의 고통과 어려움을 잘 컨트롤하면 교감신경이 주는 선물인 아드레날린을 활용해서 더욱더 앞으로 나아갈 수 있다고 주장합니다.

성공한 사람들이 "남을 험담하거나 부정적으로 말하지 말라"고 하는 것이 그냥 하는 말이 아닙니다. 머릿속 여러 가지 생각들을 스스로 컨트롤해, 앞으로 나아가는 데에만 집중해야 합니다.

데이비드 고긴스가 말하는 성공법, 그리고 인생을 사는 방법의 핵심은 누구도 나를 대신해서 살아주지 않는다는 말로 설명할 수 있습니다. 다시 말해 그는 인생이 철저하게 본인 자신과의 싸움이란 것을 제대로 인식한 사람입니다. 그에게 인생이란 물음표를 떠올리기 전에 될 때까지 계속하는 것이고, 계속해서 자신을 채찍질하는 것입니다. 계속 뭔가를 하며 나아가고 그게 실패든 성공이든 앞으로 나가는 것 자체에 집중하는 것이라고 할 수 있습니다.

본인이 가진 능력이 20이면 20의 100%를 다하십시오. 30이면 30의 100%를 다하십시오. 80, 90의 능력을 갖추고도 본인의 능력을 20, 30% 밖에 안 쓰는 사람들보다 낫습니다. 그리고 100%를 다하다 보면 어느 순간 내공이 쌓이고 훨씬 업그레이드된 나의 능력치를 늘 100% 사용할 줄 아는 사람이 될 것입니다.

TIP+KEY

1. 당신이 할 수 있는 가장 중요한 대화는 바로 자신과의 대화다. 자기 자신과 잠에서 깨고, 함께 걷고, 잠자리에 들고, 결국 실행에 옮기는 것도 자기 자신이기 때문이다.

2. 당신의 뇌는 세상에서 가장 강력한 무기다. 우울증을 겪든 어려움을 겪든 결국 남는 것은 당신의 뇌뿐이다.

3. 뇌를 지배하는 방법은 바로 열심히 하는 것(Hard work)이다.

4. 우리 안에 있는 진짜 능력은 정말 열심히 해볼 때까지는 절대 알 수 없다.

5. 누군가 삶의 고통을 겪었거나, 실패 등 큰 어려움을 겪었다면, 그건 그저 남들보다 빨리 온 것뿐이다.

6. 교감신경의 축복'이란 내가 받은 상처, 어려움, 아픔과 같은 것들을 플립해서, 앞으로 나아가고 발전하는 동력으로 사용하는 뇌과학적 방법이다.

7. 부정적인 생각이나 말을 하거나 남을 탓하기 시작하면 교감신경이 주는 선물과는 멀어진다. 반대로 잠시의 고통과 어려움을 잘 컨트롤하면 교감신경이 주는 선물인 아드레날린을 사용해서 더 열심히 앞으로 나아갈 수 있다.

8. 누구도 나를 대신해서 살아주지 않는다. 인생은 철저하게 자신과의 싸움이다.

9. 계속 뭔가를 하며 나아가고 그게 실패든 성공이든 앞으로 나가는 것에 집중하라.

10. 본인이 가진 능력이 20이면 20의 100%를 다하고 30이면 30의 100%를 다하라. 그것이 80, 90의 능력을 갖추고도 본인의 능력을 20, 30%밖에 안 쓰는 사람들보다 낫다. 언젠가 업그레이드된 능력치를 100% 사용할 줄 아는 사람이 될 것이다.

40일 도파민 금식으로
새로운 영감을 얻는 법

존 레넌의 〈이매진(imagine)〉 같은 명곡은 그 곡 하나만으로 평생을 먹고살 걱정을 하지 않아도 될 만한 수익을 벌어들였습니다. 그럼 한번 써서 모두에게 명곡이나 명저로 인정받는 영감은 어디서 오는지 아십니까?

한 가지 예를 들어보겠습니다. 인간 탄생의 많은 이야기 중 아담이 잠든 사이에 하와를 지었다는 이야기를 들어보셨을 겁니다. 그 이야기에서 영감을 얻은 어느 의사가 마취제를 착안해냈습니다.

이처럼 영감이라는 것은 내 안에서 쥐어짜내서 나온다기보다는 외부에서 오는 신의 선물 같은 느낌이 강합니다. 『40일 도파민 금식(A 40 Day Dopamine Fast)』의 저자 그렉 캄퓌스는 영감을 얻거나 문제 해결의 방안이 딱 떠오르는 방법은 떠오를 때까지 기다리는 것이라고 말합니다. 그리고 이런 영감이 오는 것을 막는 '도파민 디톡스'를 40일 하고 나면 분명 누구에게나 이런 일이 일어날 것이라고 합니다.

결론을 먼저 말하자면, 40일 도파민 단식은 장기적 목표를 이루는 사람이 되도록 하는 새로운 툴입니다. 마치 저녁형 인간에서 아침형 인간으로 변하는 것 같은 근본적인 변화를 가능하게 만듭니다. 저자가 말하는 40일 도파민 단식, 도파민 챌린지는 부자연스러운 도파민 자극제를 일정 기간 금하는 것입니다.

저자는 정제 설탕, 가공된 지방, 카페인, 니코틴, 게임, 소셜미디어, 쇼핑, 자위와 같은 성적 자극 등이 도파민 자극과 관련이 있다고 말합니다. 편의상 이것들을 도파민 중독이라고 하겠습니다.

저자는 이러한 것들로부터 단식하라고 하면 사람들은 차라리 죽는 것을 선택할 것이라고 말합니다. 저자는 대조법을 통해서 도파민의 자연스러운 분비와 부자연스러운 분비에 관해서 설명을 합니다. 예를 들어서, 담배 피우기 또는 글쓰기, 술 마시기 또는 마음을 터놓고 대화하기처럼 말입니다.

저자가 말하는 것은 이런 것들을 평생 하지 말라는 것이 아닙니다. 심지어 설탕, 성생활, 그리고 TV 시청이 꼭 나쁠 것이 없다고까지 말합니다. 사실 술, 담배, 음란물, 과식, 폭식, 게임, TV 등 도파민 중독과 관련된 것들에 상대적으로 자유로운 사람은 옳고 바르지만 재미없게 살아온 사람들뿐일 것입니다.

도파민 디톡스의 방법은 간단합니다. 40일 동안 나에게 강한 자극을 주는 것들을 하지 않으면 됩니다. 책의 구조 역시 아주 간단합니다. 저자가 도파민 디톡스를 하는 과정을 일기처럼 적은 것인데, 모든 내용을 다 다룰 수는 없지만 누구에게나 어느 문화권이나 적용될 수 있는 이야기입니다. 책뿐만이 아니라 저자의 도파민 디톡스 여정을 담은 블로그도 있습니다. 블로그 글들이 모여 책이 된 것으로 보입니다. 그리고 이 블로그에 방문해서 이메일을 남기면 저자가 고안한 도파민 단식 기간 진행할 수 있는 프로그램을 무료로 전달받을 수 있습니다.

저자처럼 도파민 디톡스를 직접 해보면서 체험기를 적어보는 것을 추천하고 싶습니다. 40일 간의 여정을 일기 형식으로 자유롭게 적는 것이 왜 좋은지는 뒤에서 다루도록 하겠습니다.

저자가 말하는 도파민 디톡스의 목적을 요약하자면 좋은 습관 형성, 균형 있는 도파민 분비, 자연적 자극이 뭔지 몸으로 느끼기, 살 빼기, 시간 낭비하지 않기, 인생의 진짜 기쁨을 찾기 위함입니다.

여러분들이 가장 궁금해할 만한 것은 40일 도파민 금식 후의 일이라고 생각합니다.

저자는 40일 후에 그간 끊었던 커피를 약속된 시간에 마셨고, 그다음 날에는 맥주를 마셨다고 합니다. 그리고 사람들을 만날 때 친해져야 한다는 스트레스 때문에 담배 한 갑을 샀다고 합니다. 하지만 더 나아가지 않고, 40일간의 도파민 단식을 떠올리면서 술, 담배, 알코올 중독 등에 휘둘리지 않겠다고 다짐했던 기록을 찾아보고 마음을 다잡았습니다.

도파민 중독은 설탕, 음식, 담배, 맥주, 게임, 음란물 같은 것들만 있는 게 아닙니다. 뭔가 좋지 않은 것인 줄 알면서도 계속하게 되고, 그 안 좋은 것들을 하면서 쾌감을 느끼는 것은 무엇이든 도파민 중독이 될 수 있습니다.

종교에 과도하게 심취하거나 악성 댓글, 비판, 게으름, 자기중심적인 사고 등도 도파민 중독의 예가 될 수 있습니다. 자신을 다른 사람보다 더 나은 사람으로 여기고 남들을 판단하려는 태도도 명백한 도파민 중독 증상입니다.

도파민 디톡스를 해야 하는 이유는 다음의 세 가지로 정리됩니다.

첫째, 음식 중독, 음란물 중독 등에 묶여 있으면 매일 해야 하는 크고 작은 결정에서 매우 어리석은 선택을 하게 만듭니다. 그리고 매일의 형편없는 결정들이 모이면 인생에서 큰 실패를 불러올 수밖에 없게 됩니다.

둘째, 우리가 갈망하고 원했던 목표를 중장기적인 플랜과 인내를 통해 이뤄냈을 때 진정한 성취의 기쁨을 누리고, 그것을 이루어가는 소소한 과정을 통해 살아 있음을 느끼기 위해서입니다.

셋째, 내가 직접 경험해서 깨달은 40일 간의 도파민 디톡스 과정에 대한 기록은 언제든지 중독 관련 증상이 나타날 때 참고해볼 수 있습니다. 우리는 더 어려운 것을 선택해야 도파민 분비를 건강한 쪽으로 흐르게 한다는 것을 꼭 기억해야 합니다.

도파민 디톡스에서 가장 중요한 포인트는 방향성입니다. 기준을 적용하는 잣대가 자신이 되어야 합니다. 그리고 도파민 디톡스는 일회성으로 끝나는 프로젝트가 아닙니다. 저자 역시 사람들과 사교 모임에서 받은 스트레스와 긴장감을 해결하기 위해 담배에 의지하는 자신을 발견하면서 40일 도파민 단식을 다시 해야겠다고 마음먹었다고 합니다.

그런데 40일 도파민 단식을 주기적으로 하다 보면 이 행위 자체에도 중독이 될 수 있다고 생각합니다. 만약 40일 도파민 단식이 끝나고 이 단식을 진행하지 않는 기간에 일어나는 일 중에 부정적이거나 실망스러운 자신의 모습이 있다면 '도파민 단식을 하지 않아서야'라고 자책하게 될 수 있습니다. 인간은 어떤 행위, 물건, 생각 등의 자극에 반응하고 중독될 수 있습니다. 게으름 자체에 중독되는 것처럼 말입니다.

여기에서 중독이라는 표현을 앞서 살펴본 데이비드 포스터 월리스의 글에서는 숭배(worship)라고 표현되어 있습니다. 이분의 작품을 읽어보겠습니다.

"만일 당신이 돈과 물건을 숭배한다면, 그리고 그것들을 가진 것에 삶에 의미를 부여한다면 당신은 절대 채워지지 못할 것이고, 만족감을 느끼지도 못할 것이다."

"자신의 몸과 아름다움, 그리고 성적인 매력을 숭배한다면 당신은 항상 못생긴 것처럼 느껴질 것이다. 그리고 시간이 지남에 따라 노화가 진행되는 것을 본다면 당신에게 실제로 죽음이 다가오기 전에 수백만 번이나 죽음을 경험할 것이다."

"권력을 숭배한다면 당신은 스스로가 약하다는 생각에 사로잡히고 두려움에 가득 찰 것이다. 그리고 자신의 두려움을 마비시키기 위해 다른 사람들보다 더 큰 권력이 필요할 것이다."

"지성과 스마트해 보이는 것을 숭배한다면 당신은 결국 멍청해질 것이고, 엉터리가 될 것이고, 누군가 자신을 발견해주기만을 바랄 것이다."

"이러한 것들을 숭배하고자 하는 마음과 돈, 아름다움, 권력, 지성, 그 자체가 악하거나 죄스럽다는 뜻이 아니다. 이것들은 그저 의식이 없다는 것이다."

의식의 반대말은 무의식(Unconscious)입니다. 저자는 사람이라는 존재가 머릿속에서 무의식적으로 얼마나 많은 일을 할 수 있는지 설명합니다. 하지만 이런 무의식의 맹점은 엉덩이를 움직여 실제로 일하는 것과는 다르다는 사실입니다. 누군가의 성공을 다큐멘터리로 접하고 있지만, TV를 보며 소파에 누워 있는 자신을 인지하지 못합니다. 바로 이점 때문에 도파민 단식을 통해 구상한 것들을 직접 해보고, 할 수 있는 것부터 하나하나 해나갈 힘을 키워야 합니다. 그리고 40일 도파민 디톡스라는 행위 자체에 중독되지 않으려면, 도파민 디톡스를 진행하는 동안에 내가 왜 어떠한 것들에 중독되었는지 그 이면에 숨어 있는 근본적인 원인을 파악해야 합니다.

데이비드 포스터 윌리스의 숭배라는 표현을 통해 알 수 있는 것은 사람은 어떤 신념을 담도록 설계되어 있다는 점입니다. 신념을 가진 사람이 큰일을 합니다. 그런 사람에게 수십억 원의 가치에 해당하는 영감이 올 수 있습니다. 도파민 중독으로부터 자유로워지는 것이야말로 그런 가치 있는 사람이 되기 위한 디딤돌이 될 것입니다.

TIP+KEY

1. 40일 도파민 단식은 장기적 목표를 이루는 사람이 되도록 하는 새로운 툴로, 부자연스러운 도파민 자극제들을 일정 기간 금하는 것이다.

2. 도파민 디톡스의 목적은 좋은 습관의 형성, 균형 있는 도파민의 분비, 자연적 자극이 뭔지 몸으로 느끼기, 살 빼기, 시간 낭비하지 않기, 인생의 진짜 기쁨 찾기를 위함이다.

3. 뭔가 좋지 않은 것인 줄 알면서도 계속하게 되고, 그것들을 하면서 쾌감을 느끼는 것은 무엇이든 도파민 중독이 될 수도 있다.

4. 자신을 더 나은 사람으로 여기고 남들을 판단하는 모습도 명백한 도파민 중독 증상이다.

5. 도파민 디톡스를 해야 하는 세 가지 이유.
   첫 번째, 음식 중독, 음란물 중독 등에 묶여 있으면 매일 해야 하는 크고 작은 결정에서 매우 어리석은 선택을 하게 된다.
   두 번째, 원했던 목표를 중장기적인 플랜과 인내를 통해 이뤄냈을 때 진정한 성취의 기쁨을 누리고, 그것을 이루어가는 소소한 과정에서 살아 있음을 느낀다.
   세 번째, 직접 경험해서 깨달은 40일 간의 도파민 디톡스 과정을 기록하면 언제든지 중독 관련 증상이 나타날 때 참고해볼 수 있다.

6. 도파민 디톡스에서 가장 중요한 포인트는 방향성이다. 어떤 기준들을 적용하는 잣대는 나 자신이 되어야 한다.

자수성가의 대명사
20조 자산가 레이 달리오

영화 〈어벤져스〉에서 타노스가 토니 스타크에게 지식으로 인해 저주받은 것이 너뿐만이 아니라고 말하는 장면이 있습니다. 타노스는 지구 인구를 반으로 줄여 우주 생태계의 존속을 생각했고, 토니 스타크는 우주 침략으로부터 본인이 지구의 위기를 지켜 인류의 존속을 생각했습니다.

둘의 결론은 달랐지만 공통점이 있습니다. 그들은 자신들이 속한 세계를 위하는 길이 무엇인가를 고민했고, 최악의 상황이 올 가능성에 대해 미리 알고 있었기에, 그 지식으로 인해 고통받았다는 점입니다.

이번 장에서도 꼭 읽어봐야 할 책과 저자에 대해 설명하지만, 가볍게 듣고 끝내버린다면 마음 한편에 부담감이라는 무거운 울림이 있을 수 있습니다.

인생을 세 가지 스테이지로 나누는 방법이 있습니다.

1. 내가 누구를 의존해야 하는 단계

2. 남이 나를 의존해야 하는 단계

3. 나의 도움 없이 남들이 성공할 수 있는 단계

이렇게 말한 장본인은 현재 남들이 나의 도움 없이 성공할 수 있는 단계의 인생에 있는 분입니다. 그는 자신의 도움 없이 남들이 성공하는 것을 돕기 위해 책을 출간했다고 합니다. 삶과 일에 대한 원칙을 정리한 책, 레이 달리오의 『원칙(Principles)』입니다.

책은 크게 세 파트로 나뉘어 있습니다. 레이 달리오는 1949년부터 책이 출간된 2017년까지 자신의 인생을 정리해, 책의 첫 번째 파트를 채웁니다. 그리고 나머지는 인생과 일에서 성공하기 위한 원칙에 관한 내용으로 채워져 있습니다.

독자 입장에서 당신이 도대체 누구이기에 삶과 일에 대한 원칙을 정리한 당신의 책을 읽어야 하느냐는 질문을 할 수 있습니다. 이런 질문에 대해 레이 달리오는 투자가로서의 실패와 성공, 그리고 걸어온 인생 이야기를 통해 답해주고 있습니다.

〈포춘〉에 따르면 1970년대 레이 달리오가 아파트에서 시작한 브리지워터라는 회사는 현재 미국에서 다섯 번째로 중요한 회사로 평가받고 있습니다.

브리지워터는 철저하게 능력주의, 실력주의로 운영되는 헤지펀드

회사입니다. 권력을 가진 1인 독재와 반대되는 곳이죠. 레이 달리오의 회사에서는 이유 있는 반대가 독려되고 각자의 강점이 존중받는 문화가 지배적입니다.

예를 들어 어떤 의사결정을 할 때 왜 그렇게 결정했는지 이유를 적고 그 이유를 되물으며 자문합니다. 이런 과정을 통해 원칙을 탄생시켰습니다. 힘 있는 1인에 의해 의사결정이 이루어지는 구조에서는 나올 수 없는 원칙입니다. 그뿐만 아니라 맹목적 다수의 의견을 취할 수 있는 다수결의 역기능을 배제하거나, 권력자의 오판에 의해 조직이 쇠퇴하는 선택을 배제하는 것이 원칙을 통한 능력주의로 가능할 수 있음을, 레이 달리오는 브리지워터라는 회사를 통해 증명했습니다.

능력주의는 큰 그림을 볼 수 있고, 모두가 함께 성공할 궁리를 할 수 있는 오픈 마인드를 가진 사람들이 모여 신뢰를 바탕으로 한 가지 아이디어에만 집착하지 않고 진취적으로 의견에 반대도 하면서 더 나은 방향을 모색하는 것입니다.

저자는 나머지 두 번째, 세 번째 파트에 걸쳐서 인생과 일에 대해 말합니다. 우선 두 번째 파트에서 말하는 인생 원칙을 알아보겠습니다.

1. 현실을 받아들여라.
2. 목표, 문제 봉착, 진단, 설계, 실행의 과정을 거쳐 원하는 것을 얻어라.
3. 극단적으로 오픈 마인드가 되어라.

4. 사람들이 어떤 문화에 길들었는지 파악하라.

5. 결정을 잘 내려라.

세 번째 파트에서 말하는 일의 성공 원칙은 직장 문화, 사람, 시스템의 세 가지 항목으로 나뉩니다.

첫 번째, 문화와 관련된 원칙입니다.

1. 극단적 진실과 투명성을 추구하라.

2. 의미 있는 일과 관계에 집중하라.

3. 실수를 통해서 배워라.

4. 다른 의견과 관점을 잘 배치함으로써 팀을 빌딩하라.

5. 믿을 수 있는 팀원 중 나의 의견과 다른 의견을 반영해 결정하라.

6. 조직을 위해 원칙을 적용하고 꼭 지켜라.

두 번째, 사람과 관련한 원칙입니다.

1. 적재적소에 사람을 배치하는 것이 어떤 일을 실행하는 것보다 먼저 되어야 한다.

2. 세운 원칙에 맞출 사람을 찾아라.

3. 훈련하고, 테스트하고, 평가해서 사람을 분류하는 것을 멈추지 말라.

세 번째, 시스템에 관한 원칙입니다.

1. 원하는 목표를 위해 시스템 설계를 잘하라.
2. 문제를 무시하지 말라.
3. 문제의 원인을 파악하라.
4. 시스템을 개선하라.
5. 계획을 실행하라.
6. 습관 없이 살을 빼고 싶다는 마음만으로 살이 안 빠지듯이, 일의 진행을 위해 툴과 프로토콜을 사용하라.

자, 그럼 책에서 키포인트가 되는 세 가지 인용구를 통해 저자의 의도를 파악해보겠습니다.

첫 번째 인용구입니다.

"원칙적이라는 것은 명쾌하게 설명할 수 있는 원칙을 가지고 일관되게 운용하는 것을 의미한다."

두 번째 인용구입니다.

"완벽은 존재하지 않는다. 끝없는 적응 과정을 부채질하는 것은 바로 목표다."

세 번째 인용구입니다.

"실패가 주는 교훈을 모아 겸손과 극단적인 열린 마음을 얻어 성공 가능성을 높이는 것이 가장 중요하다."

위 내용을 이렇게 정리해보겠습니다.

"내가 생각하는 성공, 대박을 내는 공식은 존재하지 않는다. 다만 목표가 이루어질 때까지 포기하지 않고, 모두 하나 될 수 있는 원칙을 가지고, 성공이라는 공이 방망이에 맞을 때까지 휘두른다. 실패는 우리에게 가르침을 준다. 좌절이나 실패감은 내가 필터링하지 못한 감정이다. 실패를 통해 배우고 겸손한 마음과 오픈 마인드로 성공을 맞이할 준비를 해라."

그럼 이 내용을 두 가지 관점에서 설명하겠습니다.

첫 번째, 참고 문헌입니다. 레이 달리오가 『원칙』에 활용한 참고 문헌을 살펴보면 600쪽이 넘는 방대한 분량에 비해 30여 권 정도로 매우 적습니다. 그도 그럴 것이 뇌과학 같은 전문 분야를 학자의 관점에서 다룬 책이 아니기 때문입니다. 그런데 재미있는 점은 30여 권의 참고 문헌 중에서 절반 이상이 인간 심리, 뇌에 관한 책이라는 사실입니다. 사람들이 이해하고 공감할 수 있는 과학적이고 객관적인 설명을 위해서 인간 심리와 뇌 관련 책을 참고한 것입니다.

두 번째, 투자가로서의 레이 달리오입니다. 주식에 일가견이 있는 분에게 배운 중요한 원칙 하나가 있습니다. 바로 주식 시장에서 60일 선, 120일 선을 통해 해당 종목의 상승세, 하락세를 큰 그림을 통해 파악해야 한다는 것입니다. 여기서 포인트는 그냥 파악만 하는 것이 아니라 60일 선의 중기 추세가 상승세라면 앞으로도 상승할 것이라고 믿고 그렇게 가야 한다는 것입니다. 주식에 일가견이 있는 사람이라면 자신만의 냉철한 분석과 예측을 통해 어느 종목에 투자하라는 식의 발언이 나올 줄 알았는데, 그래프에서 나타나는 현실을 있는 그대로 파악하고 상승 또는 하락이라는 큰 추세가 하루아침에 바뀌지 않을 것이라는 믿음을 갖는 것이 가장 기초적인 투자의 첫걸음이라는 것을 듣고 매우 놀랐습니다.

레이 달리오가 어느 집단이든 그 문화를 받아들일 때 과하다 싶을 정도로 진실과 투명성을 믿으라고 강조한 이유도 바로 시스템을 신뢰하고 현실을 파악해 받아들임으로써, 투자가로서의 기본 원칙을 지킬 수 있기 때문입니다.

결국 누구를 믿을지 안 믿을지 여부는 도덕심만 따질 것이 아니라 모두가 함께 살 수 있는 시스템, 룰, 원칙을 만들어야 합니다. 그래야만 성공하는 커뮤니티, 회사, 국가가 될 수 있다는 것이 이 책의 핵심입니다.

책의 목차에 나와 있는 세 가지 문장을 통해 저자가 전달하고자 하는 가치를 파악할 수 있습니다.

첫 번째, **문화를 이해하라(Get the culture right).**
현실을 직시하고 있는 그대로 파악하라. 현실 감각을 키우는 게 중
요하다는 뜻입니다.

두 번째, **극단적인 사실을 믿어라(Trust in radical truth).**

세 번째, **믿을 만한 것에 의사결정의 힘을 실어라(Believability
weight your decision making).**

이 세 가지 포인트를 종합해보면 레이 달리오가 말하는 성공 원칙
의 핵심은 대자연이 만들어낸 파도와 같은 자연현상을 억지로 막거나
거스르는 데 힘을 쏟지 않고, 파도가 오는 것을 바꿀 수 없는 현실로 보
고 파도를 오히려 타려고 한다는 사실입니다.

사람의 신체는 크게 보면 하나인데, 이를 의학적으로 접근하면 신
경, 근육, 혈관, 뼈 등으로 매우 복잡하고 방대합니다. 『원칙』이라는 책
역시 저자 레이 달리오가 큰돈을 잃은 후 겸손함을 겸비해 투자에서 승
률을 높이는 결정력을 지니게 되는 과정을 항목별로 방대하고 상세하
게 알려줍니다. 모두 읽는 데 꽤 많은 시간이 소요됩니다.

사회를 경험하게 되면 현실적으로 쉽게 이해할 수 없거나 납득할

수 없는 것들로 가득하다는 사실을 알게 됩니다. 게다가 안 좋은 일이나 안 좋은 사람을 만나면 더욱 사회와 사람에 대한 불신이 커지기 마련입니다. 그리고 세상과 남 욕하기 바빠집니다. 이에 반해 저자처럼 현실을 있는 그대로 파악한다면, 굳이 판단하는 데 힘을 쏟지 않고 부정과 긍정에 대해 고민할 필요 없이 주어진 현실에서 최고의 방법을 찾아 성공하는 방법을 연구하는 데 온 힘을 쏟을 수 있게 됩니다. 시간이 지날수록 더 예리해진 현실감각을 통해 팩트 체크, 즉 진위를 가리는 능력이 향상되고, 거기에 맞춰 모두가 이기도록 시스템을 최적화시키는 데 집중할 수 있습니다.

아무리 똑똑하고 지식이 넘치고 과거의 모든 사례를 분야별로 꿰차고 있더라도 미래를 한 치 앞도 예측하지 못하는 것은 어쩌면 인간이 거스를 수 없는 자연의 법칙입니다. 긍정적 예측을 한 사람은 긍정적 결과만 바라보게 되고, 부정적인 사람은 부정적 예측만 하는 데 뇌의 회로가 짜입니다.

이를 방지하기 위해서는 쉽게 어느 한쪽에 치우치지 않기 위한 원칙을 세워두는 것입니다. 인간에게 허락된 것은 어쩌면 긍정적이거나 부정적인 결과에 대한 예측이 아니라, 성공이라는 목표를 이룰 때까지 반복적으로 매일 해야 하는 원칙에 기반한 행동, 그에 따른 성장통이 아닐까 생각합니다.

한 가지 다행인 점은 원칙에 따라 행동했을 때 오는 실패는 부정적인 결말이 아니라 우리를 더 강하게 만들고 가르침을 준다는 점입니다. 그리고 운이 따라준다면 내가 원칙에 따라 최선을 다했을 때 성공이라 는 선물이 자연스럽게 뒤따를 것입니다.

TIP+KEY

1. 인생을 세 가지 스테이지로 나누는 방법
   첫 번째, 내가 누구를 의존해야 하는 단계.
   두 번째, 남이 나를 의존해야 하는 단계.
   세 번째, 나의 도움 없이 남들이 성공할 수 있는 단계.

2. 능력주의는 큰 그림을 볼 수 있고, 모두가 함께 성공할 궁리를 할 수 있는 오픈 마인드를 가진 사람들이 모여 신뢰를 바탕으로 한 가지 아이디어에만 집착하지 않고 진취적으로 의견에 반대도 하면서 더 나은 방향을 모색하는 것이다.

3. 레이 달리오의 인생 원칙
   첫 번째, 현실을 받아들여라.
   두 번째, 목표, 문제 봉착, 진단, 설계, 실행의 과정을 거쳐 원하는 것을 얻어라.
   세 번째, 극단적으로 오픈 마인드가 되어라.
   네 번째, 사람들이 어떤 문화에 길들었는지 파악하라.
   다섯 번째, 결정을 잘 내려라.

4. 대박을 내는 공식은 존재하지 않는다. 다만 목표가 이루어질 때까지 포기하지 않고, 모두 하나 될 수 있는 원칙을 가지고 성공이라는 공이 방망이에 맞을 때까지 휘두른다. 실패는 우리에게 가르침을 준다. 좌절이나 실패감은 내가 필터링하지 못한 감정이다. 실패를 통해 배우고 겸손한 마음과 오픈 마인드로 성공을 맞이할 준비를 해라.

5. 현실을 있는 그대로 파악한다면, 굳이 판단하는 데 힘을 쏟지 않고 부정과 긍정에 대해 고민할 필요 없이 주어진 현실에서 최고의 방법을 찾아 성공하는 방법을 연구하는 데 온 힘을 쏟을 수 있게 된다. 시간이 지날수록 더 예리해진 현실감각을 통해 팩트 체크, 즉 진위를 가리는 능력이 향상되고, 거기에 맞춰 모두가 이기도록 시스템을 최적화시키는 데 집중할 수 있다.

6. 원칙에 따라 행동했을 때 오는 실패는 부정적인 결말이 아니라 우리를 더 강하게 만들고 가르침을 준다.

부자들의 필독서,
『부의 추월차선』의 엠제이 드마코

    돈은 누구에게나 필요하지만 아이러니하게도 우리나라 사람들은 돈에 관련된 금융, 경제 지식에 관해서는 다른 나라 사람들보다 문맹률이 높은 편입니다. 은행을 가더라도 친숙하지 않은 용어투성이죠. 우리는 공부 열심히 해서 좋은 대학에만 가면 모든 일이 해결될 것처럼 앞만 보고 열심히 달리기 때문입니다.

    그러던 어느 날 신사임당이라는 유튜버가 '난 부의 서행차선을 달린다'라는 카피 문구를 던졌을 때, 많은 사람들은 일종의 신선한 충격을 받았습니다. 돈에 대해 그렇게까지 생각하고 결론을 낸 사람을 보면서 '나도 배워야겠다. 정신 차려야겠다' 등의 반응을 하면서 말입니다.

    이런 관점이 처음으로 제시된 곳은 경제 서적의 바이블급인 조지 클레이슨의 『바빌론 부자들의 돈 버는 지혜(The richest man in Babylon)』입니다. 이에 대해 엠제이 드마코도 자신의 책 『부의 추월차선(The

Millionaire Fastlane)』에서 언급합니다.

『부의 추월차선』에서 말하는 핵심 키워드 중 하나는 '경제적 자유'입니다. 돈은 누구에게나 필요하고 부자가 되는 것에 대해 부정적인 사람은 딱히 없습니다. 하지만 엠제이 드마코가 경제적 자유, 특히 빨리 부자가 되는 법을 『부의 추월차선』이라는 책에서 말했을 때 모두가 반기기만 했던 것은 아닙니다. 책의 반응 중 이런 리뷰가 있었습니다.

"책의 제목을 보고 조금은 부끄러웠다."

이 말은 의식 있는 사람들 입장에서 충분히 나올 수 있는 반응입니다. 일할 때 노력하고 땀 흘리는 자세야말로 진정 필요한 것인데 책 제목은 그와 정반대로 젊은 나이에 백만장자가 될 수 있다고 외치니 불편할 수밖에 없습니다. 책의 제목이 주는 불편함, '빨리 부자가 되어라'라는 책의 메시지만 본다면 이 책이 수천 개의 리뷰에 높은 평점을 받을 자격이 없어 보입니다..

그런데 『부의 추월차선』이라는 책은 왜 이렇게 사람들에게 좋은 평을 받았을까요? 이유는 간단합니다. 사람들이 읽고 나서 좋은 책이라고 느꼈기 때문입니다. 굉장히 고지식하고 원칙을 고수하는 사람들에게 월급쟁이식 사고를 벗어나게 해준다는 점과, 사업가적인 사고를 하도록 변화를 일으킨 점은 그 자체로도 대단한 힘입니다. 이 책에 대해 이런 리뷰도 있습니다.

"제목만 보고 빨리 부자 되는 또 다른 버전의 책이 나온 거야? 했지만 내용은 황금이다."

"추천 도서 목록으로 올라와 있어서 읽었다. 책을 읽고 나서 내 인생이 바뀐 것을 경험했다. 책의 하이라이트는 이 부분이라고 생각한다. 해리슨 그룹은 3,000명의 억만장자를 대상으로 한 조사에서 거의 모든 억만장자가 몇 년 안에 큰돈을 벌었다고 보고했다. 40년 동안 급여의 10%를 저축함으로써 부자가 된 것이 아니라 큰 일시금을 받은 것처럼 순식간에 돈을 벌었다."

이 책이 호평을 받은 또 한 가지 이유가 있습니다. 바로 언더독 문화 때문입니다. 미국 사람들은 '밑에 깔린 개(Underdog)'가 이겨주기를 바라는 코드를 가지고 있습니다. 엠제이 드마코 역시 성공할 확률이 남들보다 낮은 환경에서 자수성가한 케이스입니다. 바로 이점 때문에 미국에서 보수적으로 월급 생활을 하는 다수의 대중에게 쉽게 어필되지 않았나 생각합니다.

이 책은 부를 천천히 축적하고 월급 생활을 하면서 은퇴할 때까지 저축, 절약을 통해 부를 축적하는 전통적인 방식에 대해 의문점을 던집니다. 저자가 말하는 천천히 부를 축적하는 방법은 좋은 성적을 받고, 좋은 학교에 가고, 주식에 투자하고, 신용카드를 잘라버리고, 할인 쿠폰을 모으고, 65세에 은퇴하면 부자가 되는 플랜입니다. 이어서 더 깜짝 놀랄 만한 대목이 있습니다. 좋은 집안, 땀 흘려 일하기, 학위, 벤처캐피털, 성별, 인종, 나이, 긍정적 사고, 옳은 사람들과 옳은 장소에 있기, 좋은 학교에 들어가기, 내가 좋아하면서 잘하는 것에 열정 갖기 등등, 이런 것들과 '부의 추월차선'은 아무 상관이 없다고 잘라 말합니다.

저자는 주변 친구들이 "모토로라에 취직했어, 렌터카 회사의 매니저가 되었어, 보험회사에 취직했어"라는 말을 할 때마다 겉으로는 기뻐해주었다고 합니다. 하지만 속으로는 '너희들은 서행차선을 탔구나'라고 생각했다는군요. 이 말이 사실이기는 합니다. 아무리 대기업에 취직했다 하더라도 나이를 먹고 은퇴할 때가 가까워 오면 그다음 플랜이 없어 괴롭기 때문입니다. 이에 반해 출발은 미미한 것 같았으나 사업을 일으켜 성공한 사람은 장래성 있는 사업 덕에 시간이 지날수록 웃고 있을 가능성이 더 큽니다.

하지만 저자는 말합니다. "부의 추월차선으로 가는 길에는 대가가 따른다. 리스크와 희생, 그리고 울퉁불퉁한 길이라는 것도 감내해야 한다." 여기까지 내용을 보면 왜 이 책이 좋은 평가를 받았는지 알 법합니다. 전통적인 부에 대한 고정관념을 깨는 시도를 했고, 그것이 독자가 새로운 사고를 하도록 물꼬를 터주었기 때문입니다. 사업을 하려는 사람들에게 유용한 조언과 진실한 어조, 그리고 사업을 통해 부를 축적하는 법을 알기 쉽게 정리했습니다. 하지만 이 분야의 책들이 흔히 받는

혹평을 받기도 합니다. 그런 평가도 살펴보겠습니다.

"저자는 세상 물정에 밝은 사람 같다. 하지만 실제로 사업가로서 살아가기는 싫고 사업에 관한 이야기를 팔아 은퇴하고 싶은 사람 같아 보인다. 무엇보다 이 책이 나온 지 10년이 넘었다. 이 사람이 말한 부를 공략하는 방법을 기반으로 한 사업은 다 어디에 있는가? 책에서 말하는 일찍 부자가 되는 비결은 간단하다. 자기 자신만의 사업을 시작하고 피할 수 있는 함정은 다 피하면 된다. 저자는 이 부분에서 성공한 사람이다. 다만 자신이 제시하는 방법대로 하지 않은 사람들을 모두 열등한 사람처럼 말하는 것은 매우 수치스러운 행동이다. 미안하지만 이 책에서 말하는 것 중 새로운 것은 없다. 이 책에 따르면 나 같은 사람은 서행차선으로 가는 사람이다. 그래도 난 좋다. 람보르기니를 타지 않아도 행복하니까."

저자 엠제이 드마코에 대해서 알아보겠습니다. 그는 어릴 적에 부모님이 이혼하고 대학 졸업장이 없는 어머니 밑에서 자랐습니다. 10대 때 또래 여자아이들이나 스포츠에 관심이 없었다고 합니다. 그러다가 어느 날 아이스크림 가게에 가는 길에 람보르기니에서 내리는 한 사람을 보게 됩니다.

그 차의 오너는 당연히 회색빛 머리카락을 가진 중년일 거라고 생각했는데, 25세쯤 되어 보이는 청년이 내리는 것을 보고 세 가지 경우일 거라고 추측했습니다. 로또에 맞았거나, 큰 재산을 물려받았거나, 운동선수겠지. 그리고 다시 생각합니다. 어쩌면 젊은 나이에 부를 거머쥐는 것이 가능할 수도 있지 않을까.

이 책이 많은 사람에게 좋은 평을 받는 이유 중 하나는 책을 통해 돈을 버는 비법을 전수해줘서가 아닙니다. 월급을 받으면서 천천히 은퇴할 즈음에 부를 축적하는 생각 구조로는 백만장자가 될 수 없다는, 사업가들이라면 다 아는 생각을 일반 직장인을 타깃으로 썼기 때문입니다. 우리 모두 알다시피 월급만으로는 큰돈을 모을 수가 없습니다. 많은 사람을 상대로 장사를 하거나 사업을 해야 시간 대비 돈을 기하급수적으로 벌 기회를 얻을 수 있죠. 이 말은 사업을 하는 사람, 장사하는 사람에게는 전혀 새로운 말이 아닙니다.

그럼 저자가 말하는 부의 추월차선과 반대되는 개념은 무엇일까요? 그것은 부의 서행차선이 아니라, '인도로 걸어가는 사람(side walker)'입니다. 저자가 말하는 인도로 걷는 사람들은 당장에 필요한 욕구와 쾌락을 위해 돈을 써버리는 사람입니다. 바로 이런 점에서 이 책은 부에 대해 말하는 동시에 자기 계발에 관해서도 이야기하고 있습니다.

이 책을 읽고 저자의 의견을 받아들였다고 해서 모두가 부의 추월차선을 탈 수 있는 것은 아닙니다. 안정적으로 좋은 학교를 나와 취직을 하고, 대기업에 들어가 정년을 맞이하는 것도 인생의 선택 중 하나입니다. 다만 길을 선택하고, 그 길을 타고 가면서 생기는 일들에 책임을 져야 하는 것은 자기 자신임을 잊지 말아야 합니다.

마지막으로 이 책의 하이라이트 내용을 하나 소개하겠습니다.

"돈만을 좇거나 본인의 이기적인 욕구만을 좇지 말라. 사람들의 니즈가 어디에 있는지, 문제는 무엇인지, 고통을 느끼는 포인트가 어디인지, 서비스의 부족함은 어디에 있는지, 어떤 감정을 가지고 있는지에 집중하라."

1. 돈은 누구나 필요하지만 아이러니하게도 우리나라 사람들은 돈에 관련된 금융, 경제 지식에 관해서는 다른 나라 사람들보다 문맹률이 높은 편이다.

2. 좋은 집안, 땀 흘려 일하기, 학위, 벤처캐피털, 성별, 인종, 나이, 긍정적 사고, 옳은 사람들과 옳은 장소에 있기, 좋은 학교에 들어가기, 내가 좋아하면서 잘하는 것에 열정을 갖기와, 부의 추월차선은 아무 상관이 없다.

3. 부의 추월차선으로 가는 길은 리스크와 희생, 그리고 울퉁불퉁한 길이라는 것도 감내해야 한다.

4. 부의 추월차선과 반대되는 개념은 부의 서행차선이 아니라, 인도로 걸어가는 사람이다.

5. 길을 선택하고, 그 길을 타고 가면서 생기는 일들에 대해 책임을 져야 하는 것은 자기 자신임을 잊지 말아야 한다.

6. 돈만을 좇거나 본인의 이기적인 욕구만을 좇지 말라. 사람들의 니즈가 어디에 있는지, 문제는 무엇인지, 고통을 느끼는 포인트가 어디인지, 서비스의 부족함은 어디에 있는지, 어떤 감정을 가지고 있는지에 집중하라.

대니얼 레비틴이 말하는
생각과 인생을 정리하는 법

앞서 소개한 데이비드 고긴스는 한계에 부딪히며 뇌에 대해 분석하고 이해했습니다. 그렇기 때문에 많은 사람들이 그의 이야기에 공감하고 귀 기울일 수 있었습니다. 그는 인간의 뇌에 관해 흥미로운 의견을 제시했죠.

> "내 생각엔 뇌가 어떻게 작동하는지를 이해하는 것이 누군가의 삶의 경험과 철학을 받아들이는 것보다 훨씬 낫다."

누군가 한 분야에서 빛을 발하기 위해서는 1만 시간을 들여야 한다는, 1만 시간의 법칙을 창설한 대니얼 레비틴의 책 『정리하는 뇌(The Organized Mind)』에서 여러분들의 뇌 업그레이드에 도움될 만한 것들을 모아봤습니다.

첫 번째입니다. **"독서가 뇌를 발전시킨다."**

대니얼 레비틴은 다소 난해하고 저자의 의도와 문맥을 파악해야 하는 문학책을 추천합니다. 저자는 "백일몽 모드를 유발하는 책이 좋은 책이다"라고 표현합니다. 며칠 동안, 최소 몇 시간 동안이라도 고민하게 만드는 책이 결국 뇌 기능을 향상시킨다는 뜻입니다.

두 번째입니다. **"정보의 진위 파악. 과학 정보와 의학 정보를 평가할 때 상호 심사된 학술 문헌에 대한 각주나 인용이 포함되어 있어야 한다."**

신뢰할 만한 전문가의 의견을 골라 들을 수 있는 정보 소스를 알고, 이것을 통해서 정보의 진위를 가릴 수 있는 능력을 키우는것이야말로 중요합니다.

세 번째입니다. **"확률 게임을 조심하라."**

이 책에는 '창문 골라 열기'라는 개념이 소개되어 있습니다. 쉽게 이야기해서 표본을 정해 확률 게임을 하는 것입니다. 한 증권 중개인이 어느 주식 종목에 대해 오른다 혹은 내려간다, 이 두 가지의 확률을 정해놓고 정해진 그룹의 사람들에게 '이 주식은 오를 것이다'라고 계속해서 이메일을 보냅니다. 실제로 해당 주식의 주가가 오르면 메일을 받았던 사람들에게 '거봐, 내가 말한 게 맞지 않냐'라고 수차례 메일을 보내 믿음을 심어주고, 계속 자신을 따르도록 만듭니다. 결국 이 증권 중개인은 이메일 사기 혐의로 법의 처벌을 받게 됩니다. 이처럼 일정한 표본을 정하고 이렇게 될 것이라는 예견이나 선동을 통해 확률 게임을 조장하는 것에 대해 조심할 것을 경고합니다.

네 번째입니다. **"위대한 과학자는 위대한 예술가다."**

저자는 아인슈타인의 통찰의 비밀에 관해 백일몽 모드, 즉 직관, 영감 이후에 찾아온 갑작스러운 통찰이라고 말합니다. 간단히 설명하자면 학술적인 논리성이 필요한 과학자에게도 어떤 결론을 내리기 위해서는 일종의 영감이 필요하다는 뜻입니다.

다섯 번째, **"4분 표 만들기."**

4분표란 내가 속한 상황에서 몇 가지 시나리오를 쓰고, 그에 맞는 대처법을 세울 수 있도록 하는 것입니다. 예를 들어 부하직원의 관점에서 상사가 어떤 유형에 속하는지에 대해 4분표를 그려봅니다. 이 표에서 X축에 속하는 것은 상사의 능력 여부, Y축에 속하는 것은 상사의 성품이 착한지, 악한지를 나타냅니다. 그렇다면 능력이 없으면서 착한 사람, 능력이 없으면서 악한 사람, 능력이 있으면서 착한 사람, 능력이 있으면서 악한 사람, 이렇게 네 종류의 상사로 분류할 수 있고, 이들에 맞춰 내가 어떤 준비를 하고 어떤 처신이 필요한지 알 수 있습니다. 이처럼 내가 속한 상황이나 고민에 관해 4분표를 만들어보면 각각의 요소에 대해서 어떤 대처가 필요한지에 대한 시나리오를 미리 준비할 수 있습니다.

저자가 의도한 바이지만 『정리하는 뇌』라는 책을 읽는 동안 여러분은 자신도 모르게 마음의 습관을 훈련받을 수 있습니다. 여기에서 저자가 말하는 '마음의 습관'이란 정보의 진위를 가릴 수 있는 사고를 훈련하고, 믿을 만한 정보를 가릴 수 있는 기준을 갖는 것입니다. 저자는 이 정리하는 습관을 삶에도 적용해 질문을 하라고 권합니다.

내가 이 물건 또는 사람과의 관계를 계속 유지할 필요가 있을까?
이것이 나를 에너지와 행복으로 채워주나?
내게 도움이 되나?

대니얼 레비틴은 진화론을 바탕으로 한 신경 과학자 겸 심리학자입니다. 하지만 이데올로기나 종교적 신념이 첨예하게 대립하는 방향으로 책이 쓰여 있지는 않습니다. 저자의 목소리가 제안하는 방식으로 담겨 있기 때문인데, 많은 학술서 참고 문헌이 있음에도 저자와 대화를 하는 느낌이 듭니다.

『정리하는 뇌』의 저자가 말하는 미래에도 효용 가치가 높고, 기계에 밀리지 않으며, 모든 인간이 가지고 있는 뇌의 능력을 아주 간단히 설명하면 두 가지로 정리할 수 있습니다. 바로 비판적 사고와 스스로 배우는 능력입니다.

대니얼 레비틴은 정보의 홍수 속에서 진위를 가려낼 수 있는 핵심 능력인 비판적 사고를 강조합니다. 이 비판적 사고만 장착한다면 어느 집단에서든 어떤 기계에 둘러싸여 있든 살아남을 수 있습니다. 저자는 이 능력을 수많은 정보를 평가하는 법, 어느 것이 진실인지 구별하는 법, 편견과 반쪽 진실을 확인하는 법, 비판적이고 독립적으로 생각하는 사람이 되는 법 등으로 구체적이고 다양하게 설명합니다.

또한 저자는 스스로 배우는 것이 누군가가 말하는 것을 들었을 때보다 더 오래 기억에 남는다고 말합니다. 쉽게 말해 자기 주도적 학습법이 유리하다는 이야기입니다. 하지만 저자가 말한 '스스로 알아내어 정보를 학습하는 것'은 완벽한 방법이 아닙니다.

한 연구에 따르면 공부한 후에 테스트를 한 집단과 공부만 한 집단을 비교한 결과, 5분이라는 시간이 지난 후에는 공부만 한 집단이 더 많은 것을 기억하고 있지만, 일주일 후에는 공부 후 테스트를 치른 집단이 더 많은 것을 기억한다는 결과가 나왔습니다. 스스로 주도적으로 학습한 이후에 테스트를 통해 계속해서 기억을 장기화해야 합니다.

그렇다면 이제부터 『정리하는 뇌』에서 설명하는 뇌의 기능을 더욱 활성화하고 성장시키는 방법을 알아보겠습니다. 한마디로 이야기하자면 바로 자극의 퇴보입니다. 뇌과학, 심리학 책들이 말하는 뇌의 공통적인 특징 중 하나는 인간이 이룩한 문명과 기술 발전과 비교해보면, 뇌는 선사시대부터 현대까지 별로 발전하지 않았다는 사실입니다. 우리의 뇌는 정보를 다운로드하고 프로그램을 컴퓨터에 설치하고 USB로 정보를 옮겨 담는 것처럼 빠르고 쉽게 정보를 처리하지 못합니다.

대니얼 레비틴은 아이들을 대상으로 한 실험의 예를 듭니다. 아동

용 TV 프로그램 중 빠르게 장면이 전환되는 만화 〈스펀지밥〉과 장면 전환과 전개가 비교적 느린 만화를 두 집단의 아이들에게 9분간 보여주고 뇌의 전두엽 변화를 확인했습니다. 그 결과 빠른 장면 전환의 영상이 아이들에게 목표 지향 행동, 주의 초점, 작업 기억, 문제 해결, 충동 조절, 자기 조절 등에 있어 부정적 영향을 미친다는 사실을 발견했습니다.

결국 나라는 사람의 뇌가 수십억 연봉을 벌어들이는 뇌로 기능하지 못하고 핵심 능력들을 키우지 못하게 하는 요소들이 우리 주변에 항상 있다는 것입니다. 간단히 말하자면 뇌 성장에 필요한 유기농 자료와 유기농 매체의 선택이 중요하다는 뜻도 될 것입니다.

저자가 책에서 말하는 뇌를 위한 유기농 콘텐츠는 양질의 문학, 음악, 미술품 감상, 춤 관람 등입니다. 이와 반대로 내 뇌의 정크 푸드 콘텐츠는 문학성이 떨어지는 논픽션, 통속소설 등입니다.

문학 작품의 복잡한 코드, 어조, 분위기, 시대적 배경, 말의 온도 등을 해석하거나, 훌륭한 미술품 감상을 통해 예술 작가가 표현하고자 했던 코드를 헤아리려는 노력, 잘 짜인 춤 공연이나 오페라를 보면서 원작의 내용을 생각하고, 그것을 연기하는 배우들이 얼마만큼 작품의 원작을 잘 전달하고 있는지 느끼는 통찰이야말로 우리가 살면서 마땅히 흘려야 할 땀과 관련이 있습니다.

땀 흘려 성공한 사람들은 절대 자기 자신을 자수성가했다고 표현하지 않습니다. 누군가의 도움 없이 자수성가했다는 말은 아예 처음부터 말이 되지 않습니다. 다만 이미 널려 있고 검증된 법칙과 비법을 자기 주도적으로 컨트롤하면서 공부하고 성장한 것뿐입니다. 가능하다면 이렇게 자기 주도 학습을 통해 누군가에게 영향받고 성장해 자신만의 법칙을 만들고, 이렇게 성공한 사람들이 다음 세대를 위해 기여하는 것이야말로 건강한 사회를 위한 선순환이라고 생각합니다.

TIP+KEY

1. 대니얼 레비틴이 말하는 뇌 업그레이드에 도움 될 만한 것들.

   첫 번째, 독서가 뇌를 발전시킨다.

   두 번째, 정보의 진위 파악. 과학 정보와 의학 정보를 평가할 때 상호 심사된 학술 문헌에 대한 각주나 인용이 포함되어 있어야 한다.

   세 번째, 확률 게임을 조심하라.

   네 번째, 위대한 과학자는 위대한 예술가다.

   다섯 번째, 4분표 만들기. 나만의 4분표를 통해 내가 속한 상황에서 몇 가지 시나리오를 쓰고 그에 맞는 대처법을 세울 수 있도록 하라.

2. 뇌의 기능을 더욱 활성화하고 성장시키는 방법은 자극의 퇴보다. 우리의 뇌는 정보를 다운로드하고 프로그램을 컴퓨터에 설치하고 USB로 정보를 옮겨 담는 것처럼 빠르고 쉽게 정보를 처리하지 못한다.

행복팔이 마케팅에
속아 넘어가지 않는 법

행복의 사전적 정의는 '생활에서 충분한 만족과 기쁨을 느끼어 흐 뭇한 상태'입니다. 행복이란 말은 지식수준, 배경, 학력, 문화, 성별과 관계없이 누구나 쉽게 사용하는 단어입니다. 바로 이점 때문에 누구나 행복이라는 주제로 말이 많은 것 같습니다. 특정 타깃층을 공략한 행복론을 만들어 파는 행복팔이 마케팅도 많습니다. 팩트 체크 없이 누군가의 성공론, 행복론에 치우치지 않기 위해서는 행복에 대한 심리학자나 정신과 의사 같은 전문가의 의견을 참고할 필요가 있습니다.

『정리하는 뇌(The Organized Mind)』의 저자 대니얼 레비틴도 위키피디아 같은 비전문가들의 지식과 움직임이 전문가들을 몰아내게 되는 현상을 심각하게 우려한다고 말한 바 있습니다. 그런 면에서 심리학 교수로 대중의 눈높이에 맞추어 행복에 대해 이야기하는 데커 캘트너 박사와 함께 UC 버클리 대학의 행복 강의 내용을 정리해보겠습니다.

이 강의를 제공하는 기관은 UC 버클리 대학 산하 '더 나은 선을 위한 과학센터(greater good science center)'로 심리학, 사회학, 행복의 뇌과학을 연구하고 번영, 회복력, 서로 연민하는 사회를 위한 교육 서비스를 제공합니다. UC 버클리 심리학과 교수인 데커 캘트너 박사가 이 센터를 세우고 직접 팟캐스트 강의까지 진행하고 있습니다.

이 행복에 대한 강의 커리큘럼은 9주 과정으로 이루어져 있습니다. 웬만한 대학교 강의와 비슷합니다. 긍정의 심리학이라는 큰 틀 안에서 감정의 과학을 연구하고 가르치는 교수답게 강의 요강은 어렵다고 느끼지 않을 만한 주제들로 이루어져 있습니다. 행복의 과학에 대한 개요, 소셜 커넥션, 타인과의 사회적 연결의 힘, 연민과 친절, 협력과 조화, 마음 챙김(Mindfulness), 행복의 정신적 습관, 감사, 행복의 새로운 척도 같은 내용입니다.

행복은 식상할 수 있는 토픽이지만 신선하다고 생각되는 부분은 경외와 미(Awe & Beauty)의 과학을 행복과 연결 짓는 내용입니다. 대자연이 주는 경이로운 아름다움을 통해 행복 수치를 올릴 수 있다는 사실을 과학적으로 설명하고 있습니다. 한 가지 예로, 초록색 나뭇잎으로 둘러싸인 주거 환경에 노출된 사람들은 도난율이 48%가 낮고 폭력률 또한 56% 낮다고 합니다. 초록색 잎이 많은 환경에 노출된 아이들도 더 높은 자기 절제, 보상의 유보, 충동 조절, 집중력을 나타냈고, ADHD가 있는 아이들은 조용한 도심 속을 걷는 것보다 공원을 걷는 것이 더 도움이 되었다고 합니다. 이렇게 자연과 생태계로부터 좋은 영향을 받는 것을 '바이오필리아'라고 표현합니다.

UC 버클리의 행복 강의에서 제공하는 콘텐츠 가운데 유용한 것을 하나 소개하겠습니다. 눈에 보이지 않는 행복이라는 것을 느끼고 유지하기 위해 '3 GOOD THINGS', 하루 일과 중 세 가지 잘된 점을 쓰는 것입니다. 일종의 행복 훈련이죠. 그리고 각 항목에 대해 왜 그것이 잘된 것인지 자신만의 이유를 적는 것입니다. 강의에서는 최고의 결과를 위해 이 과정을 매일 저녁 최소 일주일간 꾸준히 해보라고 권합니다. 습관화하는 것입니다.

이렇게 단순해 보이는 방법이지만 일상의 아름다움을 간과하지 않도록 해주고, 특히 안 좋은 일들에 매이지 않고 우리가 쉽게 간과할 수 있는 것들에 대해 감사할 수 있는 능력을 키워준다고 합니다. 이런 강의는 긍정 심리학을 바탕으로 하고 있습니다.

이런 긍정 심리학의 요소를 우리는 다른 책에서도 찾아볼 수 있습니다. 예를 들어서 『시크릿(Secret)』같은 책입니다. 좋은 일들이 일어날 것 같다고 주문을 외우듯 감사하는 말투와 감사를 적는 습관을 실행하자는 거죠. 하지만 이렇게 해서 맞는 사람이 있고, 왠지 종교 주문 외우는 것 같아 불편하거나 별로 효과를 못 보는 사람도 있습니다.

문제는 마치 감사를 표현하는 것이 모두에게 맞다고 가정하고 무조건 권하는 것 같습니다. 긍정 심리학의 연구에서도 감사를 표현하고 친절을 베푸는 연습을 하는 것이 행복해지는 데 도움이 된다는 결과를 내놓았습니다. 하지만 몇몇 학자들은 이것이 모두에게 다 맞지 않는다는 가설을 세우고 다른 플랜을 내놓기도 했습니다.

긍정 심리학의 대표 인물 중 1명인 소냐와 그의 제자들은 어떻게 (HOW) 행복하고, 왜(WHY) 행복하고, 무엇(WHAT)에 행복하고, 언제 (WHEN) 행복하고, 누구(WHO)와 행복해야 하는지에 대한 논문을 통해, 개인의 다른 성향과 상황에 적용할 수 있는 행복 훈련에 대한 가이드라인을 제시했습니다.

이 연구 결과에 따르면 한 개인이 행복해지기 위해서는 왜 행복해져야 하는지에 대한 동기와 신념, 그에 따른 노력, 주변의 도움, 문화, 나이 등이 깊이 관여한다고 합니다. 논문에 따르면 전반적으로 앵글로 아메리칸 인종이 행복감을 늘리는 활동을 직접 했을 때 더 행복감을 느끼고, 이에 비해 아시아인들은 다른 사람들을 행복하게 하는 행동을 했을 때 좀 더 행복감을 느낀다고 합니다. 쉽게 설명해서 이렇게 하면 행복해진다는 어떤 방법이 있다면 먼저 해보고, '별로 효과 없는데? 난 모르겠는데?'라는 생각이 들면 자신에게 맞지 않는 것이기에, 행복을 얻는 다른 방법을 찾아보라는 것입니다.

행복 강의 콘텐츠의 장본인인 켈트너 박사는 픽사가 제작한 애니메이션 영화 〈인사이드 아웃〉의 고문으로 참여했습니다. 아이가 어떤 뇌 구조를 가졌는지 쉽게 설명해주고, 인간의 감정에 대한 문화적 이해에 기여하기 위해 이 작품에 참여했다고 합니다. 박사는 이 애니메이션을 통해 문화적으로 슬픔이 등한시되는 부분을 지적했습니다. 슬픔을 통해 위로와 유대를 찾을 수 있고, 또 화를 통해 사회 개혁의 원동력으로 쓸 수 있다는 사실을 전달합니다.

켈트너 박사는 긍정 심리학 분야를 연구했습니다. 긍정 심리학이란 인간의 번영과 최적의 능력을 끌어내기 위해 고안된 응용 심리학입니다. 긍정 심리학의 목적은 '다른 사람과의 관계에 대해 말하고, 창의성, 생산성을 만족시킬 일을 찾고, 인생의 도전에 맞서고, 좌절과 역경을 최대한 활용한다. 자기 자신을 초월해보고, 다른 사람이 지속적인 의미, 만족, 지혜를 찾을 수 있도록 돕는다'라고 정리할 수 있습니다.

켈트너 박사가 UC 버클리 대학교의 행복 강의 콘텐츠를 통해 행복에 대해 전하는 것도 같은 맥락입니다. 대학 강의이기 때문에 인간의 심리와 뇌과학적 근거를 자세히 들고 있지만, 큰 틀 안에서는 자신의 행복을 위한 자세, 행동, 마음가짐에 관해서 설명합니다.

행복은 가만히 있으면 그냥 찾아오는 것이 아니라, 연습과 훈련으로 만들어갈 수 있다는 점에는 수긍했을 겁니다. 그리고 누구나 행복을 논할 수 있지만, 각자의 상황과 성격에 맞는 행복해지는 방법이 다양하게 존재한다는 것 또한 알았을 겁니다. 바꿔 말하면 누군가가 이것이 행복이라고 소리치고 있다면, 그것을 한 작가의 문학 작품처럼 봐야지, 절대 비법처럼 여기고 맹신해서는 행복을 얻을 수 없다는 이야기입니다.

자신에게 맞는 행복을 찾기 위해서 기본적으로 가져야 할 태도가 있습니다. '성공 VS. 실패, 긍정 VS. 부정, 왜 나야 VS. 왜 내가 아니야'라는 식의 흑백논리에 갇히지 말고 '나? 못할 것 없지!'라는 적극적인 자세로 나에게 맞는 행복을 찾아가야 합니다.

TIP+KEY

1. 팩트 체크 없이 누군가의 성공론, 행복론에 치우치지 않기 위해서는 행복에 대한 심리학자나 정신과 의사 같은 전문가의 의견을 참고할 필요가 있다.

2. 긍정 심리학이란 인간의 번영과 최적의 능력을 끌어내기 위해 고안된 응용 심리학이다. 긍정 심리학의 목적은 다른 사람과의 관계에 대해 말하고, 창의성, 생산성을 만족시킬 일을 찾고, 인생의 도전에 맞서고, 좌절과 역경을 최대한 활용하고, 자기 자신을 초월해보고, 다른 사람이 지속적인 의미, 만족, 지혜를 찾을 수 있도록 돕는 것이다.

신경쇠약으로
세계 최고의 회사를 만든
리드 헤이스팅스

넘쳐나는 정보와 많은 브랜드로 인해 브랜드가 아니라는 슬로건으로 소비자에게 가격 대비 좋은 품질을 제공하는 대형 마트가 생겼습니다. 일상에서 매일 사용하지 않고 필요하지 않은 물건들은 시간이 지나면 집에 쌓이기만 합니다. 그래서 미니멀리즘이 탄생했죠. 이와 비슷하게 너무 많은 규칙과 문화적 다양성 때문에 오히려 규칙이 없는 규칙을 세워 소위 대박이 난 회사가 있습니다.

'다른 회사들처럼 우리는 고용을 잘하려고 한다. 다른 회사들과는 다르게 우리는 적절히 일하는 자들에게 후한 퇴직금을 줄 것이다."

이런 슬로건을 내건 회사가 어디인지 아십니까?
기존의 방식과 차별화해서 코로나 등의 예측하지 못한 악재를 견디고 살아남아 성공한 기업이기에, 색다른 인사이트를 기대하는 사람들이라면 분명 만족할 겁니다.

『규칙 없음(No rules rules)』, 규칙이 없는 것이 바로 규칙이라는 이 책의 저자는 넷플릭스의 CEO 리드 헤이스팅스입니다. 공동 저자로 에린 메이어가 있습니다. 에린 메이어는 『컬처 맵(The Culture Map)』이라는 책을 쓴 저자로, 글로벌 기업들이 문화의 다양성과 복잡성을 해석하고 문화적 차이를 넘어 효율적으로 일할 수 있는 최첨단 전략과 전술을 제시하는 비즈니스 사상가입니다. 넷플릭스의 글로벌 소통을 담당하는 매우 중요한 인물이죠.

넷플릭스는 초창기에 규모가 작은 스타트업 회사였습니다. 직원 100명에 서비스를 이용하는 사람은 3,000여 명 정도였는데, 온라인으로 영화 DVD 대여 신청을 하면 우편을 통해 집으로 발송하는 서비스를 제공했습니다. 그래서 리드 헤이스팅스는 미국에서 가장 큰 DVD 대여 체인점인 블록버스터사의 온라인 사업부에 편입되기를 바라는 마음에 수개월 동안 노력해서 블록버스터의 CEO를 만났습니다.

당시에는 사람들이 여전히 오프라인 블록버스터 매장에 직접 들러 DVD를 빌릴 때였습니다. 초창기 헤이스팅스가 창업한 회사는 손실액이 약 672억 원 정도였다고 합니다. 그래서 블록버스터사의 존 안티오코를 찾아가 590억에 자기 회사를 인수해달라고 제안했습니다. 하지만 바로 거절당했습니다. 만약 그때 팔렸다면 지금의 넷플릭스가 아마 '블록버스터닷컴'이 되어 있었을 겁니다. 원래 그럴 계획이었으니까요.

그래도 부단히 노력한 결과 2002년에 590억 원 매출을 달성했는데, 당시 블록버스터는 그 10배의 매출을 올리고 있었습니다. 그런데 딱 8년이 지난 2010년에 블록버스터는 파산을 선언합니다. 단적으로 말해 DVD 대여 서비스를 온라인 스트리밍으로 바꾸지 못해서 망하게 되었습니다.

리드 헤이스팅스는 자문했습니다. 어떻게 넷플릭스 같은 작은 회사는 계속해서 새로운 것에 적응해 살아남고, 블록버스터 같은 대기업은 그렇지 못했을까? 이에 대해 리드 헤이스팅스는 스스로 답합니다.

넷플릭스는 다르다. 규칙이 없는 것이 규칙이다.

넷플릭스 문화의 핵심은 직원 모두는 가족이 아니라 일하기 위해 모인 팀이라는 것입니다. 한마디로 하면 '일이 되게 하라(Get the job done)'라고 말할 수 있습니다.

"만약에 누가 나간다고 했을 때 나가지 말아달라고 붙잡아야 하는 정도의 대단한 실력자가 아니라면 후한 퇴직금을 주어 보내줄 것이다. 그리고 그 사람을 대체할 더 능력 있는 사람을 영입할 것이다. 능력 있는 한 사람을 영입하는 것이 그렇지 않은 두세 명을 고용하는 것보다 낫다"고 생각하는 것이 운영진의 방침입니다. 진정한 능력주의입니다.

그리고 넷플릭스는 열 가지 핵심 가치를 가지고 있습니다. 판단, 소통, 호기심, 용기, 열정, 이타심, 혁신, 포괄성, 진정, 영향. 또한 아니라고 생각하거나 동의하지 않는 점이 있다면 자신의 의견을 언제든 오픈해서 피력하라는 문화도 가지고 있습니다.

회사 슬로건과 문화 이외에 눈에 띄는 헤드라인이 있습니다. 바로 자유와 책임(freedom and responsibility)입니다. 회사가 추구하는 비전과 함께 생각해보면 회사의 문화와 CEO의 정신을 엿볼 수 있는 부분입니다.

책은 크게 네 챕터로 구성되어 있는데, 그중 세 챕터가 자유와 책임을 어떻게 시작하고, 그다음 단계로 어떻게 나아가고 강화할지에 대한 내용입니다. 그리고 마지막 챕터는 이렇게 적절하게 세워진 자유, 책임의 문화를 세계화하는 것이죠. 첫 번째 챕터에서 자유와 책임의 문화를 마련하는 과정 가운데 '제한 없는 휴가(unlimited vacation)' 정책이 있습니다. 그리고 이 정책이 큰 화제가 된 적이 있죠.

미국의 직장인들은 평균적으로 주어진 휴가 기간의 대략 절반만 사용한다고 합니다. 하지만 넷플릭스는 휴가에 대해서 시간과 날짜를 정하지 않고 제한 없는 자유를 부여하되, 회사에 이익이 되는 방향으로 휴가를 보낼 수 있도록 장려합니다. 다시 말해 쉬는 시간, 출퇴근 시간에 얽매이지 말고 쉬고 싶을 때 마음껏 쉬되, 활기를 되찾으면 회사를 위해 온 힘을 다하라는 것입니다. 심지어 휴가를 간다고 결재를 받을 필요도 없습니다. 다만 일에 차질이 없도록 자리를 비우게 된다는 것 정도는 알려야겠죠.

리드 헤이스팅스는 하이테크 산업의 CEO로서 회사가 최대한 잘 돌아가도록 시스템을 잘 짜놓았습니다. 제한 없는 휴가 외에도 비즈니스 여행 경비에 대해 일일이 보고하지 않고 어떤 렌터카를 타든 무엇을 먹든 룰이 없는 것도 자유 정책에 포함됩니다. 다만 휴가든 여행 경비든 넷플릭스에 도움이 되도록 쓰자는 것이 밑바탕에 깔려 있습니다. 남의 돈 쓰듯이, 공공시설을 함부로 이용하듯이 쓰는 것과는 거리가 멉니다. 직원에겐 기본 인성과 상황에 맞는 적절한 의사결정력이 필요하죠. 마치 가계의 재정 상황을 알려주고 아이에게 카드를 준 후 학업에 필요한 물품을 제한 없이 사라고 하는 것과 비슷합니다. 상황을 잘 이해하는 아이라면 충동 소비나 과소비는 절대 하지 않겠죠.

두 번째 챕터에서 가장 인상 깊었던 점은 의사결정에 허락이 필요 없다는 점이었습니다. 일을 하면서 대부분의 사람들이 느끼겠지만 빠른 의사결정을 해야 할 때 보고를 하면서 상대의 상황과 눈치를 봐야 하는 것만큼 답답한 게 없습니다. 그렇게 되는 순간 상사나 결정권을 가진 권력자 입맛에 맞게만 움직이게 되는 보이지 않는 룰이 생기기 때문에 최고의 결과를 기대하기 어렵습니다.

"상사를 만족시키려 하지 말고 회사에 가장 좋은 선택을 해라."

책에서는 이렇게 단호하게 표현하지만, 사실 이 말은 참 어렵습니다. 실력이 부족하거나 자기 과신인 상태로 상사를 대해서는 안 됩니다. 실제로 좋은 결과를 내지 못할 게 뻔히 보이는데 그저 말만 내세우며 자기 생각을 밀어붙여서도 안 되죠. 소통을 통해 회사 발전에 머리를 맞댄 결과를 만들어내야만 합니다.

이 책의 공동 저자 에린 메이어도 언급하지만, 넷플릭스에서 내건 고용 기준에 부합하는 사람을 현실에서 찾는 것은 매우 어려워 보입니다. 이 때문에 넷플릭스는 구글처럼 회사 문화에 적합한 사람을 여러 국가에서 고용하려고 힘씁니다. 쉽게 말해 넷플릭스의 비전에 적합한 사람을 찾을 때 미국에만 국한하지 않습니다. 그도 그럴 것이 넷플릭스가 추구하는 글로벌 비전에 적합한 사람을 미국 내에서만 찾기는 상당히 어려울 겁니다.

『규칙 없음』의 공동 저자 에린 메이어의 책『컬처 맵』도 살펴보겠습니다. 이 책은 '컬처 맵'이라는 툴을 통해 국가별, 문화별로 행동 양식이 어떻게 다른지 상세히 설명하고 있습니다. 그럼 컬처 맵을 통해 리드 헤이스팅스가 문화별 차이를 어떻게 이해하는지 함께 살펴보겠습니다. 소통, 평가, 리더십, 결정, 신뢰, 반대 의사 표현, 스케줄의 항목으로 나누어 어느 항목별로 어느 성향에 비중을 두고 있는지 나타낸 표입니다.

먼저 넷플릭스의 분석을 보겠습니다. 직접적이고 정확한 형태의 소

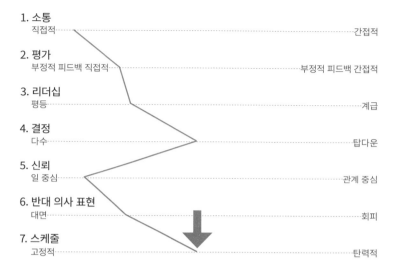

넷플릭스

1. 소통		
직접적		간접적
2. 평가		
부정적 피드백 직접적		부정적 피드백 간접적
3. 리더십		
평등		계급
4. 결정		
다수		탑다운
5. 신뢰		
일 중심		관계 중심
6. 반대 의사 표현		
대면		회피
7. 스케줄		
고정적		탄력적

통을 하고, 평가할 때 부정적인 것은 바로 이야기하는 편에 속하고, 리더십은 평등에 가깝고, 의사결정은 다수가 대체로 동의하는 것과 윗사람에 의해 결정되는 탑다운의 중간 지점에서 이루어집니다. 신뢰는 관계보다는 일의 결과를 바탕으로 이루어지고, 반대 의사 표현은 바로 대면해 그 자리에서 하는 편입니다. 시간 개념은 일관된 스케줄에 딱 맞추는 것과 탄력적 스케줄의 중간 지점에 있습니다.

그 외에 다른 국가들과 비교한 표들을 함께 보겠습니다. 신뢰가 일 중심으로 형성되는지 관계 중심으로 형성되는지를 나타내는 표입니다. 미국과 넷플릭스가 일 중심적으로 신뢰를 준다는 것을 표를 통해 확인

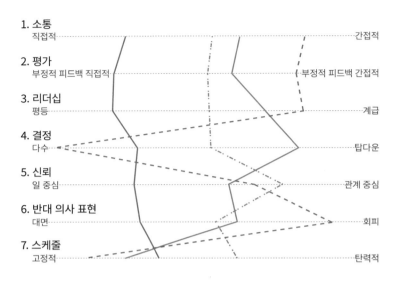

네덜란드	브라질	네덜란드	일본

1. 소통
직접적 .... 간접적

2. 평가
부정적 피드백 직접적 .... 부정적 피드백 간접적

3. 리더십
평등 .... 계급

4. 결정
다수 .... 탑다운

5. 신뢰
일 중심 .... 관계 중심

6. 반대 의사 표현
대면 .... 회피

7. 스케줄
고정적 .... 탄력적

할 수 있습니다. 또한 실력과 확실한 결과를 중요시한다는 것 또한 알수 있습니다.

일곱 가지 항목을 나타내는 표에서 확인했지만, 부정적인 피드백을 직접적으로 하는지 간접적으로 하는지에 대해 국가별로 넷플릭스와 함께 비교해보겠습니다. 앞서 남 눈치 보지 않고 직접적으로 안 좋은 이야기를 확 해버리는 것이 러시아라고 『신경 끄기의 기술』 저자의 경험을 통해 설명했습니다. 그런데 이 표를 보니 네덜란드 사람들이 그 못지않게 직설적인 문화를 가지고 있는 듯합니다.

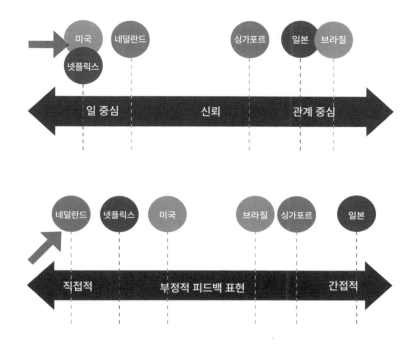

정리하자면 넷플릭스는 어떤 정해진 룰이 없는 대신 콘텐츠가 있습니다. 룰이 있는 것 자체를 싫어하거나 속박으로 느끼는 분들이 있습니다. 하지만 반대로 생각해보면 룰만 지키면 문제 삼을 것이 없기 때문에 오히려 더 편한 부분도 있습니다. 바로 이런 점 때문에 룰은 없고 큰 맥락만 있다는 사실은 계속해서 변화하고 상황에 따라 고민해 다른 의사결정을 해야 한다는 의미가 됩니다. 이를 위해서는 성실함, 소통, 실력이 필요합니다. 어찌 보면 더 피곤하지만 지금처럼 급변하는 코로나 사태의 시대에 어디서 터질지 모르는 악재에 처한 우리 모두에게 필요한 능력입니다.

'가십이 없는 대신 피드백이 있다.'

넷플릭스에서는 부정적인 피드백도 그 자리에서 바로 말합니다. 그 사람에게 악감정이 있어서가 아니라 모두가 회사가 잘되어야 한다는 공통 비전 아래에서 움직이기 때문에, 일 자체를 사람과 분리해 냉정하게 평가하는 문화입니다.

'패밀리가 아니라 팀이다.'

가족이 있다는 것은 행복한 일입니다. 하지만 가족 구성원 중 말썽을 피우는 사람이 있다고 해서 가족에서 제외시킬 수는 없습니다. 한국에서도 가족 같은 분위기의 회사라는 말을 하는 소규모 회사는 반드시 피해야 합니다. 왜냐하면 가족 같다는 이유로 퇴근 시간이 확실히 확보되지 않고, 부모 역할을 하는 리더에 대해 감정노동을 더 해야 하는 등, 일의 영역을 설정하는 것이 어려워지기 때문입니다. 또한 가족 같은 회사는 일의 성과와 실력을 컨트롤할 수 없다는 단점도 있습니다.

쉽게 말해 헤이스팅스는 일 잘하는 맏며느리는 집안에서 1명뿐이니, 전 세계 여러 나라에서 일 잘하는 맏며느리들만 모아 드림팀을 만들겠다는 것입니다.

사업 초창기에 큰 손실을 지고 신경쇠약까지 생겼다면 누구든 블록버스터 같은 회사에 인수되어 당장 눈앞의 큰 빚은 면하고자 하는 마음이 간절하기 마련입니다. 그리고 그렇게 하는 것이 절대 잘못된 것이 아닙니다.

하지만 블록버스터사의 CEO는 넷플릭스 회사의 가격을 듣고 거절했죠. 그런데 이게 우리 삶에도 적용되는 것 같습니다. 이상하게도 내가 정말 힘이 들 때, 아직 성공하지 못했을 때 나의 가치를 미리 봐주고 투자해주거나 선뜻 나서서 돕는 사람을 찾는 것은 정말 어렵습니다.

블록버스터사의 CEO뿐만 아니라 이익을 생각하는 사람이라면 누구나 그 큰돈을 주고 초창기 넷플릭스를 살 의향이 없었을 겁니다. 필요하다면 오히려 위기에 처할 때를 더 기다렸다가 최저의 돈을 주고 사려고 하겠죠.

그럼에도 리드 헤이스팅스가 오늘날까지 살아남을 수 있었던 것은 다름 아닌 신경쇠약 때문일지도 모릅니다. 어느 정도 성공한 사람들이 가지고 있는 특유의 여유와 정반대죠. '이 정도면 성공이야'라고 생각하는 순간 안일해지고 쇠락의 길에 접어드는 경우가 허다합니다.

헤이스팅스는 매번 신경과민이 올라올 때마다 그 에너지를 플립해서 성공에 초점을 맞췄습니다. 이런 말이 있습니다. "당신이 가진 재료가 토마토라면 토마토 주스를 만들어라. 자꾸 남들이 좋아하는 레모네이드를 만들려 하지 말고."

헤이스팅스는 자신이 가진 신경쇠약이라는 재료로 오늘날의 넷플릭스의 가치를 만들어냈다고 해도 과언이 아닌 것 같습니다.

넷플릭스 매각 제안을 거절당한 후 헤이스팅스는 더욱 신경증에 시달렸을 겁니다. 그리고 그 덕에 끝까지 발버둥을 쳐서 전 세계인들이 구독하는 넷플릭스를 만들어낸 것입니다.

헤이스팅스는 책을 통해 말합니다. 넷플릭스처럼 회사를 운영하는 것은 이미 짜인 악보에 따라 모두가 합주하는 클래식 심포니가 아니라, 큰 맥락은 있지만 연주가 어떤 방향으로 흐를지 모르는 재즈 같은 것이라고. 바로 이런 점 때문에 사람을 이렇다 저렇다 하는 어떤 프레임에 가두고, 그 안에서 답을 찾으려는 행위의 한계를 본 것입니다.

한 가지는 확실합니다. 우리는 모두 완벽하지 않고 단점투성이입니다. 내 모습을 아는 것은 마치 내가 어떤 음을 내는 악기인지를 아는 것과 같습니다. 그리고 나라는 사람이 악기로서 매번 바뀌는 리듬에 맞춰 즉흥적인 재즈를 연주해야 합니다. 관객들이 듣기에 아름다운 음악으로 말이죠.

TIP+KEY

1. 넷플릭스는 어떤 정해진 룰이 없는 대신 콘텐츠가 있다.

2. 헤이스팅스는 매번 신경과민이 올라올 때마다 그 에너지를 플립해서 성공에 초점을 맞췄다.

3. 넷플릭스처럼 회사를 운영하는 것은 이미 짜인 악보에 따라 모두가 합주하는 클래식 심포니가 아니라, 큰 맥락은 있지만 연주가 어떤 방향으로 흐를지 모르는 재즈와 같다.

스티브 잡스, 팀 쿡, 에릭 슈미트를 수천 조 벌게 해준 코치 빌 캠벨

헬렌 켈러는 부유한 집안의 딸이었습니다. 그러다 열병 때문에 후천적 장애를 얻었습니다. 이 때문에 헬렌은 굉장히 불편했습니다. 게다가 사회성을 키우는 것이 남들보다는 몇 배나 어려워 고립될 수밖에 없는 상황이었습니다. 그런데 한 사람, 앤 설리번이라는 선생님을 만나 촉각을 통해 세상을 배우며 하버드 대학교에 입학까지 하게 됩니다. 그리고 세상은 헬렌 켈러를 앤 설리번보다 더 잘 기억합니다.

만약에 앤 설리번 선생님 같은 분이 지금 시대에 살아남아 헬렌 켈러뿐만 아니라 사람들에게 더 많은 도움을 주었다면 어떨까요? 현대판 앤 설리번처럼 실리콘 밸리에서 숨은 조력자로 코치 역할을 한 사람이 있습니다. 구글의 CEO 에릭 슈미트는 이분의 코칭을 1,000조짜리 가치가 있다고 평했습니다. 바로 빌 캠벨입니다. 그의 책 『빌 캠벨, 실리콘밸리의 위대한 코치(Trillion Dollar Coach)』를 통해 코칭의 핵심을 설명하겠습니다.

정부에서 나서서 노숙자들을 도와주면 엄청난 돈이 듭니다. 그렇기에 놔둘 수밖에 없습니다. 그런데 누가 시키지 않았는데도 나서서 이런 이들을 돕는 봉사의 손길이 있습니다. 그들에게 음식을 제공하거나 대화를 나누며 함께 시간을 보내는 것은 신념이 필요한 일입니다.

이런 손길은 사회 곳곳에 필요합니다. 최대 이윤을 추구하는 회사 역시 예외는 아닙니다. 돈을 벌기 위해 모인 집단이지만, 사람 관계를 돈독히 해주고 갈등을 완화하고 코칭을 해주는 사람은 꼭 필요합니다.

빌 캠벨은 실리콘 밸리에서 바로 이런 역할을 한 사람이었습니다. 머리 좋고 고학력, 고스펙을 가진 사람들이 모인 회사에서 빌 캠벨처럼 코칭을 잘하는 사람을 구하기는 매우 어려울 겁니다.

그는 애플의 세일즈와 마케팅 부서에 있으면서 실리콘 밸리의 여러 회사에 이사진으로 참여했습니다. 에릭 슈미트, 스티브 잡스, 제프 베조스 등의 리더들을 코칭한 것으로 유명합니다.

빌은 상대방의 최고 장점을 이끌어주는 것을 매우 잘했습니다. 항상 상대방을 우선에 두었고 사람들이 성공하도록 돕는 데 초점을 맞추었습니다. 세상엔 주는 사람과 받는 사람의 유형이 있다고 말하며, 주는 사람이 성공한다고 말한 『기브 앤 테이크(Give and Take)』의 저자 애덤 그랜트는 『빌 캠벨, 실리콘밸리의 위대한 코치』의 서평에 이렇게 썼습니다.

"빌은 풍성한 나눔을 베푸는 사람이다. 빌은 시대를 앞서간 사람이다."

또한 코칭은 멘토링과 다소 비슷해 보일 수 있는데 그 차이점을 설명합니다.

"멘토들은 지혜의 말을 해주지만 코치들은 두 팔을 걷고 손에 때를 묻힌다."

빌 캠벨은 2001년 에릭 슈미트가 처음 구글의 CEO가 되었을 때부터 15년간 일주일에 한 번씩 만나 에릭이 이끄는 구글 스텝 미팅에 참여해 그가 어떻게 하면 더 나은 소통을 할 수 있는지 코칭했다고 합니다. 실제로도 구글의 철학과 정책에 많은 영향을 미쳤습니다.

책에서 설명하는 네 가지 카테고리에 대해 세부 항목별로 선별해 간단히 설명하겠습니다.

첫 번째 카테고리입니다. **"리더란 사람들에 의해 결정되지 타이틀에 의해 결정되지 않는다."**

크든 작든, 영리든 비영리든 직함을 받고 나서 전과는 전혀 다르게 행동하는 사람들을 보았을 겁니다. 빌은 직함으로 매니저까지는 될 수 있지만, 리더는 사람들이 인정해야만 될 수 있다고 말합니다. 그렇다고 매니저의 역할이 중요하지 않은 건 아닙니다.

책에는 매니저에 대해 이런 내용이 나옵니다. 2001년에 구글에서 개발자들에게 자유를 주기 위해 개발자 그룹의 매니저를 없앴다고 합니다. 하지만 개발자들과 이야기를 해본 결과 프로그램을 개발하는 것 외에 크고 작은 방향과 결정을 해야 할 때 이를 조율해줄 매니저가 꼭 필요했습니다. 일할 때 누군가에게 조임을 당하거나 간섭을 받아 창의력에 방해받지 않는 것은 매우 중요합니다. 하지만 반대로 창의력만 강조하면 일의 효율성이 떨어집니다. 창의력과 일의 효율성을 조율하는 것이 중요한데, 이 부분이 바로 매니저의 역할입니다.

좋은 매니저가 되기 위해 빌 캠벨이 추천하는 방법 중 몇 가지를 설명하겠습니다.

첫 번째, **사람을 최고 자산으로 여겨라.** 일을 좀 그르치거나 실패한다고 해서 언제든 교체할 수 있는 기계처럼 여기면 안 됩니다.

두 번째, **일대일로 성장을 도모하라.** 일대일로 만나되 친목 도모식의 이야기를 하는 것이 아닙니다. 빌은 성과, 동료 관계, 혁신 이렇게 항목의 틀을 머릿속에 정해놓고 항목별로 대화를 진행했다고 합니다. 그리고 가능하면 얼굴을 보고 소통을 했습니다. 그게 안 된다면 음성 메시지를 남기거나 이메일로 소통할 때도 확실한 메시지를 전달했습니다.

네 번째, **매니저는 조력자가 되어야 한다.** 빌 캠벨은 의사결정이 다수에 의해 결정되는 것이 가치 있다고 믿지 않았습니다. 이 부분은 넷플릭스의 의사결정 방식과도 어느 정도 일치합니다. 여기서 빌은 매니저의 역할을 말합니다. "열띤 토론이 되더라도 모두가 목소리를 내야 한다. 토론으로 결론이 나지 않는다면 매니저가 결정해야 한다. 그리고 어떻게든 결정이 났다면 자기 생각과 다르다 할지라도 그 결정에 따라야 한다."

다섯 번째, **일탈적인 천재들을 관리하라.** 어느 조직이든 놀라운 성과를 가져오지만 함께 일하기 어려운 슈퍼스타가 있습니다. 리더의 역할은 그런 사람들의 천재성은 최대한 끌어내되, 조직에 방해가 되는 요소는 최소화해야 합니다. 그러나 아무리 슈퍼스타라도 거짓말을 하거나 동료를 괴롭히는 등 비도덕적인 일을 하거나 개인의 이익을 팀보다 우선시하거나 부정적인 영향을 미치거나 팀의 서포트가 있음에도 발전하지 못하면 내보내야 한다고 말합니다.

여섯 번째, **직원들에게 관대하게 보상하라.** 빌 캠벨은 돈에는 경제적 가치만 있는 것이 아니라 감정적 가치도 있다는 사실을 인식했습니다. 값을 제대로 쳐줌으로써 그 사람의 가치를 제대로 여기고 감사한 마음을 느끼게 만들 수 있습니다.

두 번째 카테고리입니다. **"신뢰의 기반을 마련하라."**
신뢰는 모든 관계의 기반입니다. 정신적 안정을 줄 뿐만 아니라 약속을 지키고, 다른 사람의 프라이버시와 비밀을 존중해주는 것이 신뢰입니다.

세 번째 카테고리입니다. **"팀을 우선시하는 태도."**

첫 번째, **문제를 오픈해라.** 문제가 있다면 같은 팀에 오픈해서 다 이야기하라고 합니다. 그리고 문제 해결에 포커스를 맞추라고 하죠.

두 번째, **올바른 사람을 골라라.** 당신보다 실력이 뛰어나고 팀에 적합하고, 빨리 배우고, 열심히 하는 사람들과 함께해야 합니다.

세 번째, **여성을 팀에 포함해라.** 팀의 효율을 위해서는 여성이 필요합니다.

네 번째, **사람 사이에 다리가 되어라.** 사람 사이에 오해의 불씨를 끄는 사람이 되어야 합니다. 규칙만 강조하는 사람보다는 팀 빌딩에 초점을 맞춰야죠.

다섯 번째, **이기는 게 중요한 게 아니다.** 올바르게 이기는 게 중요합니다. 이기되 진정성을 가지고 윤리적으로도 옳게 이겨야 합니다.

지금까지 말씀드린 방법은 겉으로만 보면 회사 다니는 사람, 경영을 하는 사람에게만 해당하는 이야기 같습니다. 하지만 그렇지 않습니다. 단적으로 자식을 키우는 부모에게도 해당하는 말일 수 있습니다. 자식을 잘 키우고 싶다면 손님처럼 대하라는 말이 있습니다. 빌 캠벨이 했던 것처럼 자식을 손님이 아니라 최고 가치를 지닌 인적 자원처럼, 우리 회사를 키워줄 회사 직원인 것처럼 대하고 원칙을 적용해도 큰 도움이 될 것입니다.

그뿐만 아닙니다. 혼자서 모든 것을 해야 하는 1인 기업, 프리랜서들도 적용할 포인트가 곳곳에 있습니다. 주어진 일을 하면서 그 외의 모든 업무 역시 혼자 처리해야 하는 사람들이 이런 내용을 알고 있는 것과 그렇지 않은 것은 분명 차이가 날 수밖에 없습니다.

이 책에 대해 안 좋은 평을 하는 사람도 있습니다. 그저 빌 캠벨이라는 사람의 자서전으로, 코칭에 대한 디테일이 부족하다는 비판입니다.

그러나 저자 빌 캠벨은 운동선수 출신입니다. 과학자나 교수처럼 상세한 설명을 흥미롭게 논리적으로 정리해서 풀어내는 데 조금 부족할 수 있습니다. 다시 말하면 자신의 모든 행적과 업적을 말이나 글로 표현하는 데 집중하지 않았을 수도 있습니다. 운동하는 사람이 운동하는 내용과 과정을 책으로 일일이 다 쓸 수 없듯이, 빌 캠벨은 운동을 하듯이 사람들을 만나고 코칭을 해주었던 것입니다.

직접 만나 코칭을 받은 사람들은 그가 얼마나 필요한 사람인지 알고 항상 고마움을 느끼며 찬사를 보냈습니다. 빌 캠벨은 앞서 소개한 애덤 그랜트의 책 『기브 앤 테이크』에서 말하는 주려는 사람, 가지려고 하는 사람 중 전자에 속하는 주려는 사람의 전형적인 예라고 할 수 있겠습니다.

ARE YOU COACHABLE?

당신은 나의 코칭을 받아들이고, 배우고, 변하고, 성장할 수 있는 사람인가?

우리는 종종 우리에게 대단한 멘토나 스승 있었더라면 우리의 삶은 180도 달라지지 않았을까 상상해봅니다. 하지만 사실 매일 나의 부족함을 마주하고, 능력 없음을 인정하고, 계속해서 배우고자 하고, 발전하고자 하지 않는다면 그런 멘토나 스승이 와도 알아보지 못할 가능성이 큽니다.

결국 세계에 이름을 떨치고 역사에 남는 대단한 사람들의 8할은 옳은 것을 분별할 줄 아는 판단력과 결단력을 가진 사람입니다. 행여나 나를 안타까운 마음으로 다그치고 혼내주는 사람이 있다면 정말 고마운 일이구나, 어쩌면 그 사람이 나의 코치가 아닐까? 하는 생각을 해보는 건 어떨까요?

ARE YOU COACHABLE?

TIP+KEY

1. 이윤을 추구하는 회사는 돈을 벌기 위해 모인 집단이지만, 사람 관계를 돈독히 해주고 갈등을 완화하고 코칭을 해주는 사람이 꼭 필요하다.

2. 빌 캠벨의 코칭은 항상 상대방을 우선에 두고 사람들이 성공하도록 돕는 데 초점을 맞추었다.

3. 좋은 매니저가 되기 위해 빌 캠벨이 추천하는 방법
   첫 번째, 사람을 최고 자산으로 여겨라.
   두 번째, 일대일로 성장을 도모하라.
   세 번째, 매니저들은 조력자가 되어야 한다.
   네 번째, 일탈적인 천재들을 관리하라.
   다섯 번째, 직원들에게 관대하게 보상하라.

4. 매일 나의 부족함을 마주하고, 능력 없음을 인정하고, 계속해서 배우고자 하고, 발전하고자 하지 않는다면 아무리 대단한 멘토나 스승이 와도 알아보지 못할 가능성이 크다.

5. ARE YOU COACHABLE?

Chapter 3

평범하고
기본적인 것들의
위대함

삶과 사업을 두 배 성공시키는 스킬

아픔을 탁월함으로 레버리지하라

정신과 상담이나 심리 분석 상담을 받아본 적 있습니까? 어감 자체가 문제 있는 사람들에게 권하는 프로그램이라는 사회적 인식이 있어 아니라는 답변부터 나올 수 있습니다. 사실 꼭 정신병 같은 질병 치료를 목적으로 한다기보다 개인의 발전을 위한 측면에서라도 한 번쯤 받아보면 괜찮습니다. 나도 몰랐던 나의 모습에 대해 알 수 있다든가, 지금의 내 모습이나 사고방식이 어디에 기인하고 있는지 등 문제의 뿌리를 발견하는 데 도움이 되기 때문입니다.

임상 심리 관련 책을 읽어본 적이 있거나, 삶의 변화를 마주하고 싶은 사람 중에는 혼자서 상담을 받아볼 필요성을 느낀 분들도 있을 겁니다. 그런데 문제는 괜찮은 정신과 의사를 만나려면 비용이 상당히 듭니다.

임상 심리학자이자 교육학 교수 멕 제이는 임상 심리라는 분야 자체가 많은 공부와 노력이 필요해 일반인이 쉽게 접할 수 있는 분야가 아니기에, 그리고 누군가에게는 비싼 돈을 주고 상담을 받아야만 하는 영역이기 때문에 사람들에게 도움이 되기를 바라는 마음에 책을 쓰기로 했습니다. 비싼 돈을 지불해야 받을 수 있는 임상 심리 상담을 『슈퍼노멀(Supernormal)』을 통해 직접 받은 것과 같은 효과를 얻을 수 있다면 좋겠습니다.

책 내용을 말하기에 앞서 질문을 던지겠습니다. 항목 중 자신에게 해당하는 것이 있는지 확인해보기 바랍니다.

- 부모나 형제가 죽거나 이혼을 한 경험이 있습니까?
- 부모나 형제가 종종 욕을 하거나 깔아뭉개거나 모욕하거나 따돌리거나 두려움을 느낄 만한 행동을 한 적이 있습니까?
- 부모나 형제가 술 문제가 있거나 다른 약물에 중독된 사람이었습니까?
- 학교 친구나 이웃에게 괴롭힘을 당하거나 두려움을 느낀 적이 있습니까?
- 부모나 형제가 종종 밀거나 세게 잡거나 뺨을 때리거나 물건을 던져 몸에 상처가 나거나 부상을 당한 적이 있습니까?
- 깨끗한 옷이 없거나 충분한 음식이 없거나 병원 진료를 받을 돈이 없거나 아무도 보살펴주지 않는다는 느낌을 받는 집에서 자

랐습니까?

- 가족 중에 감옥에 간 사람이 있습니까?
- 부모나 형제 중 최소 다섯 살 나이 차이가 나는 사람 중에서 당신의 몸을 성적으로 만지거나 비슷한 것을 요구받은 적이 있습니까?
- 부모나 형제 중 맞거나 발로 차이거나 무기로 위협을 받은 사람이 있습니까?

만약 방금 말씀드린 항목 중 하나 이상 해당하는 분이 있다면 나 혼자만 겪은 특이한 일이 아니라는 사실을 알았으면 좋겠습니다. 테니스 선수 안드레 애거시, 코미디언 조니 칼슨, 정신과 의사 겸 홀로코스트 생존자 빅터 프랭클, 농구선수 르브론 제임스, 스타벅스 창업자 하워드 슐츠, 아티스트 앤디 워홀, 방송인 오프라 윈프리, 래퍼 Jay Z 등도 여기에 해당하는 사람들입니다.

방금 말씀드린 항목들을 개인에게 적용하면 극소수에게 일어난 사건처럼 보이지만 미국을 포함한 전 세계 75% 이상의 아이들이 위 항목 중 하나에 노출되어 있다는 것이 여러 연구를 통해 밝혀졌습니다.

그렇다면 이런 사람들은 어릴 적의 역경 때문에 나의 잠재력을 잊은 채 찌그러져 살거나, 어릴 적 역경을 무기 삼아 다른 사람을 공격하고 불법을 저지르는 괴물이 될까요? 될성부른 나무는 떡잎부터 알아본다는 말이 사실일까요?

저자는 책에서 이렇게 말합니다.

"미네소타 대학의 심리학자 노만 가르메지는 정신병을 가졌고 신체에도 질병이 있는 엄마 밑에서 자란 아이들을 연구 조사한 결과, 그 아이들에게는 크면서 모친이 가졌던 문제가 거의 나타나지 않았다."

'조현병(Schizophrenia)'이라는 용어를 만든 스위스 정신과 의사 오이겐 블로일러는 조현병을 지닌 성인의 자녀들이 성장해서 사회에 잘 적응하고 있다는 사실에 놀랐습니다. 어릴 적 역경을 가진 아이들에게는 강철 효과(Steeling effect)가 있었던 것으로 보이는데, 그것이 그들을 놀랍도록 강하게 만들었다고 합니다.

누구나 다 말하지 못하는 어려움이 있습니다. 그런데 그 어려움은 사실 말하지 못하기 때문입니다. 『슈퍼노멀』을 집필한 임상 심리 전문가 멕 제이에 따르면 자신을 찾아온 많은 클라이언트가 자기 문제를 쉽게 털어놓을 사람이 없다고 생각한다고 합니다. 게다가 본인이 가진 문제가 다른 사람에게도 충분히 있을 수 있는 문제임에도 불구하고, 본인만 가진 개인적인 문제라 생각하고, 이 때문에 외로워하기까지 한다고 합니다.

『슈퍼노멀』은 전문 분야 학자가 쓴 책이지만 내용이 어렵지 않아 쉽게 읽히는 편입니다. 사실을 기반으로 한 여러 사람의 삶의 역경들이 챕터별로 나오는데, 읽으면서 어릴 적 상처의 원인과 치료법에 대한 실마리를 얻게 됩니다. 읽기만 해도 심리 상담을 받는 느낌이 들 것입니다.

책은 열다섯 가지로 역경을 나누어 각 사람이 겪은 일들을 전달하고 분석해주고 해결책을 제시합니다. 소개된 역경의 사례는 이혼, 알코올 중독 부모의 가정, 괴롭힘, 정신병이 있는 부모의 가정, 형제 간의 폭력, 장애가 있는 형제가 있는 가정, 편부 또는 편모 가정, 비난, 어린 시절 성적 학대, 약물중독 부모의 가정, 범죄자 부모의 가정, 특이한 형태의 어린 시절 역경, 형제 간 성 학대, 우울증, 가정폭력입니다.

괴테의 어머니는 배움이 짧아 괴테에게 책을 읽어주다가 모르는 단어가 나오면 오히려 괴테에게 물어봤다고 합니다. 어머니의 부족함 덕분에 괴테가 스스로 나머지 내용을 상상하도록 한 것입니다.

심리학자 칼 융의 어머니는 우울증 환자였습니다. 칼 융이 인간 심리를 깊이 공부하게 된 것도 어머니의 영향이 크지 않았을까 생각됩니다. 칼 융은 어머니가 우울증 환자라는 사실을 그 누구에게도 말하지 않았습니다. 실제로 알코올 중독 아버지나 어머니 밑에서 자란 아이들은 알코올 중독자가 가족 중에 있다는 사실을 아무에게도 알리지 않고, 심지어 성인이 된 후에 연인에게도 알리지 않는다고 합니다. 이렇듯 많은 사람들은 자신이 어릴 적 겪은 역경을 숨기거나 모른 채 지내다가, 나중에 성인이 되어서야 겪은 일들을 해석하고 이해하려는 경향이 있습니다.

저자가 책을 통해 말하고자 하는 것을 한 단어로 표현하자면 회복

탄력성(Resilience)입니다. 우선 책에서 소개된 여러 역경 중에서 한 가지를 소개하겠습니다. 비밀이 어떻게 탄생하게 되는지에 관한 내용입니다.

저널리스트 블로우와 에밀리의 이야기입니다. 에밀리의 아버지는 알코올 중독자였고, 블로우는 친척에 의해 성적 학대를 당했습니다. 에밀리는 아버지와 분리되기 위해 아버지가 알코올 중독자였다는 것을 의식적으로 기억하지 못했습니다. 그렇게 그녀만의 비밀이 생겼습니다.

저자는 알코올 중독자 부모 밑에서 자란 아이들이 심한 언어폭력, 정신적 학대, 성적 학대, 정서적 방치, 신체적 방치, 정신병 등에 노출될 가능성이 두 배 이상 크다고 합니다.

블로우는 어릴 적 성적 학대라는 현실을 벗어날 수 없어서 마음속에 방을 만들었습니다. 그리고 자신에게 일어난 일을 부정하기 위해 자기 자신을 속이는 선택을 합니다. 이렇게 비밀이 탄생하게 되었습니다.

이런 상황에서 에밀리와 블로우 모두 마음속 깊은 곳에 위치한 부정하고 싶은 상처를 꺼내어 그 비밀을 누군가에게 이야기하는 것 자체가 치유의 시작이자 변화의 계기가 될 수 있습니다.

이 책을 통해 한 가지 꼭 전달하고 싶은 이야기가 있습니다. 바로 스트레스와 충격에 관한 이야기입니다. 우리는 대부분 한 번의 큰 트라우마에는 민감하게 반응하지만, 지속해서 티 안 나게 수년간 사람 신경을 긁는 트라우마에는 반응하지 못하는 경향이 있습니다. 저자는 이를

'누적 외상'이라고 표현하는데, 운동 경기를 예를 들어 설명합니다.

만약 운동선수가 한 번 크게 부딪쳐 뇌진탕이 오면 경기를 멈추고 선수를 내보냅니다. 하지만 사소한 부딪힘이나 작은 충돌이 이어지는 상황에서는 경기가 계속 진행됩니다. 우리가 기억해야 할 것은 트라우마는 크든 작든 계속 쌓인다는 부분입니다. 그리고 이렇게 만성으로 스트레스 상황에 노출되면 위궤양, 우울증, 자가면역 질환에 노출될 가능성이 커집니다.

저자가 말하는 역경 등의 고통에서 자유로워지는 해법을 정리하면 다음과 같습니다.

첫 번째, 내가 겪은 아픔을 나눌 사람을 찾아라. 대부분 나의 아픔은 비밀의 형태다.

두 번째, 어릴 적에 좋은 환경에 있지 않았다면 성인으로서 자신을 잘 대해줘라.

세 번째, 어릴 적 역경이 있었다면 1년에 한 번씩 의사를 찾아가 어릴 적 안 좋은 일을 겪은 적이 있다고 말하고 문제의 원인을 찾아라.

네 번째, 잘 자고 잘 먹고 잘 놀고 운동도 잘하고 일도 잘해라.

다섯 번째, 상처가 되는 인연은 멀리하는 게 좋다. 굳이 만나지 않아도 된다.

여섯 번째, 당신의 삶에서 좋은 사람들을 도와주어라.

일곱 번째, 사랑받고 사랑을 줄 수 있는 사람을 찾아라. 한 가지 기억해야 할 것은 그들 역시 다양한 배경을 가지고 있다는 것이다. 편협하게 편 가르지 말고 다양함을 받아들여라.

여덟 번째, 아이가 있다면 어릴 적 꿈꿔왔던 좋은 부모가 되어주어라. 항상 원했던 가정을 꾸려라.

우리가 알고 있는 슈퍼맨도 현실 세계에서는 고아일 뿐만 아니라면 행성에서 온 외계인이었습니다. 누구에게나 문제가 있습니다. 그런데 여전히 많은 사람들은 특정 문제에 대해 자신만 힘든 일을 겪은 것처럼 이야기하거나, 내 문제가 다른 사람의 문제보다 더 큰 것처럼 생각합니다. 알코올 중독자 아버지 밑에서 자란 사람이 볼 때, 알코올 중독자 어머니 밑에서 자란 사람이 더 나아 보이는 것처럼 말입니다.

편모 밑에서 어렵게 자라 사업을 일으켜 자수성가한 사람이 있습니다. 그는 자신의 상처와 어려움이 다른 어떤 것보다 크기 때문에 중간중간 본인이 도움을 받았다는 사실에 대해 기억조차 하지 못합니다. 그리고 지금은 자신의 어려움과 상처를 오로지 자신의 사업을 확장해야만 하는 이유로만 고착화했습니다. 도움이 필요한 사람을 도울 수 있는 상황이 있었음에도 돕지 않고 자신만 생각해야 하는 이유가 되었죠. 어릴 적 자신의 역경을 도덕적 양심과 선한 마음을 억누를 때 활용하는 겁니다.

누구나 각자의 역경이 있습니다. 엘리자베스에게는 자폐증, 스펙트럼 장애, 간헐적 폭발 장애 등 여러 장애를 갖고 태어난 남동생이 있었습니다. 부모님에게 엘리자베스는 그저 손쉽게 크는 아이였습니다. 하지만 엘리자베스는 직업을 포기하면서까지 동생에게 매달려 삶을 헌신했던 엄마를 보며, 자신은 존재하지 않는 사람처럼 느끼며 자랐습니다. 동생의 처지는 안타깝지만 자신도 동생 때문에 부모님께 관심받지 못하는 등 나름의 역경을 겪고 있었던 것입니다.

그러던 어느 날 엘리자베스는 학교에서 피아노 연주 발표회를 하게 됩니다. 하지만 조용히 해야 하는 공연장에서 남동생이 크게 웃었고, 화가 머리끝까지 난 엘리자베스는 연주회가 끝난 후 집에 가서 부모님에게 따지듯 말했죠. 오늘 같은 날은 한 번만이라도 보모에게 동생을 맡길 수 있지 않았냐고 말입니다. 그때 엄마가 혼을 내면서 말합니다.

"헨리는 자신의 감정과 몸을 컨트롤할 수 없지만 너는 자신을 컨트롤할 수 있지 않으냐! 행운아인 줄 알아라."

1969년 오프라 윈프리는 제시 잭슨이라는 목사를 통해 삶을 변화시키는 인생의 스피치를 듣게 됩니다.

"탁월함은 인종차별을 잠재울 수 있는 최고의 방법이다. 고로 탁월해져라."

오프라 윈프리 역시 역경과 아픔을 논할 때 둘째가라면 서러운 사람이죠. 어릴 적 오프라 윈프리가 겪은 성적 학대 이야기는 익히 알고 있을 겁니다. 분명 자신을 성 노리개로 삼고 서럽게 만든 사람들을 향해 복수를 꿈꾸며 매일 분노에 휩싸였을 수도 있습니다. 그런데 잭슨 목사의 한마디에 인생이 바뀝니다.

엘리자베스의 엄마가 엘리자베스가 가진 귀한 것이 뭔지 모르고 불평했던 그녀를 혼냈던 것처럼, 오프라도 목사의 한마디를 통해 탁월해지기 위한 목표를 향해 자신을 컨트롤할 수 있다는 사실을 깨달았습니다. 그러고 나서야 자신을 옥죄었던 상처와 역경에서 해방된 것입니다.

탁월함은 고통에 얽매이지 않을 수 있는 최고의 방법입니다. 그러니까 탁월해짐으로써 고통에서 자유로워져야 됩니다. 이렇게만 이야기하면 뭐 '대단한 슈퍼맨이 되어 세상을 품은 박애주의자가 되어라'라는 모호한 말처럼 들립니다. 임상 심리학 전문가인 저자는 책에서 이렇게 말합니다.

"당신이 만나는 모든 사람이 각자의 삶에서 전투하고 있다고 말하기는 어렵다. 하지만 많은 훌륭한 사람들은 각자 가진 역경과 싸우는 중이다."

많은 심리학 연구자들이 삶의 역경을 회복하는 법을 연구하면서 밝혀낸 역경을 이긴 슈퍼맨 같은 사람들의 비밀은 사실 단 하나입니다.

"그 누구도 역경을 잘 극복하기 위해 타고난 사람은 없다."

TIP+KEY

1. 많은 사람들은 자신이 어릴 적 겪은 역경을 역경인지 모르고 지내다가, 나중에 성인이 되어서야 겪은 일들을 해석하고 이해하려는 경향이 있다.

2. 고통에서 자유로워지는 해법

   첫 번째, 내가 겪은 아픔을 나눌 사람을 찾아라. 대부분 나의 아픔은 비밀의 형태다.

   두 번째, 어릴 적에 좋은 환경에 있지 않았다면 성인으로서 자신을 잘 대해줘라.

   세 번째, 어릴 적 역경이 있었다 면 1년에 한 번씩 의사를 찾아가 어릴 적 안 좋은 일을 겪은 적이 있다고 말하고 문제의 원인을 찾아라.

   네 번째, 잘 자고 잘 먹고 잘 놀고 운동도 잘하고 일도 잘해라.

   다섯 번째, 상처가 되는 인연은 멀리하는 게 좋다. 굳이 만나지 않아도 된다.

   여섯 번째, 당신의 삶에서 좋은 사람들을 도와주어라.

   일곱 번째, 사랑받고 사랑을 줄 수 있는 사람을 찾아라. 한 가지 기억해야 할 것은 그를 역시 다양한 배경을 가지고 있다는 것이다. 편협하게 편 가르지 말고 다양함을 받아들여라.

   여덟 번째, 아이가 있다면 어릴 적 꿈꿔왔던 좋은 부모가 되어주어라. 항상 원했던 가정을 꾸려라.

3. 그 누구도 역경을 잘 극복하기 위해 타고난 사람은 없다.

멀리 내다보는
안목을 갖는 방법

짧은 시간(Short-term)이 흐른 후를 예측할 수 있는 사람은 많습니다. 즉각적 보상(Instant Gratification)을 얻으려는 사람도 많습니다. 이와 반대되는 개념은 간단하게 장기전(Long-term)으로 표현할 수 있습니다. 장기전에 필요한 능력은 인내심(Patience)이라고 설명할 수 있습니다. 하지만 5년, 10년 넘게 계획한 목표를 이루어본 사람은 이것이 절대 간단하지 않다는 것을 알고 있습니다.

농구 황제 마이클 조던은 NBA에 화려한 데뷔를 했고, 신인상을 받았으며, 미래도 확실해 보였지만, 그가 속한 팀이 우승하기까지는 7년이라는 긴 시간이 걸렸습니다. 첫 우승을 하고 트로피를 껴안으면서 7년 동안 밑바닥부터 올라왔다고 인터뷰를 통해 이야기했습니다.

이렇게 이기는 원리는 우리에게 익숙한 영화에도 곳곳에 나옵니다.

영화 〈반지의 제왕〉을 보는 사람들은 모두 시작하기 전부터 악의 기운이 결국 패하리라는 사실을 잘 알고 있습니다. 하지만 그 여정은 절대 쉽지 않습니다. 간단한 클릭 하나로 영화의 서론에서 결말로 뛰어넘으면 영화의 감동을 제대로 얻을 수 없습니다. 결국 감동이라는 건 견뎌야 할 것들을 모두 견디고 기다리면서 인간이 인간다운 모습을 보일 때 얻는 것입니다.

『부자의 그릇(富者の遺言)』이란 책에서는 돈이 곧 신용이라고 이야기를 하면서 노인이 주인공에게 돈의 본질과 흐름에 관해 이야기를 합니다. 이야기를 읽다 보면 돈의 실체와 주인은 없는 것처럼 기이한 묘사를 합니다. 예를 들어 돈의 소유자는 없고, 지불하고 받는 사람, 빌리고 빌려주는 사람, 베풀고 베풂을 받는 사람이 존재한다고 말합니다. 더 재밌는 것은 주인공의 주머니에 있던 1,000원도 사실 주인공의 것이 아니고, 주인공이 지고 있는 빚 3억 원도 사실 그의 돈이 아니라고 말하는 부분입니다.

노인은 모든 사물에게는 양면성이 있듯이 빚 역시 양면성이 있다고 말합니다. 빚 때문에 망하는 회사도 있지만, 빚을 졌기 때문에 도산을 면하는 회사가 있다고 하면서 돈과 빚에 대한 개념을 다시 한 번 가르쳐주는 대목이 나옵니다. 빚만큼 돈을 배우는 데 좋은 교재는 없는데, 빚을 지는 것을 죄악시하거나 싫어하면 돈에 대해 배울 기회가 없어지고 좋은 경영자가 될 가능성도 적어진다고 일침을 가합니다.

이 책에 나오는 노인에 비해 경력이 상대적으로 짧은 주인공도 알고 있는 사실 하나는 좋은 경영자란 빚을 잘 지는 사람이라는 부분입니다. 그러면서 노인은 회계학을 바탕으로 빚에 대한 금리를 조달 비용이라고 말합니다. 일반 사람 관점에서 1억 원이라는 큰돈을 가질 수도 당장 만들 수도 없지만, 1억 원이라는 돈을 빌리고 그에 상응하는 이자를 300만 원 낸다고 가정한다면, 빌린 1억 원을 기반으로 사업을 일으켜서 이자 300만 원 이상의 결과를 내도록 사업 계획을 잘 세우면 되는 셈입니다.

한 대학교 강의에서 사업자금 5달러로 가장 많은 이윤을 남기는 법에 대해 학생들에게 과제를 내주었다고 합니다. 학생들은 머리를 짜내어 5달러를 가지고 이윤을 창출할 수 있는 다양한 아이디어를 생각해냈습니다. 예를 들어 5달러로 폐품을 사 와서 재활용해 판다는 아이디어도 나왔고, 값싼 정비용품을 사서 자전거 관리 서비스를 제공하자는 의견도 나왔습니다.

이렇게 학생들이 제출한 많은 사업계획 중에 가장 높은 매출을 올린 건 무엇이었을까요? 그것은 바로 수업 시작 전에 착석한 학생들을 대상으로 5분 동안 기업을 광고할 기회를 줄 생각을 한 학생이었다고 합니다. 수업에 참여한 학생 전체를 대상으로 5분 동안 광고를 하되, 광고료를 학생당 5달러로 책정한 것인데요. 결론적으로 5달러라고 하는 돈에 매이지 않고 기획을 한 학생이 가장 높은 매출을 올렸습니다.

방금 말씀드린 예만 보더라도 많은 것들이 응축되어 있습니다. 5달러를 5달러의 가치로만 국한한다면, 5달러로 얻을 수 있는 폐품 등의 저렴한 가치의 물건을 바탕으로 노동력과 기획력을 들여서 더 비싸게 판매하는 식의 접근밖에 할 수 없습니다. 5달러보다는 많은 돈을 벌 기회를 주지만 진짜 큰돈을 벌 수는 없습니다. 하지만 기업을 상대로 수업 직전 5분의 시간을 사람당 5달러에 판매한다는 발상은 5달러 이상의 많은 것을 포함하고 있습니다.

예를 들어 학생들의 우수성, 학교의 네임 밸류, 20대 학생들에게 기업을 홍보할 때 학생들이 졸업 후 사회에 진출해서 그 기업의 제품이나 기업에 대한 광고를 접했을 때 느껴지는 친근감, 그리고 혹시라도 기업의 고객이 되었을 때 얻을 수 있는 잠정적 고객 충성심 등 무수합니다.

5달러라는 돈에 앵커링되지 않아야만 기존의 인프라를 활용해 5달러로 할 수 있는 최대 가치를 창출할 수 있습니다. 돈에 얽매이지 않고 그 외의 가치를 볼 수 있는 이 개념을 『부자의 그릇』 주인공에게 그대로 적용해봅시다. 비록 사업에 실패해서 3억 원의 빚을 얻었지만 그 사업을 통해 값진 경험을 얻었고, 그 경험이 최소한 3억 원의 값어치를 한다는 노인의 말이 실제로 일리가 있습니다.

앞서 소개한 2,000억 자산가이자 유명 사업가 게리 베이너척 역시 돈에 관해 이야기를 할 때 돈 외의 가치에 관해서 이야기를 합니다. 바로 시간이라는 가치입니다. 우버라는 회사를 예를 들면서 이 회사는 시간이라는 편리함을 산 것이라고 표현합니다.

『통쾌한 설득 심리학(The Psychology of Persuasion)』의 저자 케빈 호건 역시 설득이 되는 원리와 고객을 얻는 원리는 인간의 욕구 중 하나인 편안하고자 하는 욕구를 대신 들어줌으로써 시작된다고 합니다. "제가 그 일을 대신 해드리겠습니다(I will do the work for you)"라고 말하는 것이죠.

이 내용을 게리 베이너척과 『부자의 그릇』과 조합해서 쉽게 설명해 보겠습니다.

1. 돈은 다른 사람이 주는 것이다.
2. 나에 대한 주변의 평가가 좋아질수록 더 많은 돈을 버는데, 돈을 버는 사업가가 최대한 편하고 쉽게 돈 번다는 것은 소비자를 속이는 행동에 불과하다. 왜냐하면 소비자가 힘들고 귀찮은 것을 대신해줌으로써 돈을 버는 게 아니라, 따뜻한 말로 소비자를 달래기만 하고 사람들이 원하는 결과를 주지 않을 가능성이 크기 때문이다.

게리 베이너척은 투자를 할 때 단기적 손해를 기꺼이 즐깁니다. 결국 사람들이 가치를 알아보기 시작하고 트렌드가 형성되어 가치가 상승했을 때를 미리 내다보는 것이 바로 투자입니다. 그가 이렇게 돈을 잃을 각오를 하고 투자를 할 때 반드시 하는 것이 있습니다. 바로 자신의 모든 에너지를 쏟아 인내하는 것입니다.

게리 베이너척은 『부자의 그릇』이라는 책을 읽지 않았을 수도 있습니다. 아마 책의 존재 자체를 모를 수도 있습니다. 워낙 바쁘고 본인의 책을 쓰기에도 벅찰 정도로 시간이 없겠죠. 하지만 게리 베이너척의 돈에 대한 이런 태도와 자세는 MIT 슬론 경영대학원 경영자 코스를 수료하고 일본 최고의 경제 금융 전문가가 된 『부자의 그릇』의 저자 이즈미 마사토가 책에서 말하는 것과 매우 흡사합니다. 한마디로 정의하자면 이것입니다.

"실패는 결단을 내린 사람만이 얻을 수 있는 것이다."

게리 베이너척은 돈의 액수에 앵커링되지 않고, 앞으로의 가치를 보고 투자합니다. 그리고 실패라는 리스크를 인내합니다. 어떤 면에서는 그 가치를 보증하고 트렌드를 선도하는 것입니다.

그가 정말 뛰어나다고 생각되는 점은 지금 돈을 많이 벌고 장사가 잘된다고 해서 여기에만 집중해 더 많은 돈을 벌려고만 하지 않는 부분입니다. 돈의 흐름이 아주 잘 돌고 있더라도 20%의 시간, 에너지, 비용을 따로 들여, 그 돈을 잃을 수도 있는 기회비용을 써서라도 앞으로 올 것에 대해 투자한다는 점입니다. 이렇게 할 수 있는 이유는 장기적 시야 (long-term vision)를 기반으로 가치를 미리 알아봤기 때문입니다.

마이클 조던, 게리 베이너척, 『부자의 그릇』 주인공의 공통점은 성공할 수 있을 만한 각자의 이유와 능력이 있는 사람이라는 점입니다. 마이클 조던은 NBA 신인 때부터 놀라운 기량으로 주목을 받았고, 게리 베이너척은 아버지를 따라 13살 때부터 사업을 시작했고, 『부자의 그릇』 주인공 역시 어릴 적부터 공부도 잘하고 성실성과 근면성으로 은행원이라는 좋은 직장을 다니고 있었습니다.

하지만 그게 전부가 아닙니다. 이들에게는 절대적으로 긴 시간을 바라볼 수 있는 시야가 있었습니다. 그리고 현재의 가치가 미래에 상승하리라는 것에 대해 정확히 보는 눈을 갖추고, 믿고, 인내하고, 대담하게 뛰어들었습니다.

TIP+KEY

1. 감동은 견뎌야 할 모든 것들을 견디고 기다리면서 인간이 인간다운 모습을 보일 때 얻는 것이다.

2. 게리 베이너척은 투자를 할 때 단기적 손해를 기꺼이 즐긴다. 결국 사람들이 가치를 알아보기 시작하고 트렌드가 형성되어 가치가 상승했을 때를 미리 내다보는 것이다.

3. 성공에 있어서 필요한 것은 장기적 안목으로 투자하고, 모든 에너지를 쏟아 인내하는 것이다.

보이지 않는 벽을 허물어야
원하는 것을 얻을 수 있다

한국 최고의 축구 선수 하면 떠오르는 사람이 있을 겁니다. 최고의 투자가 하면 떠오르는 사람도 있을 겁니다. 그럼 경험 많고 실력 있는 최고의 마케터를 꼽으라고 하면 누가 떠오르나요?

정답은 "없다"입니다.

이 질문은 게리 베이너척이 그를 만나러 온 사람들에게 조언할 때 했던 말입니다. 그는 "그래서 당신들이 마케팅을 해야 한다, 마케팅에 절대적인 승자는 없다"라고 말하면서 마케팅을 적극적으로 권장합니다.

게리 베이너척이 마케팅에 절대 강자가 없다고 말하는 이유는 지금 통하는 공식이 있더라도 계속해서 시장이 변하고 소비자의 심리와 니즈가 변하기 때문입니다. 축구에서 약속한 세트플레이를 한 번밖에 쓰지 못하는 이유와 같죠. 같은 전술을 계속 쓰면 상대방이 이를 알아차리고 막아내기 때문입니다.

사실 따지고 보면 결국 고부가가치를 내는 일은 내가 직접 나서야할 때가 많습니다. 잘되는 설렁탕집에서 재료를 직접 사고 김치 공장까지 만들어 직접 김치를 담그는 이유도 비슷합니다. 투자와 관련해서도 펀드매니저 같은 전문가에게 맡기는 것도 좋지만, 투자 이익에 대해 어느 정도 비용을 지급해야 하기에 많은 이윤을 남기는 것은 어렵습니다. 그래서 워런 버핏은 돈을 벌고 싶다면 반드시 해야 하는 것 중 하나로 투자 전문 브로커를 제대로 고르고, 할 수 있다면 직접 투자할 것을 권합니다. 투자 이익에 대한 커미션에 대해서 고려해야 하기 때문입니다.

워런 버핏에 관한 책들은 많지만 본인이 직접 책을 쓰지 않는 이유도 매일 바뀌는 시장 경제의 흐름을 읽어내고 이익이 나는 투자를 위해 실전에서 뛰고 있기 때문일 것입니다. 손흥민 같은 세계적인 선수를 만들기 위해 다른 코치에게 의존하지 않고 축구 선수였던 아버지가 본인의 인생을 모두 바친 것도 바로 이런 이유 때문입니다. 그래서 여러분도 스스로가 적극적으로 마케팅을 하거나, 최소한 마케팅에 대해 제대로 이해는 하고 있어야 할 필요가 있습니다.

우선 마케팅 지식의 성격에 대해서 설명하겠습니다. 마케팅 관련 서적들을 보면 정도의 차이가 있지만 대단한 찬사를 받지도 못하고 학문적인 전문성도 띠고 있지 않은 책들이 많습니다. 마케팅 책이라기보다 심리학이라는 이름을 붙여서 소비의 심리학, 설득의 심리학, 이런 식으로 학문적인 권위를 줘야 오히려 인지도도 높아지고 책도 잘 팔립니다.

미국의 경우에도 정말 괜찮은 마케팅 책이지만 평점이 별로 높지 않은 것도 있고, 책의 표지나 만듦새가 떨어지는 경우도 있고, 책 구성상 참고 문헌이라고 할 만 한 것도 거의 없는 경우가 많습니다. 하지만 학문적 권위가 없어 보이는 이런 마케팅 책들 중에서도 마케팅 지식과 인간 심리, 인생의 지혜가 풍부하게 담겨 있는 것이 있습니다.

어떤 현자는 역사를 통해 앞을 어느 정도 예측할 수 있다고 말했습니다. 역사 속 반복된 패턴을 찾아 앞으로의 패턴을 예측할 수 있다는 것이죠. 특히 한국처럼 획일화되고 트렌드에 잘 선동되는 사람들은 마케터 입장에서는 그다음을 예측하기도 편하고, 또 잘 짜놓은 판으로 속이기도 편하리라 생각합니다.

예를 들면 모두가 필요한 돈 버는 법에 관한 마케팅이나 노하우가 유튜브에 공개되면 그 정보를 소비하는 처지에서는 '꿀팁'이라고 판단하고, 대부분은 나만 알고 싶은 정보로 여겨 몰래 간직합니다. 그래야 그 정보를 이용해 다른 사람보다 더 앞서갈 수 있다는 기대심리 때문입니다.

그러나 유료이건 무료이건 시장에 공개된 정보는 분명히 퍼지게 되어 있습니다. 그런데 좋은 정보일수록 더 퍼뜨리지 않으려는 심리 때문에 윈-윈의 상황을 계속해서 만들지 못하고, 대부분의 사람들은 이것을 반복하면서 상황이 더 나아지기만을 바랍니다. 바로 마크 조이너의 책 『심플학(Simpleology)』에 나오는 말입니다.

이 책은 학문적인 권위나 검증이 없습니다. 하지만 저자의 심리학, 대중심리, 과학에 대한 이해를 바탕으로 실전에 바로 적용할 만한 흥미로운 내용이 들어 있습니다. 저자는 여러분들이 원하는 것을 얻지 못하는 이유를 '보이지 않는 벽에 갇혀 있기 때문이다'라고 진단합니다. 그럼 여러분들이 원하는 곳, 있고 싶은 곳에 있지 못하고 지금의 현실에 갇혀 있는 이유를 책을 통해 살펴보겠습니다.

우리 몸 안에 어떤 특정한 세균이 질병과 관련 있다고 생각한 루이 파스퇴르는 친구들에게 괴짜라고 놀림받았습니다. 하지만 이 생각이 항생제를 만들 수 있는 마인드맵이었다는 사실을 알았다면 분명 그들은 파스퇴르를 천재라고 불렀을 겁니다.

이 예시는 문제를 해결할 때 남들이 다 하는 방식으로 접근하는 게 아니라, 문제를 해결하는 데 적합한 행동과 사고를 해야 한다는 것을 보여줍니다.

저자는 이것을 잘 설명하기 위해 아인슈타인의 말을 인용합니다.

"비정상이란 똑같은 행동을 반복하면서 다른 결과가 나오기를 바라는 것이다." 여기서 저자는 약간의 도발을 합니다.

"이 말이 당신에게 해당하지 않는 것 같은가? 확신하건대 당신은 놀랄 것이다."

저자에 따르면 많은 사람들이 본인이 목표하고 원하는 것을 얻지 못하는 이유는 현실에 갇혀 있기 때문이고, 현실에 계속 갇혀 있는 이유는 비정상 때문인데, 여기서 비정상이란 같은 것을 계속 반복하면서 "난 이걸 원해"라고 계속 말만 하는 상태를 의미합니다.

그렇다면 이 비정상을 벗어나기 위한 해결책은 무엇일까요? 저자는 비정상(insanity)의 반대를 과학이라고 설명합니다. 여기서 말하는 과학은 하얀 가운을 입고 비커에 용액을 옮겨 담는 그런 이미지가 아니라 세계를 보는 유용한 방법을 의미합니다. 저자가 과학이라고 표현은 했지만 사실은 성장 일기를 쓰듯 부딪혀보면서 이론화시키는 과정 같습니다.

사실 여기까지만 알아도 성공하는 법, 마케팅의 비밀 절반은 안 것이라고 저자는 말합니다. 하지만 많은 시도를 하다가 성공을 얻어걸리는 것보다, 남들이 성공한 방식을 그대로 따라하면서 그 방법이 나에게 맞는지, 앞으로 다른 성공을 견인할 수 있을지를 확인하는 방법이 더 쉽다고도 설명합니다.

여기서 핵심은 누군가가 성공한 방법이라고 해서 나에게 꼭 맞으라는 법은 없다는 점입니다. 많은 성공 공식들이 지식의 형태로 잘 보존되어 있기에 그 방법들이 맞는지 직접 경험해봄으로써 최선의 결과를 얻으면 됩니다.

사실 이런 방법을 알고 있음에도 초보자들이 현실에서 페라리를 타고 싶다는 목표 근처에도 못 가는 이유에 대해, 저자는 보이지 않는 벽들에 둘러싸여 있기 때문이라고 말합니다. 그리고 여기서 굉장히 중요한 개념을 하나 던져줍니다.

바로 '더블 바인드(double bind)'입니다. 더블 바인드란 둘 중의 하나를 선택해야 하는 딜레마 상황을 말합니다. 작가는 더블 바인드가 웬만한 문학 작품에 다 들어 있다고 설명합니다.

"훌륭한 문학 작품은 더블 바인드가 창조해낸 상상의 감옥에 갇힌 사람들에 관한 이야기다."

듣고 보니 그렇습니다. 죽느냐 사느냐, A 아니면 B의 선택지밖에 없는 것 같은 갈등에 처한 주인공들이 대부분이죠. 우리 역시 수많은 선택의 순간에서 자주 더블 바인드 상황에 걸립니다. 예를 들어, 보험을 가입해야 할까? 아니면 보험에 가입하지 않고 위험을 떠안아야 할까? 억지로 권하는 술을 마셔야 할까? 아니면 술을 안 마시고 찍히는 게 나을까? 같은 상황입니다.

이런 보이지 않는 벽에 갇힌 상황을 탈출하기 위해서는 어떻게 해

야 할까요? 저자는 이런 눈에 보이지 않는 벽들을 많이 알아채면 알아
챌수록 더 자유로울 수 있다고 말합니다.

> "어떤 정보를 받아들일 때 깊이 있게 사고하면서 필터링을 해야 한다.
> 꿈을 현실로 만들 수 있는 시스템을 갖추어야 한다. 어떤 일을 할 때
> 실험에 임하는 과학자처럼 시도해보고, 되면 좋고 안 되면 다른 것을
> 시도해라."

보이지 않는 벽을 탈출하는 방법을 알아도 탈출하지 못하는 이유는
나에게 어떤 보이지 않는 벽이 있는지 모르기 때문입니다. 예를 들어 보
겠습니다.

　1. 9.11 사태를 겪은 미국인들 입장에서 '모든 아랍인은 테러리스트
다'라는 선입견.
　2. '몸 좋은 사람들은 다 좋은 유전자를 가지고 태어나서 그런 것이
다'라는 생각.
　3. '전문가가 이야기한 것이니 믿어도 된다'라는 자세
　4. '당신이 생각하는 것은 당신이 된다'라는 말.

　1, 2번 예의 선입견은 깊게 생각하지 않아도 잘못된 보이지 않는 벽
임을 알 수 있습니다. 3번 '전문가가 말했으니까 믿어도 된다'라는 자세
는 권위에 대한 복종의 테크닉에 쓰입니다. 잘 쓰이면 좋지만 그렇지 않

은 상황에서는 마오쩌둥이나 스탈린처럼 권위를 이용해 대량 학살이라는 끔찍한 결과를 불러일으키기도 합니다.

'당신이 생각하는 게 바로 당신이 된다'라는 말은 굉장히 그럴싸하고 동기부여를 주는 말 같습니다. 하지만 어떤 생각인지가 중요합니다. 이성을 갈구하는 혈기 왕성한 청년에게 이 말을 적용한다면, 이 청년은 포르노 스타가 되어야 한다고 저자는 말합니다.

저자는 이러한 테크닉들을 기업가들이 사용하면 이를 마케팅이라고 하고, 정치가들이 사용하면 연설이라고 하고, 적군들이 사용하면 선전이라고 하고, 아버지가 아들에게 사용하면 온화한 설득이라고 하고, 코치가 선수들에게 쓰면 격려라고 표현한다고 합니다.

한 가지 확실한 것은 우리 주변에 널린 마케팅 같은 말, 생각은 의미 없이 횡설수설하는 것들이 아니라 신념, 관념, 이론, 구상으로 짜인 골조를 갖춘 건물 같은 것입니다.

모두를 만족시키는 궁극의 계획과 정책을 가진 유토피아는 없습니다. 하지만 내가 어떤 신념과 관념으로 이루어진 말을 모델로 삼을 것인가를 선택할 수는 있습니다. 그러므로 어떤 것이 아니라고 손가락질하는 것보다 내가 맞고 옳다고 여기는 정보를 지지하고 퍼뜨리는 것이 이상적인 시장 형성을 위해 개인이 할 수 있는 영향력일 것입니다.

TIP+KEY

1. 마케팅에 절대 강자가 없는 이유는 공식이 있어도 계속해서 시장이 변하고 소비자의 심리와 니즈가 변하기 때문이다.

2. 스스로가 적극적으로 마케팅을 하거나, 최소한 마케팅에 대해 제대로 이해는 하고 있어야 한다.

3. 많은 사람들이 본인이 목표하고 원하는 것을 얻지 못하는 이유는 현실에 갇혀 있기 때문이고, 현실에 계속 갇혀 있는 이유는 비정상 때문인데, 여기서 비정상이란 같은 것을 계속 반복하면서 "난 이걸 원해"라고 계속 말만 하는 상태를 의미한다.

4. 눈에 보이지 않는 벽들을 많이 알아차릴수록 더 자유로울 수 있다.

5. 주변에 널린 마케팅 같은 말, 생각은 의미 없이 횡설수설하는 것이 아니라 신념, 관념, 이론, 구상으로 짜인 골조를 갖춘 건물 같은 것이다.

6. 모두를 만족시키는 궁극의 계획과 정책을 가진 유토피아는 없다. 하지만 내가 어떤 신념과 관념으로 이루어진 말을 모델로 삼을 것인가는 선택할 수 있다.

뇌를 알아야
왜 그런 선택을 하는지 알 수 있다

8388628×24를 몇 초 안에 계산할 수 있을까요? 이 계산을 단 몇 초 안에 해낸 아이가 있습니다. 어떤 남자아이는 어느 순간이든, 심지어 자는 순간까지 몇 시인지를 정확히 맞힐 수 있다고 합니다. 약 6미터 떨어진 거리에서 보이는 물체의 정확한 치수를 재는 여자아이도 있습니다. 이 아이 중 누구도 아이큐 70을 넘기지 못합니다. 이런 현상만 보더라도 수많은 뇌 관련 정보와 서적이 있음에도 우리는 아직도 우리의 뇌 사용법을 모른다고 보는 게 맞을 것 같습니다.

복잡하고 어려운 뇌를 사용할 수 있는 방법에 대해 열두 가지로 정리한 사람이 있습니다. 『브레인 룰스(Brain Rules)』의 저자 존 메디나는 온종일 밥 먹는 시간 빼고 인간의 뇌 발달과 관련된 유전의 특징과 정신질환의 유전을 연구한 분자 생물학자입니다.

저자가 말하는 열두 가지 뇌의 법칙은 생존, 운동, 스트레스, 잠, 주의, 기억, 와이어링, 지각 통합, 시각, 음악, 성별, 탐험입니다.

첫 번째, 생존입니다. 사람의 뇌는 선사시대부터 크게 발전한 적이 없었다는 말을 들어보았을 겁니다. 하지만 저자는 사람의 뇌가 발전을 했다고 말합니다.

> "사람의 뇌는 문제를 해결하기 위해 고안되었다. 특히 생존에 관해서는 그렇다."

저자가 말한 뇌가 발전했다고 하는 포인트는 바로 기호 추론 (symbolic reasoning)입니다. 기호 추론이란 사람의 독창성에 관여해서 상대방의 의도와 동기를 파악하고 그룹 안에 섞여 유기적인 연결을 가능케 하는 인간 뇌의 고유 기능입니다.

문제가 생기는 것 자체를 큰일로 여기는 우리들의 모습과는 반대로 뇌가 문제를 해결하기 위해 디자인되었다는 것을 아는 것과 그렇지 않은 것은 삶의 방식에 많은 차이가 있습니다.

두 번째, 운동입니다. 운동 좋아하시는 분들 많을 겁니다. 어떤 이유가 되었건 운동을 하다 보면 내 몸이 변화되고 자신감도 생기며 몸에 피가 도는 느낌도 듭니다. 좋은 점이 많죠. 그럼 운동이 어떤 면에서 우리가 살아남고 성공하는 데 도움을 줄까요? 저자가 말하는 운동을 통해 우리가 얻는 가장 큰 이점은 더 무거운 것을 드는 힘도 자신을 방어하는 능력도 아닌 뇌의 기능입니다.

그럼 어느 종류의 운동을 해야 뇌 기능 향상에 도움이 될까요? 정적인 사람과 그렇지 않은 사람의 가장 큰 차이는 뇌의 집행기능이라고 합니다. 여기서 뇌의 집행기능이란 문제해결 능력, 단기 및 장기 기억력, 공간 능력, 감정제어 능력을 말합니다. 이것들을 최대로 끌어올리기 위해서는 반드시 운동을 해야 합니다.

저자는 에어로빅 같은 유산소 운동과 토닝 운동, 두 가지 운동을 비교해 설명합니다. 에어로빅은 온몸 구석구석을 격렬하게 움직여서 땀이 나게 만드는 운동입니다. 반면 토닝 운동은 자세와 몸매를 바로잡는 미용을 위한 운동입니다. 정확히 어떤 종류의 운동이 도움이 되는지 종목까지 딱 잘라 말할 순 없지만 저자의 기준은 명확합니다. 바로 활동적인 운동입니다.

다다익선이라는 말처럼 매일 운동을 하면 뇌가 계속 발전할까요? 일주일에 세 번, 20분 정도만 활동적인 운동을 하면 충분하다고 합니다. 우리 뇌는 하루에 약 19.3킬로미터를 걷도록 설계되었다고 하니, 사고력을 확장하고 싶다면 부지런히 움직여야 합니다.

세 번째, 스트레스입니다. 저자는 스트레스를 받은 뇌와 그렇지 않은 뇌는 어떤 새로운 것을 배울 때 같은 상태가 아니라고 말합니다. 뇌를 통해 문제 해결을 하고 새로운 것을 배워서 살아남고 성공도 해야 하는데 스트레스는 큰 걸림돌이 됩니다. 스트레스의 가장 안 좋은 점은 살아남고 성공하는 데 필요한 뇌의 영역이 데미지를 받는다는 점입니다. 정상적인 뇌 활동을 방해하는 스트레스를 줄여야 합니다.

> "인간에게 최악의 스트레스는 문제를 통제할 수 없다는 느낌이다. 사회 전반에 걸쳐 무력해진다. 감정적 스트레스는 학교에서 배우는 아이들의 학습 능력과 직장에서의 생산성에 큰 영향을 미친다."

네 번째, 잠입니다. 뇌를 쉬게 하기 위해 잠을 잘 자야 한다는 것은 상식적으로 알고 있는 이야기입니다. 정리하는 측면에서 저자의 예시를 하나 살펴보겠습니다.

한 회사에서 문제 해결을 위해 미니 워크숍을 갔습니다. 도착하자마자 사람들에게 문제를 던져주고 답을 내라고 했는데 아무도 풀지 못했죠. 그런데 8시간 푹 자고 나서는 문제에 대한 해결책을 찾아냈다고 합니다.

수면 부족은 뇌의 수행능력, 기억력, 감정, 구조화, 논리력, 수학능력 등의 저하와 함께 손으로 하는 모든 행동을 서툴게 만듭니다. 이유 없이 뭘 자꾸 놓치거나 평소 손에 익은 일도 잘 못하게 되는 일이 생기게 되죠.

> "뇌는 지속해서 세포와 화학물질의 교류를 일으킨다. 그래서 잠이 오게도, 반대로 잠이 깨게도 한다. 잠을 자는 동안 그날 배운 것들을 머릿속으로 반복한다. 그리고 사람마다 필요한 잠의 양은 다르다."

다섯 번째, 주의(attention)입니다. 우리나라는 그래도 대화할 때 기본 예의가 있어서 덜하지만, 미국 같은 경우는 조금만 어려운 이야기를 하거나 재미없는 토픽을 꺼내면 상대방이 눈에 초점이 나간 듯한 표정을 하는 경우를 자주 볼 수 있습니다. 우리의 뇌는 쉽게 지루함을 느끼기 때문입니다. 겉으로 티가 안 나는 척할 뿐이지 지루한 것에는 세계 어느 나라 사람이건 뇌가 집중력을 발휘하기 어렵습니다. 바로 이런 이유로 프리젠테이션은 웬만하면 10분 단위로 쪼개라고 하는 것입니다

집중하기 위해서는 멀티태스킹을 하지 말아야 합니다. 뇌 구조상 멀티태스킹은 불가능합니다. 다시 말해 일을 할 때는 한 번에 하나씩 끝내야만 합니다. 급할 때일수록 한 번에 하나씩 잡아 끝내버리겠다는 마음으로 집중하십시오.

여섯 번째, 기억(memory)입니다. 왜 우리에게 기억이 존재할까요? 생존이라는 키워드로 답할 수 있습니다. 인간은 세상에 대해 모르고 태어납니다. 그러나 지난번에 잘못 따먹어 탈이 났던 열매를 기억해두면 앞으로는 따먹지 않는 방식으로 생존에 유리하게 적응해나가는 것입니다. 현대 사회에서는 사회생활, 인간관계 등을 겪으면서 경험을 통해 배워야 살아남을 수 있습니다.

기억이 지닌 일차적 기능을 넘어 기억이 뇌에 미치는 또 다른 영향이 있습니다. 그것은 우리의 뇌가 계속해서 자각(aware)할 수 있도록 한다는 점입니다. 사람이 말을 하고 글을 쓸 수 있는 이유는 바로 기억 때

문입니다.

기억을 잘하기 위해서는 내용에 대한 이해와 적절한 예시가 필수입니다. 같은 토픽이더라도 많은 대화를 해보고 그 분야 전문가들과 책으로 대화를 많이 한다면, 다양한 예시와 설명을 통해 당연히 이해가 더 깊어질 수밖에 없겠죠.

또 하나 기억을 잘하는 재미있는 방법은 슬플 때 공부하는 것입니다. 이게 무슨 의미냐면 감정이 동원될수록 더 기억하기가 수월해진다는 것입니다. 수많은 빵 가운데 눈물 젖은 빵이 더 잘 기억나는 이유도 바로 이것 때문입니다. 기억력을 높이기 위한 한 가지 팁을 더 드린다면 처음에 배웠던 장소와 비슷한 환경을 만들면 도움이 된다고 합니다.

일곱 번째, 와이어링(wiring)입니다. 와이어링이란 우리의 뇌가 어떤 종류의 일을 특별히 잘하도록 설계되어 있다는 뜻입니다. 농구 황제 마이클 조던이 잘하던 농구를 그만두고 야구에 도전하던 때가 있었습니다. 하지만 농구만큼의 활약은 하지 못했습니다. 저자는 이것을 와이어링 때문이라고 설명합니다.

세 살 버릇 여든 간다는 말이 있습니다. 근데 이 말이 현실적으로 나의 약점, 좋지 않은 상황과 맞물리면 굉장히 암울합니다. 부모를 선택하지 못해 좋은 환경에서 태어나지 못하고, 이 때문에 좋은 습관을 형성하지 못한 것에 대한 통탄이 절로 나오기도 합니다. 그러면서 될 놈만 된다는 생각에 갇히기 쉽죠.

다행히도 저자가 말하는 최고의 성형이 있습니다. 그건 바로 배움

(Learning)입니다. 실제로 학습을 하게 되면 우리 뇌는 재편성(rewire)하게 됩니다. 노벨상을 받은 과학자 에릭 칸델은 지식 몇 조각만 습득하더라도 뉴런의 물리적 형태가 변화한다는 사실을 증명한 바 있습니다. 계속해서 배우는 것을 멈추지 않는 이상, 우리 뇌는 계속해서 변화할 수 있습니다.

비슷한 종의 동물끼리 비교해 연구했던 찰스 다윈이 발견한 재밌는 이야기가 있습니다. 야생 앵무새와 사육된 앵무새를 비교했을 때, 야생종의 뇌가 15~30%가량 더 크다고 합니다. 춥고 험한 야생 환경이 야생 동물들을 계속해서 학습할 수밖에 없도록 만든 것입니다.

여덟 번째, 지각 통합입니다. 우리 뇌는 더욱 많은 감각기관이 동원될수록 더 정확한 정보를 얻을 수 있습니다. 또한 최대한 많은 감각을 통합적으로 사용하도록 설계되어 있습니다. 이것을 잘 활용하면 학습에 긍정적인 도움이 됩니다. 예를 들어 영화를 볼 때 팝콘 냄새를 맡으면서 보게 되면 그 영화의 내용이 더 잘 기억난다고 합니다. 시각에 후각까지 동원되었기 때문입니다.

사람마다 특정 감각기관이 더 민감하게 발달한 사람이 있습니다. 그래서 같은 것을 경험하고도 다르게 인지하는 이유는 다른 감각기관을 통해 자극을 받았기 때문이라고 저자는 설명합니다. 연설을 할 때 최대한 더 많은 감각기관을 자극하기 위해서 손도 펼치고 소리도 다르게 하면서 감각을 자극하는 것입니다.

아홉 번째, 시각입니다. 여러 감각 기관 중에 시각이 가장 지배적이라는 것이 포인트입니다. 유럽에서 뇌 연구자들이 시각이 미치는 영향을 알아보기 위해 와인 연구가들을 대상으로 실험을 했습니다. 무미, 무취의 빨간 식용색소를 화이트 와인에 넣고 54명의 와인 테이스팅 전문가들에게 주었는데, 그 결과 전문가들은 레드 와인을 맛볼 때 쓰는 단어들로 맛을 평가했다고 합니다.

한마디로 시각은 다른 감각기관을 돕는 것이 아니라 다른 감각 기관을 지배합니다. 유난히 빨간 떡볶이가 왜 더 맛있어 보이는지 이해가 갑니다. 시각은 후각, 미각뿐만 아니라 촉각도 지배한다고 합니다.

인간은 태어날 때부터 시각 자극에 가장 잘 반응하도록 설계되었습니다. 아기들을 봐도 눈에 보이는 모빌 같은 것들에 가장 잘 반응하죠. 후각, 촉각, 청각을 배제하더라도 이미지만 잘 꾸려서 상세 페이지에 올리는 것이 온라인 비즈니스의 핵심 중 하나인 것도 같은 이유입니다. 굳이 말하자면 글자보다 영상, 사진이 더 중요합니다.

사진을 보는 것이 글을 읽는 것보다 더 수월한 이유는 뇌에서는 글자 하나를 사진처럼 인식하기 때문이라고 합니다. 거기다가 글을 읽는 것은 단어의 의미, 문맥, 저자의 의도까지 파악해야 하니 더 복잡할 수밖에 없습니다. 그러니까 사진 하나로 의도를 전달하는 것은 소화 과정을 굳이 거치지 않아도 몸에 곧바로 흡수되는 정제 설탕 같은 것입니다. 고로 백문이 불여일견이라는 말과 백 자의 글이 한 장의 사진보다 못하다는 말은 과학적으로도 맞는 말입니다.

열 번째, 음악입니다. 음악이 인간에게 미치는 영향에 대해 많이들 알고 계실 겁니다. 하지만 음악이 정확히 어떤 것인지 과학적으로 정의 내리고 모든 과학자가 동의할 만한 어떤 사실은 없다고 저자는 말합니다. 그러나 음악의 영향력이 막대한 것만은 분명합니다. 영상을 제작할 때에도 어떤 음악을 쓸 것이냐에 따라 촬영 방향이나 분위기가 바뀔 정도로 음악의 힘은 강력합니다.

그럼 음악과 호르몬의 관계는 어떨까요? 정말 좋아하는 노래가 나오면 뇌에서 도파민이 분비됩니다. 또한 사람들이 그룹으로 모여 노래를 하거나 합창을 하면 사람 간의 관계를 끈끈하게 해주는 호르몬인 옥시토신이 분비된다고 합니다. 그 외에 수술을 받기 전 음악을 들었을 때 13% 정도 스트레스를 덜 받는다고 합니다. 여기서 말하는 음악의 장르는 클래식이나 명상입니다.

열한 번째, 성별입니다. 저자는 네 개 그룹으로 나누어 한 가지 실험을 했습니다. 실험 내용은 항공 회사 부사장에 대한 업무 평가를 하는 것이었습니다. 남성과 여성을 같은 수의 그룹으로 나누고 각 그룹의 사람들에게 부사장이 어떤 일을 하는지 간략히 설명한 후, 그의 능력 여부와 호감도 조사를 했다고 합니다. 물론 이 부사장은 허구의 인물입니다.

첫 번째 그룹에게 부사장은 남성이라고만 이야기를 했는데, 매우 능력 있고 호감이 간다고 평가했습니다. 두 번째 그룹에게는 부사장이 여자라고만 이야기를 했는데, 그녀에게는 호감은 가지만 능력이 있지는 않다고 평가했습니다. 성별 외에 모든 요소가 같은 상황에서 나온 결과입니다.

또 다른 설정으로 세 번째, 네 번째 그룹과 실험을 진행했습니다. 세 번째 그룹에게는 부사장이 남성이고 사내에서 슈퍼스타이며 고속 승진감이라고 말했고, 네 번째 그룹에게는 부사장이 여성이고 마찬가지로 슈퍼스타이며 고속 승진감이라고 말했습니다. 그 결과 세 번째 그룹의 사람들은 남자가 매우 능력 있고 호감이 간다고 평가했고, 네 번째 그룹의 사람들은 여자가 매우 능력이 있지만 호감이 가지는 않는다고 평가했습니다.

이 실험의 포인트는 성 역할에 대한 편견이 사람들의 뇌에도 영향을 미친다는 점입니다. 신경 해부학적으로 보았을 때 남녀가 뇌 구조상 성염색체의 영향을 받지 않는 부분을 찾는 것은 굉장히 어렵다고 합니다. 전두엽, 편도체, 뇌에서 분비되는 생화학 물질에도 성별에 따른 차이가 있습니다.

그럼 이를 바탕으로 평균적으로 남녀가 어떤 차이가 있는지 책의 내용을 살펴보겠습니다.

남성들이 여성들보다 정신병에 걸릴 확률이 높습니다. 특히 조현병은 여성들보다 남성들에게 더 많이 나타날 가능성이 크고, 우울증은 여성들에게 더 많이 나타날 가능성이 크다고 합니다.

남성들은 여성들보다 더 비사교적일 가능성이 큽니다. 반면 여성들이 남성들보다 걱정거리가 더 많은 편이라고 합니다. 대부분 알코올 중독자나 약물 중독자는 남성이고, 신경성 식욕 부진증 환자는 여성이 더 많다고 합니다. 어디까지나 통계입니다. 모든 개인에게 적용되는 것은 아닙니다.

신경과학자 래리 케이힐의 연구에 따르면 여성들은 감성적이고 자서전적인 이벤트, 예를 들어 최근 벌인 말싸움, 첫 데이트, 휴가를 더 잘 기억한다고 합니다. 남성들은 전반적인 맥락을 더 잘 기억한다고 합니다.

행동 심리학자 데보라 테넌과 몇몇 사람들이 연구한 결과, 여성들이 남성보다 커뮤니케이션 능력이 더 뛰어나다고 합니다. 여성들은 말을 하거나 말로 된 정보를 처리할 때 양쪽 뇌를 사용한다고 합니다. 여성은 좌뇌와 우뇌를 연결하는 두꺼운 케이블 같은 것이 있지만, 남성들은 이 케이블이 얇다는군요.

또 한 가지 재미있는 점은 서로 협력하는 방식입니다. 남성들은 경쟁하면서 서로 돕고, 여성들은 서로 협력하면서 돕는다고 합니다. 저자는 제안합니다. 어떤 일이든 남성의 큰 그림을 보는 능력과 여성의 디테일을 볼 수 있는 능력을 더한다면 좋은 팀을 이루고, 사회에 존재하는 유리천장을 깰 수 있는 기반을 마련할지도 모른다고 말입니다.

열두 번째, 탐험입니다. 한마디로 말해 인간의 뇌는 강력하고 타고난 탐험가라는 메시지입니다. 저자는 자기 아들이 태어난 40분 후부터 아이를 계속해서 관찰하고 월령별로 아이의 성장 과정을 과학자로서 분석하며 기록했는데, 이를 요약하자면 "아이들은 관찰, 가설, 실험, 결론의 과정을 통해 능동적으로 세상을 학습해나간다. 이것이 우리가 모델로 삼아야 하는 인간의 모습이다"라고 말합니다. 그리고 "성인 뇌의 어떤 부분은 아이의 뇌처럼 개발 가능한 부분이 있다. 그 때문에 삶에 걸쳐 새로운 것을 배우면 뇌의 뉴런을 더 생성할 수 있다"라고 설명합니다.

성공의 비결은 가만히 시키는 대로만 하지 말고 능동적으로 내가 해보겠다 말하고, 안 되는 일은 될 때까지 해보고, 해보면서 발전하는 것입니다. 그리고 이런 것들은 성공한 사람들만 가지고 있는 화려한 무언가가 아닙니다. 그저 인간이라는 존재 자체가 어릴 적부터 주변 환경에서 물체, 도구, 동식물 등에 대해 능동적으로 접근해 경험하면서 성장하는 것과 같은 이치입니다. 성공한 이들은 계속해서 부딪치고 경험하고 지식을 습득하며 성공에 다다르게 된 것뿐입니다.

타고난 재능은 어떻게 할 수 없는 거 아니냐고 하는 분들도 있을 겁니다. 하지만 과학자 스티븐 제이 굴드가 "선천적인 것과 후천적인 것은 논리적으로, 수학적으로, 철학적으로 나눌 수 없다"라고 말했듯이, 가지고 태어난 것이 무엇이든 간에 누구든 인간의 뇌를 달고 태어난 이상 계속해서 능동적으로 부딪치며 나아갈 수 있습니다. 인간은 모두 타고난 탐험가이기 때문입니다.

TIP+KEY

1. 수많은 뇌 관련 정보와 책이 있음에도 우리는 아직도 우리의 뇌 사용법을 정확히 모른다.

2. 정적인 사람과 그렇지 않은 사람의 가장 큰 차이는 뇌의 집행기능이다. 뇌의 집행 기능이란 문제해결 능력, 단기 및 장기 기억력, 공간 능력, 감정제어 능력을 말한 다. 뇌의 능력을 최대로 끌어올리기 위해서는 반드시 운동을 해야 한다. 사고력을 확장하고 싶다면 움직여야 한다.

3. 스트레스의 가장 안 좋은 점은 살아남고 성공하는 데 필요한 뇌의 영역이 데미지를 받는다는 점이다.

4. 뇌는 지속해서 세포와 화학물질의 교류를 일으킨다. 그래서 잠이 오게도, 반대로 잠이 깨게도 한다. 그리고 잠을 자는 동안 그날 배운 것들을 머릿속으로 반복하는 데 사람마다 필요한 잠의 양은 다르다.

5. 우리의 뇌는 쉽게 지루함을 느낀다. 겉으로 티가 안 나는 척할 뿐이지 지루한 것에 는 세계 어느 나라 사람이건 뇌가 집중력을 발휘하기 어렵다.

6. 학습을 하면 우리 뇌는 재편성할 수 있다.

7. 우리 뇌는 더 많은 감각기관이 동원될수록 더 정확한 정보를 얻을 수 있다.

8. 시각은 다른 감각기관을 돕는 것이 아니라 다른 감각 기관을 지배한다.

9. 남성들이 여성들보다 정신병에 걸릴 확률이 높다. 특히 조현병은 여성들보다 남성 들에게 더 많이 나타날 가능성이 크고, 우울증은 여성들에게 더 많이 나타날 가능 성이 크다.

10. 인간의 뇌는 타고난 탐험가다.

삶을 끌어내리는 사람들을
멀리하라

대자연 하면 무엇이 떠오릅니까? 도시 생활, 경쟁에 지친 현대인들이 기대 쉴 수 있는 쉼터, 내가 죽기 전에 돌아가야 할 곳 정도로 생각하는 분들이 많을 겁니다. 그럼 대자연의 일부인 뻐꾸기를 보면 어떤 생각이 들까요? 다른 새의 둥지에 알을 놓고 부모 새는 떠납니다. 뻐꾸기 새끼가 알에서 깨어나면 옆에 있던 새끼들을 밀쳐내면서까지 자신의 생존에 집중합니다. 생존을 위해 입 벌리며 먹이를 얻는 모습은 처절하고 치열해 보입니다. 하지만 그 뻐꾸기 한 마리로 인해 피해를 본 새들에겐 통탄 그 자체일 겁니다.

그렇다면 우리 삶에도 이런 경우가 존재할까요? 더하면 더했지 덜하지는 않을 것 같습니다. 열 길 물속은 알아도 한 길 사람 속은 모른다는 말처럼, 겉으로는 아무리 오랜 시간 함께하더라도 알 수 없는 부분이 많은 것이 사람이기 때문입니다. 물론 직감이나 심증으로 상대방이 어떤 사람인지 짐작할 수는 있습니다. 그렇지만 그런 것들을 일일이 따지다 보면 삶이 너무 복잡해집니다.

하지만 사람과의 관계 문제에 대해 무지하거나 과하게 낙천적이거나 가볍게 여긴다면 인생 자체가 좀 먹을 수도 있으니, 모르고 있는 것보다는 훨씬 유익할 겁니다.

"압도적으로 실력을 키우는 데 집중하고 적을 만들지 않는다."

이건 답이 아닙니다. 정말 실력만 독보적이고 적도 품을 수 있는 인성을 갖추면 모든 것이 해결될까요? 그렇지 않습니다.

어떤 사람이 실력 있고 한 분야에서 제 활약을 할 수 있는, 소위 말해 쓸모 있는 체스 말이라면, 그 체스 말을 가지고 플레이 하려는 또 다른 사람이 있기 마련입니다. 누군가의 소중한 인생과 에너지를 자신의 성공과 안정적 삶을 위해 이용하는 사람은 분명히 존재하기 때문에 주의가 필요합니다.

인생을 좀 먹는 사람들을 피하는 방법은 독성 연인 관계에 관한 책을 쓴 로렌 코즐로우스키가 아주 잘 설명하고 있습니다. 이분의 책 내용은 나르시시즘에 가득 찬 전 남자 친구를 제대로 인식하고 대처했던 방법에 관한 것입니다. 하지만 이 문제는 단순히 연인 관계에만 있는 것이 아니라, 가족, 사회생활 전반에 걸쳐 일어나는 문제이기 때문에 모든 사람과의 관계에 적용할 만한 팁이 들어 있습니다.

우선 용어 이해부터 하고 넘어가겠습니다. 나르시시즘은 자기애라고 해석됩니다. 학문적으로 정신의학적으로 깊이 들어가면 사례도 많고 복잡합니다. 그리고 자기애가 무조건 나쁜 것은 아닙니다. 그 때문에 정상적 자기애와 병리적 자기애로 구분하고 있습니다. 병리적 자기애의 특징은 자기에게 비현실적인 요구를 부가하는 모습, 타인의 갈채에 대한 지나친 의존, 자신에게 특별한 자격이 있다는 생각, 끊임없는 완벽의 추구, 다른 사람들에 대해 염려하거나 공감하거나 사랑하는 것에 대한 무능력이라고 합니다. 로렌 코즐로우스키는 병리적 자기애를 자기애적 학대(Narcissistic Abuse)라고 표현합니다.

이미 독성 관계가 어떤 것인지를 인지하고 있는 분도 있겠지만, 사실 정확하게 경계를 짓기 어렵고, 해결책은 더더욱 어려운 분들이 훨씬 많을 겁니다. 저도 모르게 애매한 상태로 끌려 다니기만 하는 상황이 일상이기 때문입니다. 본인이 누군가에게 끌려 다니고 조종당한다고 느끼지도 못하고, 관계가 독성이 있다고 진단조차 못하는 경우가 생각보다 많습니다.

이런 독성 관계가 『나르시시스트 전 남자 친구(Narcissistic Ex)』의 저자 로렌 코즐로우스키에게는 연인이었습니다. 하지만 이것은 우정으로 맺어진 친구나 동료일 수도 있고, 혈연으로 맺어진 가족일 수도 있고, 가족 같은 회사라는 슬로건을 내거는 직장 상사일 수도 있습니다. 각종 관계에서 나타날 수 있는 병리적 자기애를 가진 사람들의 특징을 살펴보겠습니다.

첫 번째, 가스라이팅(Gaslighting) 효과입니다. 이들은 마치 태어날 때부터 타인을 자기 목적대로 조종할 줄 아는 것처럼 심리전에 굉장히 능숙합니다. 상대를 위한다는 명목으로 자신이 원하는 목적을 위해 상대방을 통제하고 조종할 수 있습니다.

이미 많은 분이 들어보셔서 아시겠지만, 심리학에서는 '가스등 효과'라고 합니다. 쉽게 말해 자신의 이익을 위해 뭐든 하는 사람들입니다. 이런 사람들은 아주 많습니다. 하지만 내 마음대로 안 된다고 해서 인상을 쓰거나 화를 내며 소리를 지르는 사람들은 겉으로 쉽게 티가 나기 때문에 거르는 것이 어렵지 않습니다. 문제는 티도 안 나고 경계도 모호해서 일단 참아주고 기다려주다가 우리가 먼저 적응이 되어버리는 종류의 사람입니다.

두 번째, 트라우마 경험 중독(Craving Traumatic Experience)입니다. 저자는 트라우마적 경험을 열망하기 때문에 학대하는 전 남자 친구와의 재결합을 꿈꾸게 된다고 말합니다. 우리는 부정적이거나 충격적이거나 자극적인 것에 쉽게 중독이 됩니다. 전쟁 같은 끔찍한 경험을 한 뒤 나타나는 심리적 외상 후 스트레스 장애는 있지만, 기쁨, 행복, 사랑에 중독되었다는 말은 없는 것처럼 말입니다.

세 번째, 착한 사람입니다. 여기서 말하는 착한 사람이란 공감력이 매우 높은 사람(Highly Empathetic People)입니다. 공감력이 높은 착한 사람일수록 자기 자신보다 다른 사람의 상황을 더 들어주려는 성향이 강합니다. 나르시시스트는 이런 점을 이용해 자신의 아픈 스토리와 온갖 변명을 통해 공감력이 큰 사람이 자신을 가장 높은 순위에 두도록 만듭니다. 그리고 정확히 이런 방법으로 한 사람이 누군가의 종이 되는 구조를 만들어 피라미드 위에 군림합니다.

네 번째, 가짜 공감(Fake Empathy)입니다. 자기 계산만 하고 공감 능력이 떨어지는 나르시시스트들은 공감력이 큰 착한 사람을 먹잇감으로 삼습니다. 이들이 어떤 양상으로 작업을 진행하는지 보겠습니다.

병리적 나르시시스트들은 어느 정도 유대나 신뢰 관계를 형성한 뒤에, 어떤 일이나 다른 상대에 대해 화를 내거나 소리를 지르는 등의 모습을 보여줍니다. 이렇게 함으로써 마음이 착하고 공감력이 큰 사람이 더 신경을 쓰고 눈치를 보도록 만듭니다. 이게 연인 관계라면 안 좋은 일을 겪은 것처럼 말할 것이고, 직장 상사라면 일이 안 풀리거나 질 나쁜 고객을 만난 것처럼 행동하고, 가족이라면 아무렇지도 않은데 죽을 병이 난 것처럼 가장합니다. 이렇게 했는데 상대방이 호의적이고 동정적인 반응을 보인다면 계속 이런 식으로 이벤트를 만듭니다.

어떤 짓이든 할 것입니다. 왜냐하면 당신의 반응을 유도하는 것이 목적이고, 당신이 어디에 반응하는지를 보고 약점을 잡기 위해서입니다. 결국 남을 위하고 걱정하는 좋은 마음 자체가 약점이 되고, 그것을 발견한 병리적 나르시시스트는 "잭팟"이라고 외친다고 저자는 말합니다.

패턴은 항상 이렇습니다. 나르시시스트들은 표정을 살피면서 "어디 아프냐? 안 좋은 일이 있느냐? 도움이 되고 싶다"라는 말들을 시도 때도 없이 계속합니다. 먼저 도움을 주는 것 같고 실제로 도움이 될 때도 있지만, 결론적으로 나는 그것에 상응하는 더 큰 것을 줄 수밖에 없는 구조를 만듭니다. 그리고 이런 나르시시스트들과 언쟁이 있거나 관계를 끝내고자 할 때 하는 대화의 패턴이 있습니다. "다시는 그런 일 없어. 앞으로는 네가 원하는 대로 할게. 그런 뜻이 아니었어. 그건 네가 잘못 이해한 거야. 너무 예민한 것 같은데? 나를 이런 식으로 대하다니 믿을 수가 없어."

자, 이런 말들을 자세히 살펴보면 자기의 감정과 생각이 모든 행위의 중심에 있습니다. 그리고 자기에게 피해를 준 것처럼 죄책감을 느끼게 만들어 본론에 대한 논의조차 불가능하게 합니다. 가장 큰 문제는 그가 했던 말을 다시 꺼내어 논리적 반박을 하려면 논점을 잡을 수 없게 만드는 것입니다. 단어의 말뜻을 교묘하게 바꾸기 때문에 서로가 공통으로 이해하고, 약속하고 믿을 수 있는 언어를 바탕으로 쌍방 간 대화를 진행하는 것이 불가능합니다. 저자의 말처럼 이런 관계에서는 신뢰란 존재하지 않습니다.

그럼 어떻게 병리적 나르시시스트들을 알아보고, 그들과 사회적 관계를 유지할 수 있을까요? 관계를 형성하기 전에 이들을 분류해내기는 매우 어렵습니다. 안타깝지만 대부분 당해봐야만 알 수 있습니다. 이 대목에서 저자는 중요한 말을 합니다.

"용서는 하되 잊지는 말라. 일어난 일과 결과만 가지고 팩트 체크를 하며 이것이 결과이고 일어난 일이라는 사실을 정확히 인지하라."

다섯 번째, 자기애적 스토킹(Narcissistic stalking)입니다. 먹잇감에게 공포감을 들게 해서 자신의 힘을 과시하고 학대를 계속하기 위해 스토킹을 한다고 합니다. 스토킹의 예를 몇 가지 정리하겠습니다.

- 심문하듯이 질문하기.
- 누구와 함께 있었는지 계속 묻기.
- 프라이버시를 존중해주지 않기.
- 이메일을 열거나, 메시지를 확인하거나, 통화 목록을 함부로 확인하기.
- 지갑, 가방, 핸드백을 뒤지기.
- 다른 사람이 주시하게 시키기.
- 다른 사람을 통해 행방과 행보에 관해 묻기.
- 말 안 하고 갑자기 나타나기.
- 루머나 개인적인 정보를 소셜미디어나 인터넷에 뿌리기.
- 접촉을 늘리기 위해 다른 사람인 척하기.

여섯 번째 특징은 관계가 끝났음에도 그립거나 여운이 남는다는 점입니다. 병리적 나르시시스트들과는 일과 팩트를 기반으로 한 대화가 이루어지지 않습니다. 왜냐하면 그들은 상대방의 상황을 이해할 수 있는 사고 구조를 가진 사람이 아니기 때문입니다. "힘든 거 다 알지. 이해해"라고 말하지만 그저 말뿐입니다.

기가 막힌 일은 이런 자기애를 기반으로 정신적 학대를 하는 나르시시스트들에게 벗어나도, 그들을 그리워하게 되거나 함께하지 못해서 허전하다고 느낀다는 점입니다. 연인 관계가 아니었더라도 그들이 뭘 그렇게 나한테 잘못했느냐는 질문을 하는 자신을 발견하게 됩니다. 이렇게 생각하게 되는 이유를 저자는 네 가지로 요약했습니다.

첫 번째, 스톡홀름 신드롬 때문입니다. 상대와 애증의 관계가 형성되어서 상대가 행한 학대를 정당화하게 되는 것입니다. 많은 경우 헤어지면 큰일이 날 것처럼 생각하게 됩니다.

두 번째, 좋았던 시간이 떠오른다는 것입니다. 정신적 학대를 가하는 나르시시스트들은 처음부터 강도 높게 괴롭히지 않습니다. 당근과 채찍을 적당히 섞죠. 그 때문에 시간이 흘러 그들의 좋은 모습, 도움받았던 일들, 함께해서 좋았던 순간이 떠오르면서 그리운 마음이 드는 것입니다.

세 번째는 당신의 상대가 트라우마를 겪었기 때문입니다. 저자는 이렇게 말합니다.

"당신과 관계를 맺은 사람이 당신을 펀치백처럼 괴롭혔던 이유 역시 그 사람도 트라우마가 있기 때문이다. 그러나 상대방이 딱하다고 해서 당신이 그 사람의 펀치백이 되어줄 필요는 없다. 당신 또한 행복을 추구할 권리가 있는 인간이기 때문이다."

네 번째는 여전히 당신은 자기 잘못이 있다고 생각하기 때문입니다. 그래도 사랑했기에, 혹은 인연이 닿아 함께 일했던 사람이었기에 등의 생각으로 스스로를 반성하고 자신에게서 잘못을 찾는 당신의 착한 사고 체계 때문입니다. 꼭 기억해야 할 것은 이렇게 생각하는 이유는 당신이 책임감이 있고 정상적으로 생각하는 사람이라는 점입니다.

모든 인간이 완벽하지는 않지만, 겉으로는 알 수 없는 우리 인생을 좀먹는 사람의 종류와 특징을 알고 걸러내는 것은 삶을 지키는 데 무척 중요한 일입니다. 만약 앞에서 언급한 병리적 자기애가 나에게도 나타나는 모습이 조금이라도 있다면 경고의 지표로 삼고 더 성장하고 발전하는 계기로 삼아 변화를 시도해야만 합니다. 그렇지 않으면 내가 싫어하고 혐오했던, 나를 상처 주고 인생을 갉아먹었던 사람들과 닮아가는 괴물 같은 나의 변이를 막을 수 없습니다.

그렇다면 이런 병리적 나르시시스트들의 약점은 무엇일까요? 저자에 따르면 아이러니하게도 나르시시즘이 자기애라는 뜻임에도 불구하고 나르시시스트들은 자기애라는 단어를 가장 무서워한다고 말합니다.

진짜 자기 자신을 사랑할 줄 모르는 것입니다.

"비범한 척하고 다 있어 보이지만 사실 그것들은 그들이 만든 이미지일 뿐이다. 나르시시스트들은 가짜 마스크를 쓴다. 그들 안에 있는 혐오와 하찮음으로부터 도망치기 위해 그렇게 한다. 그래서 우리가 단단해지고 우리 자신을 깊이 사랑하고 보살펴줄 능력이 있다면, 이것이 우리를 나르시시스트들로부터 보호해줄 방어벽을 만들어줄 것이다. 다시 말해 우리가 자신을 풍성하게 사랑하는 모습을 보여준다면, 나르시시스트들이 우리의 마음을 낚아채는 것은 매우 어렵다."

1. 자기애로 해석되는 나르시시즘은 정상적 자기애와 병리적 자기애로 구분한다. 병리적 자기애의 특징은 자기에게 비현실적인 요구를 부가하는 모습, 타인의 갈채에 대한 지나친 의존, 자신에게 특별한 자격이 있다는 생각, 끊임없는 완벽의 추구, 다른 사람들에 대해 염려하거나 공감하거나 사랑하는 것에 대한 무능력이 있다.

2. 본인이 누군가에게 끌려 다니고 조종당한다고 느끼지도 못하고, 관계가 독성이 있다고 진단조차 못하는 경우가 생각보다 많다.

3. 병리적 자기애를 가진 나르시시스트의 특징.
   첫 번째, 가스라이팅 효과. 상대를 위한다는 명목으로 자신이 원하는 목적을 위해 상대방을 통제하고 조종할 수 있다.
   두 번째, 트라우마 경험 중독. 우리는 더 부정적이거나 충격적이거나 자극적인 것에 쉽게 중독이 된다.
   세 번째, 착한 사람. 나르시시스트는 이런 점을 이용해 자신의 아픈 스토리와 온갖 변명을 통해 공감력이 큰 사람이 자신을 가장 높은 순위에 두도록 만든다. 이런 방법으로 한 사람이 누군가의 종이 되는 구조를 만들어 피라미드 위에 군림한다.
   네 번째, 가짜 공감. 자기 계산만 하고 공감 능력이 떨어지는 나르시시스트들은 공감력이 큰 착한 사람을 먹잇감으로 삼는다.
   다섯 번째, 먹잇감에 공포감을 들게 해서 자신의 힘을 과시하고 학대를 계속하기 위해 스토킹을 한다.
   여섯 번째, 관계가 끝났음에도 그립거나 여운이 남는다.

4. 아이러니하게도 병리적 나르시시스트들은 자기애라는 단어를 가장 무서워한다. 진짜 자기 자신을 사랑할 줄 모르기 때문이다.

목표를 쪼개어 꿈을 이루는
자가 미래 설계법

　기술이 발전해 목적지만 알면 내비게이션의 도움으로 길을 찾을 수 있습니다. 가만히 있어도 몸은 알아서 배고픔, 목마름과 같은 신호를 보내 몸에 필요한 요소를 채우도록 합니다. 이처럼 가만히 있어도 뇌가 알아서 삶의 나침반과 시계 기능을 해줄 수 있으면 좋겠는데, 사실 어떤 목표를 가져야 할지 막막한 분들이 많습니다. 특히 학생 때 공부 하는 스트레스만큼이나 견디기 힘든 것이 졸업 후 무엇을 해야 할지에 대한 고민이죠.

　하지만 우리의 목표 의식이 배고픔과 갈증처럼 신호를 보내도록 디자인되어 있다면 절대 오래가지 못할 겁니다. 왜냐하면 우리 신체의 생존을 위한 것들은 소비적 보상 시스템(Consummator Reward System)이기 때문입니다. 쉽게 말해 욕구가 해결되면 목표 의식 또한 사라집니다. 반면에 인센티브 보상제(Incentive Reward)는 계속해서 목표를 향해 나아가도록 만든다고 합니다.

하버드 대학교 심리학 교수 조던 피터슨은 인센티브 보상을 진통제(Analgesic), 코카인이나 암페타민 같은 것이라고 설명합니다. 그래서 인센티브 보상제에서는 목표에 다다르는 동안 발생하는 어려움과 고통을 이겨낼 수 있다고 합니다.

그렇다면 어떻게 긴 인생을 끌고 갈 목표를 설정할 수 있을까요? 피터슨이 설명하는 목표 설정의 핵심은 목표를 위해 단계적인 절차와 계획을 세우기 전에는 목표가 모호한 형태에 불과하다는 점입니다. 예를 들어 가치 있는 사람이 되어야겠다, 훌륭한 사람이 되어야겠다는 목표가 있다면, 그 설정이 모호하더라도 훌륭한 사람이 되기 위해 노력하고, 공부하고, 학위를 취득하고, 졸업 후 직장을 잡아 경제적 안정을 취하는 등 계단형으로 단계적 세부 목표를 만들어 하나씩 밟게 된다고 합니다.

한 가지 좋은 점은 모호한 목표지만 그것을 이루기 위해 단계를 밟아가며 길을 찾는 능력은 누구에게나 있는 뇌의 시상하부에 들어 있는 시스템이라고 합니다. 결국 시상하부가 작동한다면 누구나 다 이런 생각을 할 수 있다는 것입니다. 그런데 문제는 시상하부 작동 자체에 문제가 있는 사람들이 많다는 사실입니다. 그 원인은 태어나기 전부터 짜인 시스템이나 공식 때문일 수도 있습니다. 지금 세상은 모든 지식이 널려 있고 돈만 있으면 대부분의 일을 할 수 있어서, 자칫 약물에 의존하거나 중독되는 것처럼 우리의 의식과 정신이 몇 가지 사상에 의해 피폐해지기 쉽습니다. 황금만능주의, 허무주의처럼 말입니다.

빠르기에 익숙해진 아이들은 잠시의 지루함을 견디지 못합니다. 인내의 훈련이 되지 않은 경우가 많습니다. 그 결과 건물주가 되어 평생을 놀고먹는 것이 꿈인 아이들이 더욱 많아졌죠. 그리고 직접 경험하기도 전에 너무 여러 가지 지식이나 다른 사람의 경험을 간접적으로 습득하는 것이 가능하기 때문에, 시도하는 것조차 안 되는 사람들도 많습니다. 이미 머릿속으로 뭔가 된 것 같은 느낌이 들기 때문입니다. 내가 직접 행동하고 경험해나가면서 다음 단계를 설정하고 또 행동하며 스스로 피드백하고 앞으로 나아가는 행동을 할 수 없어진 것입니다. 남들이 성공한 방법에 마음을 빼앗겨 행동하는 부분이 생략되고, 행동이 없으니 꿈까지 사라지는 것입니다.

꿈이 없는 사람들에 대해 조던 피터슨은 다음과 같이 처방합니다.

"네 방 청소부터 해라."

방에서 보이는 물건들부터 정리하라는 말은 우리가 속한 자리에서 할 수 있는 영향력을 행사하는 것부터 시작해야 한다는 의미입니다. 사실 이런 것들은 거창하지 않습니다. 방 청소를 하는 것처럼 작은 것입니다. 꿈을 찾는 것은 자기 자신을 돌아보고 내 주변에서 내가 할 수 있는 것을 하는 것에서 시작합니다.

꿈을 이루기 위해 매일 해야 하는 것은 원대한 꿈을 쳐다보는 것이 아니라 할 일을 적고, 하나씩 끝내버리는 것입니다. 조던 피터슨은 오늘 해야 할 사소한 다섯 가지 일을 적어서 실행하라고 주문합니다. 리스트를 매일 작성하면 삶에 감각이 생기고 일상에서 할 수 있는 것들이 보이기 시작합니다. 또한 그것들을 하면서 내 손이 닿았을 때와 그렇지 않았을 때, 노력했을 때와 하지 않았을 때의 차이를 분별할 수 있게 되고, 이에 따라 목표가 점점 뚜렷해집니다.

처음부터 큰일을 할 수 없습니다. 왜냐하면 큰일을 할 만큼 훈련되지 않았기 때문입니다. 이렇게 매일매일 쌓아가면서 어제 했던 것보다 조금 더 나은 일을 오늘 해나가야 합니다.

뇌의 시상하부가 잘 작동하고, 누구보다 일하고자 하는 의지가 큰 사람들도 있습니다. 그런데 문제는 내가 무엇을 하든 빚이 너무 많아 매일 열심히 하는 것에 의미가 없다거나, 매일 하는 실패가 너무 크게 느껴져 의욕이 상실되거나, 나의 이상이 너무 커서 일의 진행이 어려운 케이스입니다. 열심히 해도 답이 안 나와 답답한 사람들이 있고, 어차피 나만 죽으면 빚이든 성공이든 사라질 텐데, 하면서 허무주의에 빠지는 사람들도 있습니다.

이에 대한 조던 피터슨의 처방입니다. 그는 20대80의 파레토 법칙을 언급하면서 말합니다.

"이상은 필요하다. 그 이상을 뛰어넘는 것을 목표로 삼을 순 없지만 그래도 따라 할 만한 기준이 생기기 때문이다."

하지만 이 이상적인 목표 모델에 나를 계속 비교하면 계속 처질 수밖에 없습니다. 그럼 이상을 어떻게 하면 건강하게 좇을 수 있을까요? 조던 피터슨은 이 방법에 대해 조언 정도가 아니라 실용적인 지식을 전합니다.

그에 따르면 30대들은 자신을 남들과 비교하면 안 되는 세대입니다. 왜냐하면 삶의 방식이 남들과 너무 다르기 때문입니다. 실제로 30대들끼리는 서로 비슷한 삶의 방식을 가진 사람을 찾는 것이 드뭅니다. 여전히 목표는 이상적으로 높이 잡되, 오늘을 어제와 비교해 조금 나아진 것을 좋은 신호로 보고 목표에 가까워졌다고 보면 됩니다. 특히 이 시기에는 실패를 반복하고 있을 가능성이 높기 때문에 더더욱 누군가와 비교하면 안 된다고 합니다.

원건 원치 않건 태어났다면 인생을 열심히 살아야 합니다. 실패하더라도 말입니다. 다시 말해 목표가 없는 것보다 있는 게 낫다는 말입니다.

피터슨은 무턱대고라도 좋으니까 일단 시작하라고 주문합니다. 일단 시작이라도 하면 뭔가 고칠 수 있는 게 생깁니다. 글쓰기를 예로 들면 아주 형편없더라도 첫 원고인 초고가 필요합니다. 보통 초고가 쓰레기라고 불리는 이유는 더 손을 대서 완벽하게 고칠 수 있기 때문이지,

나의 부족함이 드러나거나 무능력이 드러나는게 아닙니다.

모든 일의 처음은 다 어렵습니다. 그래서 피터슨은 초고가 매우 귀한 것이라고 말합니다. 그런데 우리는 어떤 일을 처음 시작할 때 왕초보를 빨리 벗어나거나 바보 취급을 당하지 않으려고 돈을 내서라도 해결하고 싶어 발버둥을 칩니다.

이 초조하고 불안한 심리를 이용한 공포 마케팅이 시장을 난도질하고 있습니다. 중요한 건 실제로 뭔가를 얻고 배우면 되는데, 그게 아니라 어떤 능력이나 실제 정보를 얻지 못하고 그저 심리적 위로에만 그치는 플라시보 효과로 끝나는 경우가 많습니다.

피터슨은 우리가 뭔가를 새로이 배우는 것은 바보(FOOL)가 되는 상태라고 말합니다. 바보가 되지 않기를 원한다면 뭔가를 새로 시작할 수 없고, 새로 시작하는 게 없다면 발전 역시 없습니다. 바보가 되고자 하는 것은 변화하고자 하는 사람들이 가진 당연한 마음가짐으로 겸손과 같은 맥락입니다.

무슨 말인지 공감이 가고 열심히 이것저것 시도하고 부딪히며 살고 있는데, 너무 지치고 힘들다는 분도 있습니다. 피터슨은 다시 말합니다.

"인생이란 건 내가 가고자 하는 목표 지점에 최단 거리로 빠르게 가지는 게 아니다. 지그재그를 그리며 먼 길을 돌아가는 것처럼 보이는 게 당연하다."

자신이 경험한 여정이 목표 지점에 가기 위한 길보다 훨씬 길었다는 점을 이야기하면서, 자신이 들인 수많은 노력에 비해 사실 앞으로 나아간 것은 얼마 안 된다고 고백합니다.

그렇지만 가만히 있는 것보다 훨씬 낫습니다. 왜냐하면 계속 앞으로 가고 있기 때문입니다. 앞으로 안 가면 뒤로 가는 셈입니다. 가만히 있다고 그 자리에 있는 게 아닙니다.

삶에서 목표의 의미를 이해했다면 '아무것도 안 하는 것보다 나으니 도덕, 윤리를 무시하고 내 이익만 챙기는 데 열을 올리면 되겠네! 그래도 선하지만 아무것도 안 하는 것보다 나은 거 아니야?'라고 되물을 수도 있습니다. 인생 목표를 남은 어떻게 되든 말든 나만 잘사는 것으로 잡는 것입니다.

조던 피터슨은 가족, 커리어, 학위 등의 인생 목표를 수립할 때 어떻게 약물 의존이나 약물 중독 등의 구덩이에 빠지지 않고 삶을 계속해서 유지하고 전개할 것인지 되묻습니다. 인생 목표를 자기 자신만을 위해 세운다면 구덩이에 빠지기 쉽습니다. 피터슨은 어떻게 최우선으로 나를 위하는 것이 나를 무너뜨리지 않을 수 있냐는 질문을 던집니다.

그리고 또 한 가지, 돈으로 거의 모든 것이 가능한 시대이지만 그래도 안 되는 게 있습니다. 바로 고통입니다. 대부분 고통이나 삶의 어려움을 피하고자 돈을 벌어 경제적 자유를 꿈꿉니다. 그런데 돈을 벌고 돈이 그것을 해결해주지 못한다는 것을 알게 되면, 방법이 없어 보입니다. 인생의 고통을 피하는 법에 대한 방법론이 난무한 시대에 그 방법대로만 하면 뭔가 내 인생이 확 바뀔까요? 피터슨은 그게 전부가 아니라고 말합니다.

쉽게 말해 우리가 존재하기 때문에, 또 인간이기 때문에 취약하고 고통을 겪을 수밖에 없습니다. 바로 이런 이유 때문에 자기의 존재에 대해서 깊이 생각해야 합니다.

지금까지의 설명은 조던 피터슨의 자기 주도(Self-authoring) 프로그램의 해법을 소개하는 내용입니다.

피터슨은 학생들을 가르치면서 한 가지 아쉬운 점이 있었다고 합니다. 학생들이 자신의 인생 목표를 적고 계획을 세우는 측면에서 어려움을 겪는 일들이 많다는 것을 발견했기 때문입니다. 그래서 자신이 누군지, 어디로 가야 하는지, 어떻게 계획을 세울 것인지 도와주기 위해 이 프로그램을 만들었다고 설명합니다. 눈여겨볼 점은 이 프로그램을 통해 학생들의 성적도 25% 올라갔다고 합니다.

요즘 성공하는 방법을 말한답시고 내가 가진 여러 능력을 남을 위해 일하지 말고 나를 위해서만 쓰라는 사람들이 있습니다. 나를 위해 글을 쓰고, 홍보하고, 촬영하고 등등 말입니다. 그런데 그런 생각은 누구나 다 할 수 있습니다. 회사 다니는 사람들이 바보라서, 그걸 몰라서 회사에 남아 있는 게 아닙니다. 그러나 회사에서 나오는 순간 프리랜서가 되고, 프리랜서가 되는 순간 내가 나를 홍보하고 계획을 세우고 일하는 것까지 이것저것 다 해야 합니다. 하지만 구체적으로 어떤 계획을 세워야 하는지는 아무도 가르쳐주지 않습니다.

삶의 목표에 대해 피터슨을 통해 이해했다면 그의 자기 주도 프로그램을 통해 삶에 대한 구체적인 플랜을 짤 수 있지 않을까 생각합니다. 추가로 이 프로그램에 기입한 내용은 비밀이 보장된다고 하네요.

TIP+KEY

1. 목표 설정의 핵심은 목표를 위해 단계적인 절차와 계획을 세우기 전에는 목표가 모호한 형태에 불과하다는 점이다.

2. 꿈을 이루기 위해 매일 해야 하는 것은 원대한 꿈을 쳐다보는 것이 아니라, 할 일을 적고 그 일을 하나씩 끝내버리는 것이다.

3. 처음부터 큰일을 할 수 없다. 왜냐하면 큰일을 할 만큼 훈련되지 않았기 때문이다. 이렇게 매일매일 쌓아가면서 어제 했던 것보다 조금 일을 오늘 해나가는 것이다.

4. 이상은 필요하다. 그 이상을 뛰어넘는 것을 목표로 삼을 순 없지만 그래도 따라 할 만한 기준이 생기기 때문이다.

5. 초고가 쓰레기라고 불리는 이유는 더 손을 봐서 완벽하게 고칠 수 있기 때문이지 나의 부족함이 드러나거나 낮은 지능이 탄로 나는 게 아니다.

방해받지 않고 일에 푹 빠져
몰입하게 만드는 집중력

전화가 오면 아무리 중요하지 않은 전화라도 가슴이 살짝 뛰며 하던 일을 멈추고서라도 왠지 받아야 할 것 같은 초조함이 듭니다. 반면 급하지는 않지만 내 인생에 도움이 되는 것들, 예를 들어 운동, 독서, 자격증 공부, 기술 배우기 등은 울리는 전화벨에 반응하듯 바로 하지 않죠. 바꿔 말하면 전화벨에 반응하듯, 알림 문자에 반응하듯, 내가 해야 하는 것들을 바로바로 해낼 수만 있다면 충분히 발전하며 앞서가는 삶을 살 수 있습니다.

전과는 다르게 우리는 인터넷과 스마트폰으로 원하는 정보를 쉽게 얻을 수 있고 새로운 것을 배우기도 쉽습니다. 같은 강의를 들었다고 해도 조금만 노력하면 나만의 방법으로 풀어가며 남들과 차별화할 수 있습니다. 기술적인 영역의 교육 과정 및 지식수준도 몇십 년 전에 비하면 더 어린 나이에 더 어려운 것을 이해할 수 있게 되었습니다. 그 때문에 젊은 세대는 지식과 기술을 배우고 익히는 데 기성세대보다 유리한 점이 많습니다. 조금만 노력하면 원하는 지식과 기술을 인터넷으로 손쉽게 익힐 수 있는 시대에 살고 있습니다.

영어뿐만 아니라 웬만한 것들은 모두 온라인에서 다 배울 수 있습니다. 그런데 문제는 한번 마음먹은 일을 끝까지 밀어붙이는 힘이 더 약해진 것입니다. 그리고 한번 마음먹기까지 계획을 세우는 것도 잘 안 됩니다. '야나두'의 성공 스토리를 말한 대표도 온라인 학습을 하는 사람들이 평균 수강을 완료하는 퍼센트가 생각보다 낮다고 말했죠. 대부분 해야 할 일에 집중하지 못하고 있기 때문입니다.

이런 패턴이 반복되면 자신이 한심스럽게 느껴지기도 합니다. 이것에 대해 『하이퍼포커스(Hyperfocus)』의 저자 크리스 베일리는 말합니다.

"집중하지 못하는 이유는 우리의 뇌가 방해를 받아서가 아니라 방해 받는 그 자체를 좋아하기 때문이다."

그럼 효율성을 높이는 집중의 기술에 대해 전하는 책 『하이퍼포커스』의 내용을 설명하겠습니다.

첫 번째입니다. 저자 크리스 베일리는 스마트폰이 뇌를 자극하고 도파민 분비를 자극해 집중력을 방해하는 부분에 주목합니다. 그래서 30일간 핸드폰을 하루에 최대 30분만 써보았다고 합니다. 그 결과 세 가지 변화가 생겼습니다.

첫째, 집중할 수 있는 시간이 늘었습니다. 식은 죽 먹기처럼 쉽게 집중할 수 있는 건 아니지만, 폰과 거리 두기를 하기 전보다 훨씬 쉽게 집중할 수 있었습니다. 두 번째로, 더 많은 아이디어가 떠올랐습니다. 그리고 마지막으로 더 많은 계획과 미래에 관한 생각이 떠올랐다고 합니다.

두 번째, 방해받고 복잡한 상태를 좋아하는 지나치게 자극된 뇌를 가라앉히기 위해 저자가 내린 처방은 바로 지루함(boredom)입니다. 우리 뇌가 방해받기를 좋아한다는 말은 복잡한 혼돈을 좋아한다는 말로도 해석할 수 있습니다. 그럼 우리가 해야 하는 노력은 앞서 조던 피터슨이 방 청소부터 하라고 이야기한 것처럼, 크리스 베일리는 지루함을 말합니다.

베일리는 30일 동안 스마트폰을 멀리하는 것 외에 자신을 의도적으로 지루하게 만들었다고 합니다. 예를 들어 아이튠즈의 약관을 읽거나 통화 대기 시간이 엄청나게 긴 공항 수화물 부서에 전화해서 물건을 찾는 일 등을 한 것입니다.

세 번째입니다. 세상은 넓고 알아야 할 것도 많습니다. 그런데 우리는 내 걱정, 이웃 걱정보다 앞서 연예인 걱정을 하거나 필요하지도 않은 신상품에 마음을 빼앗겨버립니다. 전에는 인터넷과 기술이 발전하지 못해서 주변 소식을 늦게 알거나 잘 알기 어려웠지만, 이제는 손안에서 모든 것을 접할 수 있기 때문에 더욱더 쉽지 않습니다.

저자는 집중의 공간(attentional space)이라는 개념을 제시합니다. 집중할 수 있는 시간이 한정되어 있으며, 그러므로 새로운 일을 시작하거나 집중력을 발휘하기 전에 해야 할 것은 스스로에게 이 질문을 하는 겁니다.

"네 마음에 있는 건 무엇이지?(What's on your mind?)"

자기 마음에 뭐가 있는지, 어디에 마음이 빼앗겨 있는지를 묻고 빨리 파악하는 것이 시간을 절약하고 일을 잘하는 방법이라고 설명합니다.

네 번째는 하이퍼포커스(Hyperfocus)입니다. 그럼 책 제목이기도 한 하이퍼포커스는 무엇일까요?

저자는 이것을 분명 15분밖에 안 지난 것 같은데 몇 시간이 지났고, 열심히 일했는데 전혀 힘들지 않은 상태, 배가 고프거나 미팅이 있어서 업무를 멈췄지만 일에 대한 동기와 열정은 식지 않은 상태라고 표현합니다.

방금 설명한 집중의 공간이 내가 하는 업무로 가득 들어찬 상태입니다. 저자가 말하는 하이퍼포커스는 신중하게 일할 수 있고, 방해받지 않고, 재집중을 할 수 있으며, 일에 푹 빠져 몰입할 수 있는 상태입니다.

이런 상태는 또한 우리를 매우 기쁘게 만듭니다.

하이퍼포커스를 하기 위해 가장 중요한 것은 한 번에 하나씩 자신의 집중의 공간을 차지하도록 하는 것입니다. 특히 한 번에 하나씩 하는 것은 반드시 고수해야 한다고 강조합니다.

다만 내가 매일 습관적으로 하는 일에는 하이퍼포커스가 적용되지 않습니다. 예를 들어, 매일 타자를 쳐서 능숙한 사람에게 타자 치는 것에 더 집중하라고 하면 오히려 몸이 굳어 더 못 하게 됩니다. 매일의 습관은 의지력, 정신력이 덜 필요하기 때문에 하이퍼포커스를 필요로 하지 않습니다. 대신 논문을 쓰거나, 예산을 어떻게 쓸 것인지 계획하거나, 사랑하는 사람과 의미 있는 대화를 하는 데 적용해야 합니다.

하이퍼포커스에 들기 위해서는 4가지 단계가 필요합니다.

첫 번째, 생산적이거나 의미 있는 일을 고른다.
두 번째, 내부, 외부의 방해 요소를 제거한다.
세 번째, 1번에서 선택한 일에 집중한다.
네 번째, 계속해서 3번을 반복한다.

저자처럼 이렇게까지 자세히 설명하지는 않았지만 데이비드 고긴스가 학습을 하는 루트와 매우 비슷합니다. 책을 읽고 이해가 안 되면 또 읽고, 이해가 될 때까지 계속 밀어붙인 것처럼 말입니다.

하이퍼포커스의 과정에 필요한 것은 의도(Intention)입니다. 집중하고자 하는 의도를 가지고 방금 말씀드린 네 가지 단계를 거쳐 끝을 내는 겁니다. 저자는 계획을 세울 때 모호한 의도가 아니라 구체적인 의도(specific intention)를 반영한다면, 성공할 확률이 두세 배 높아진다고 강조합니다.

다섯 번째입니다. 그럼 방해 요소를 어떻게 컨트롤해야 할까요? 저자가 분류한 방해의 종류는 네 가지입니다. 컨트롤할 수 없으면서 성가신 것, 컨트롤할 수 없지만 재밌는 것, 컨트롤할 수 있지만 성가신 것, 컨트롤할 수 있으면서 재밌는 것입니다. 컨트롤할 수 없으면서 성가신 것의 예는 사무실 방문객, 시끄러운 동료, 미팅 등이고, 컨트롤할 수 없지만 재밌는 것은 팀과 함께하는 점심 시간, 사랑하는 사람이나 친구에게 온 전화, 동료 직원과의 유쾌한 대화입니다. 컨트롤할 수 있지만 성가신 것은 이메일, 스마트폰 알림, 미팅이고, 컨트롤할 수 있으면서 재밌는 것은 뉴스 웹사이트, SNS, 카톡 등의 인스턴트 메시지입니다.

방금 네 가지로 분류한 이 방해 요소들을 관리하기 위해 저자는 이런 해결책을 제시합니다. 내가 컨트롤할 수 없으면서 성가신 것은 일단 해결하고 다시 자리로 돌아와 일하는 것이고, 컨트롤할 수 없으면서 재밌는 일은 즐기면 되고, 그 외에 컨트롤할 수 있으면서 성가시거나 재밌는 것들은 미리 해결하는 것입니다. 그리고 일을 할 때 두 가지 모드로 일을 하는데, 첫 번째는 방해 요소를 제거하고 하이퍼포커스를 하는 것이고, 두 번째는 컨트롤할 수 있는 방해 요소와 함께 일을 하는 모드입니다.

여섯 번째는 흩어진 포커스(Scatter focus)입니다. 미래라는 키워드를 들으면 한숨이 절로 나오는 분들 많습니다. 중요한 것은 우리의 정신은 과거와 현재를 합한 것보다 더 많은 시간을 미래를 생각하는 데 씁니다. 우리의 정신이 어디에 있건 우리 시간의 48%를 미래를 위해 쓰는데, 그렇기 때문에 일과가 시작되기도 전 아침에 샤워하며 하루 계획을 짤 수 있다고 합니다. 그리고 이렇게 할 수 있는 이유는 흩어진 포커스 때문입니다.

흩어진 포커스란 하이퍼포커스와는 다르게 완전히 마음이 가는 대로 놔두는 것입니다. 하이퍼포커스가 한 번에 하나에 집중해서 생산적으로 정보를 해석하는 것이라면, 흩어진 포커스는 반대로 상황을 한 발자국 뒤에서 크게 보고 머릿속에서 퍼진 작은 아이디어나 정보의 조각들을 연결하는 것이라고 저자는 설명합니다. 우리가 아침을 먹다가, 길을 걷다가, 갑자기 문제 해결의 실마리가 떠오르는 이유도 흩어진 포커스와 관련이 있습니다. 아인슈타인도 말했죠. 자신이 더 똑똑하다기보다 문제에 더 오래 머문다고 말입니다.

저자가 책에서 설명하는 흩어진 포커스 상태에 이르는 법을 몇 가지 정리해보겠습니다.

첫 번째, 해결해야 하는 모든 문제를 적어라.

두 번째, 문제를 안고 잠을 자라. 잠을 자는 동안 퍼져 있는 정보와 아이디어의 점들이 연결된다고 합니다.

세 번째, 의도적으로 지연하라. 회사 로고를 결정하는 것 같은 창의적인 작업은 데드라인에 무조건 끝내려 하지 말고 시간을 더 주라고 말합니다.

하이퍼포커스, 흩어진 포커스의 방법은 숙지했으니, 우리에게 필요한 것은 왜 해야 되는지에 대한 대답입니다. 걸어가는 사람에게 누군가 다급히 다가와서 "빨리빨리 뛰어!" 하면, 뛰는 사람이 있고 안 뛰는 사람이 있습니다. 뛰지 않는 사람이 있다면 왜 뛰어야 하는지 모르기 때문이겠죠.

그럼 도대체 무엇 때문에 달려가야 할까요? 앞서 급하진 않지만 꼭 해야 하는 2순위를 어떻게 관리하느냐가 삶의 전환점을 이루고 성공을 좌우한다고 설명했습니다. 하이퍼포커스는 우리가 집중해야 할 것에 얼른 집중해서, 급하지는 않지만 중요한 2순위를 빨리하기 위함이기도 합니다.

저자도 이 2순위의 대해서 잘 설명하고 있습니다. 생산적이면서 매력 없는 일, 생산적이면서 매력 있는 일, 비생산적이면서 매력 없는 일, 비생산적이면서 매력 있는 일, 이 네 가지 중 우리가 성공하기 위해 해야 하는 2순위의 일은 생산적이면서 매력 있는 일입니다.

생산적이지만 매력적이지 않은 일만 하다가 인생이 끝난다면 삶의 의미가 퇴색될 수밖에 없습니다. 급하고 중요한 일만 하며 살아왔는데, 어느 날 기계에 대체되어 버리기라도 한다면 속수무책입니다.

화제의 역사학자 유발 하라리는 『호모 데우스(Homo Deus)』에서 직장을 잃은 사람들과 직장을 잃을 만한 사람들까지 미래에는 기계에 의해 위협을 받게 될 것이고, 이것이 디스토피아를 야기시킬 수 있다고 우려했습니다. 쉽게 말해 이미 직장을 잃은 사람들뿐만 아니라 나의 직장이 기계에 의해 대체될 수 있는 사람들까지 미래를 걱정해야 할 처지라는 것입니다.

"그래, 일을 더 잘하기 위해서 집중해야 한다는 건 알겠는데, 그게 내 관심이 아니라면?" 이런 의문을 품은 분도 있을 겁니다. 훌륭한 일꾼이 되기 이전에, 가치 있는 일을 하는 사람이 되기 이전에, 세상을 바꿀 만한 작품을 내기 이전에, 우리가 집중을 해야 하는 근본적인 이유는 바로 오토파일럿 모드에 있습니다.

가만히 있어도, 고민하지 않아도 삶이 살아지고 몸이 알아서 움직이는 오토파일럿 모드는 매우 편합니다. 심지어 깊은 생각하지 않고 할 수 있는 종류의 일은 아직도 있습니다. 하지만 이 오토파일럿 모드를 AI만큼 잘할 수는 없습니다. 더군다나 초등 수준의 두뇌만 있으면 가능한 단순 노동이라면 간단한 알고리즘을 바탕으로 된 기계가 쉽게 사람을 대체합니다.

대중을 상대로 초 단위로 알림 문자 및 광고를 하는 현실 세계에서 오토파일럿 모드를 끄지 않으면 마케팅 타깃만 될 뿐입니다. 나를 매뉴얼 모드로 전환해 현재를 짊어져야 하는 1순위를 최대한 빨리 마무리하고, 나의 잠재력을 더 끌어올릴 수 있는 2순위를 준비할 수 있는 시간, 에너지를 확보해야 합니다. 현재 직장이 있더라도 앞으로 직장을 잃을 걱정을 하지 않는 비결은 바로 여기에 있습니다. 의도적으로 한 가지에 집중하기도 하고, 때론 거기서 벗어나 큰 그림을 보는 선택도 함께 필요합니다.

TIP+KEY

1. 30일간 핸드폰을 하루에 최대 30분만 썼을 때 일어난 세 가지 변화.

   첫 번째, 집중할 수 있는 시간이 늘었다.

   두 번째, 더 많은 아이디어가 떠올랐다.

   세 번째, 더 많은 계획과 미래에 관한 생각이 떠올랐다.

2. 집중할 수 있는 것은 한정되어 있다.

3. 하이퍼포커스란 분명 15분밖에 안 지난 것 같은데 몇 시간이 지났고, 열심히 일했는데 힘들지 않은 상태, 배가 고프거나 미팅이 있어서 업무를 멈췄지만 일에 대한 동기와 열정은 식지 않은 상태를 의미한다.

4. 하이퍼포커스를 하기 위해 가장 중요한 것은 한 번에 하나씩 자신의 집중의 공간 (attentional space)을 차지하도록 하는 것이다. 특히 한 번에 하나씩 하는 것은 반드시 고수해야 한다.

5. 하이퍼포커스에 들기 위해 필요한 4단계.

   첫 번째, 생산적이거나 의미 있는 일을 고른다.

   두 번째, 내부, 외부의 방해 요소를 제거한다.

   세 번째, 1번에서 선택한 일에 집중한다.

   네 번째, 계속해서 3번을 반복한다.

6. 방해의 종류 네 가지.

   첫 번째, 컨트롤할 수 없으면서 성가신 것.

   두 번째, 컨트롤할 수 없지만 재밌는 것.

   세 번째, 컨트롤할 수 있지만 성가신 것.

   네 번째, 컨트롤할 수 있으면서 재밌는 것.

7. 우리의 정신이 어디에 있건 우리 시간의 48%를 미래를 위해 쓴다. 그렇기 때문에 일과가 시작되기도 전 아침에 샤워하며 하루 계획을 짤 수 있는 것이다.

상대와의 대화에서
통제권을 되찾는 방법

살면서 우리가 답답하다고 느끼는 부분 중 하나는 아마 내 맘대로, 내 뜻대로 되지 않을 때입니다. 오죽하면 힘을 키우고 재력을 갖추고 지식을 쌓아 내가 편한 방향으로 우위를 차지하며 살려고 모두들 끊임없이 노력하겠습니까?

그런데 한 가지 알아두어야 할 사실은 상대를 내가 원하는 방향으로 움직인다는 것은 현실에서 가능한 이야기가 아닙니다. 상대를 내가 원하는 방향으로 움직이는 방법을 가르쳐준다고 말하는 것은 그저 마케팅일 가능성이 크고 그대로 따라했다가는 부작용이 있을 수 있습니다. 이건 마치 모두가 1등 하려는 경기에서 "내가 1등 할 테니 너는 나에게 1등을 양보해"라는 말을 설득하려는 논리와 같기 때문입니다.

결국 원하는 것을 얻는 방법이란 독불장군식으로 나만의 방법을 고

집하는 게 아니라 상대방이 원하는 것을 고려한 상황에서 서로에게 윈-윈인 방안을 찾는 것입니다. 이것을 한 단어로 협상이라고 하죠. 협상이란 상대방과 나의 입지를 고려한 넓은 시야를 말하는 것이지, 나, 내 것, 내 이익만 주장하는 나르시시즘이 아닙니다.

전직 FBI 인질 협상 전문가 크리스 보스는 『우리는 어떻게 마음을 움직이는가(Never Split the Difference)』에서 협상의 핵심을 설명하고 있습니다. 책에서 말하는 방법론을 설명하기에 앞서 협상에 대해 어떤 마인드셋이 있는지 저자의 목소리에 귀 기울여보겠습니다.

> "이 책은 당신의 삶과 진로를 알려주는 대화의 통제권을 되찾는 법을 가르쳐줄 것이다. 납치범들은 그저 최고의 가격을 받으려고 하는 사업가일 뿐이다. 인생은 협상이다. 직장이나 가정에서 이루어지는 대부분의 상호작용은 '나는 원한다'라는 동물적이고 간단한 표현을 기반으로 이루어져 있다. 협상의 언어는 주로 대화와 친밀감의 언어로써 관계를 신속하게 구축하고 사람들이 함께 대화하고 생각하도록 하는 방법이다. 협상은 전투가 아니라 발견의 과정이다. 가능한 많은 정보를 밝혀내는 것이 목표다. 옳은 것이 성공적인 협상의 열쇠가 아니다. 올바른 사고방식을 갖는 것이야말로 열쇠다."

저자는 무척 유머러스한 편입니다. 또한 재밌게도 이 책의 저자는 자신이 지도했던 한국인 학생의 일화를 듭니다. 그 한국인은 미국에서

MBA 과정을 마치고 서울에서 예전에 자신이 근무했던 회사의 소비재 부서로 옮기고 싶은 상황이었다고 합니다. 전에는 반도체 부서에서 일했고요.

사내 규정상 부서를 옮기려면 전 부서의 상사 허락이 있어야 가능했다고 합니다. 그래서 전 상사에게 전화를 걸었습니다. 하지만 기대와는 달리 상사는 반도체 부서로 돌아와 일하라고 했습니다. 이미 같은 회사의 소비재 부서에서 일자리를 두 번이나 제안받은 상태였는데, 전 상사의 한마디로 모든 것이 무산되는 순간이었습니다.

일반적인 상황이라면 "아니, 내가 능력이 있고 다른 부서가 더 적성이 맞아 옮기겠다는데 회사 규정 가지고 내 앞길을 막는다니 말이 안 되네"라면서 회사에 컴플레인을 걸거나, 다른 일자리를 찾아야 할 수도 있었을 겁니다. 매우 억울한 상황이었죠.

그런데 그는 크리스 보스에게 배웠던 대로 협상의 기술을 펼치기 시작했습니다. 여기서 이 사람이 명심한 것은 왜 자신이 소비재 부서로 가야 하는지 열거하면서 논리적으로 "내 말이 맞지?" 놀이를 하면 안 된다는 사실이었습니다. 상대방이 내가 원하는 대로 하기 위해서는 할 수만 있다면 법을 이용해 고소 절차를 밟아 상대를 피곤하게 하거나, 힘을 쓸 수도 있습니다. 하지만 그런 건 협상이 아닙니다. 윈-윈도 아닙니다. 그냥 돌려서 협박하는 것이나 마찬가지입니다.

그 한국인은 한 가지 원칙만 생각했습니다. 상대방과 대화를 하면서 "그건 맞지"라는 반응을 얻어내는 것. 그리고 회사의 규정 중 꼭 반도체 부서에 있어야 한다는 조항은 없고, 다만 부서 이동 시 전 상사의 승인이 있어야 한다는 것뿐임을 거듭 확인했습니다. 한국인 직원은 다시 전 상사에게 전화해 질문을 던집니다. 반도체 부서로 보내려 하는 이유가 무엇인지부터 물었는데, 상사는 "그게 자네에게 가장 잘 맞는 포지션이야"라고 대답합니다. 그래서 또 묻습니다. "가장 잘 맞는 포지션이요? 제가 반도체 부서에 남아 있어야 하는 조항은 없는 것으로 아는데요"라고 말하자, 상사는 "그런 조항은 없지"라고 답합니다. 그리고 또 질문합니다. "그럼 왜 제가 반도체 부서에 있어야 하는지 말씀해주시겠습니까?" 그러자 상사는 "반도체 부서와 소비재 부서 간 협업이 있을 때 도와줄 사람이 필요해서"라고 답합니다. 상황을 파악한 한국인은 자신이 이해한 것이 맞는지 확인 차 말합니다. "그럼 헤드쿼터에서 탑 매니저들과 소통하는 것만 도우면 제가 어느 부서에 가든 상관없다는 말씀이시죠?" "그래 맞아. 헤드쿼터에서 난 자네의 도움이 필요해." 상사가 대답합니다. 그리고 저자에게 교육을 받은 그 한국인은 상사가 또 필요로 하는 것이 있는지 묻습니다. 알고 보니 그 상사는 2년 안에 부사장으로 승진하기를 원하는데, 회사 최고경영자에게 로비할 수 있는 누군가가 필요했습니다. 상사의 니즈를 파악한 한국인은 최고경영자에게 상사에 대해 좋게 말해주겠다고 말하고, 상사는 소비재 팀에서 오퍼를 받으면 바로 승인해주기로 합니다. 서로에게 윈-윈의 결과를 도출한 셈이지요.

제 경험도 한 가지 소개해보겠습니다. 싱가포르의 어느 큰 호텔에서 아트페어가 있었습니다. 저는 한 아티스트의 소속으로 통역 및 영상 제작을 위해 합류했습니다. 페어가 끝나고 철수를 하는데 트럭이 들어와 배에 싣고 갈 예술작품을 담은 나무상자를 치우라는 것이었습니다. 선박용 나무상자는 무게도 상당하거니와 그 안에 든 작품의 고정을 끝마치지 못한 상황이었고, 지게차도 없어서 말 그대로 이러지도 저러지도 못하는 상황이었습니다. 덤프트럭이 여러 대가 들어왔고 총괄하는 사람이 한국 쪽 물류 팀장과 대화를 하는 것 같았는데, 서로 소통이 잘 안 되는 듯했습니다. 그 실랑이 때문에 일이 지연되어 제가 속한 팀에도 차질이 생겼습니다.

하는 수 없이 저는 제 이름과 소속을 말하며 상대 담당자와 대화를 시작했습니다. 작업 중인데 나무상자를 어떻게 빼냐고 묻자, 그래도 빼지 않으면 자신들의 트럭이 들어가지 못하니 차질이 있다고 했습니다. 피곤한 상태에다 타국에서 처음 보는 사람이라 화를 낼 수도 있었지만 먼저 질문을 했습니다. 나무상자를 치우라는 것이 규정에 있는 것인지, 그게 아니라면 무엇이 걱정되어 그렇게 말을 하는 것인지 물었습니다. 알고 보니 그는 당일 현장을 총괄 지휘하는 사람인데, 트럭이 들어오다가 예술작품을 혹시라도 치게 되면 자신이 책임을 져야 하는 것이 걱정되어, 동선 확보를 위해 나무상자를 옮겨달라고 한 것이었습니다. 그래서 도로 통제용 삼각대를 가지고 동선을 정해, 그 선 안에서 작업할 것을 약속한 후에 순조롭게 일을 마무리할 수 있었습니다.

두 예에서는 저자가 말하는 협상법의 핵심이 들어 있습니다. 그럼 저자가 말하는 협상의 요지 몇 가지를 살펴보겠습니다.

첫 번째, 관계를 형성하라.

저자가 말하는 협상은 관계 형성을 기반으로 대화가 이루어지는 것입니다. 고로 좋은 협상가가 된다는 것은 경청하는 능력과 대화에 필요한 스킬을 갖추는 것입니다. 많은 이들이 돈을 벌기를 원하지만, 돈이란 사람 관계를 기반으로 가치를 창출하고, 그것을 주고받으며 생기는 것이라는 점을 잘 보지 못합니다.

예를 들어, 돈을 받고 서비스를 하는 사람의 성패는 고객의 니즈를 파악해 그것을 충족시켜주는 데 달려 있습니다. 이 니즈를 충족시키는 과정은 대화와 소통이 기본인데 대화의 구색만 갖춘 경우가 허다합니다. 일곱 살짜리 아이에게 가르치듯 지시해야 하는 경우도 많죠. 이 과정을 매끄럽게 하고 정확한 의사 전달을 통해 니즈만 빠르게 채워도 일 잘한다는 말을 들을 수 있습니다.

저자가 말하는 대화의 기술은 가설을 세우되 넘겨짚지 말라는 것입니다. 상대방에 대해 가설을 세웠다면, 그것이 맞는지 하나하나 테스트를 하며 진위를 확인해야 합니다. 넘겨짚으면 확신을 하기 때문에 편견이 생기고, 사고를 유연하게 할 수 없게 됩니다. 앞에서 예를 든 소비재 부서에서 일하기를 원하는 한국인에게 부서 이동을 승인해주지 않으려

했던 상사의 의중을 잘못 넘겨짚었다면 '나를 싫어하는구나. 내가 위협적인가?' 등 굉장한 오해를 하고 일을 그르쳤을 수도 있습니다.

두 번째, 끝까지 들어라.

넘겨짚지 말라는 것의 발전된 단계라고 할 수 있습니다. 끝까지 상대의 말을 들으며 내 안의 자의적 해석의 목소리를 잠재워야 합니다.

세 번째, 미러링을 사용하라.

저자는 이렇게 설명합니다. "사람들은 자신에게 익숙한 것은 믿고 다른 것은 두려워한다. 고로 상대방의 스피치 패턴을 파악하고 모방하는 미러링을 통해 상대가 느끼기 편하도록 하라." 이 미러링은 앞서 나르시시스트를 소개할 때 다루었던 내용입니다. 내가 원하는 방향으로 상대를 조종하기 위해 병리적 나르시시스트들이 자주 사용하는 수법이죠. 기억해야 할 것은 서로 윈-윈을 해야 하는 협상의 상황에서 미러링은 상대방이 편안한 상황에서 더 많은 대화를 하도록 하는 것이고, 나르시시스트들은 자신에게 유리한 상황으로 이끌기 위한 수단에 불과하다는 점입니다. 방향성을 잘 보아야 합니다.

네 번째, 공감하고 신뢰를 쌓아라.

저자는 말합니다. "공감한다는 것은 상대방의 의견에 무조건 동의하라는 뜻이 아니다. 상대방의 관점에서 이해를 하는 것이다. 그래야만 무엇이 그들에게 동기를 주는지, 또 어떻게 상대에게 영향을 줄지를 생각할 수 있다."

다섯 번째, No라고 말하며 안정과 모멘텀을 찾아라.

이성 간의 관계에서 Yes, No의 의미를 파악하다가 지친 분들 많을 겁니다. Yes, No가 가진 액면 이상의 의미는 협상 관계에서도 적용할 수 있습니다.

"누군가 Yes라고 하는 것은 동의한다는 뜻이 아니다. 충돌을 피하기 위한 답일 수 있다. Yes, No로만 답변할 수 있는 질문에 빨리 답하기 위해 그렇게 대답한 것일 수도 있다."

거꾸로 뒤집어 보면 쉽습니다. 누군가에게 겁을 주거나 압력을 가하면 공손해지고 얼른 Yes라는 반응을 얻을 수 있죠. 이렇게 힘을 이용해 억지로 Yes를 얻게 되면 No라고 말하고 싶은 상대의 의중을 파악할 수 없게 됩니다.

또한 저자는 No라고 말하는 것이 문자 그대로 거절하는 것이 아닐 수 있다고 말합니다. "난 더 시간이 필요해. 동의하기에는 준비가 안 되었어. 정보가 더 필요해"라는 의미일 수도 있습니다.

여섯 번째, 상대방의 협상 스타일을 먼저 파악해야 한다.

협상 스타일에는 크게 세 가지가 있습니다.

첫 번째는 분석가(Analyst)입니다. 냉담해 보이지만 꼼꼼하고 체계적인 스타일입니다. 철저하고, 실수를 최소화하며, 인내심을 가진 것에 대한 프라이드가 있는 사람입니다. 만일 당신이 분석가 스타일이라면 더 많이 웃으라고 합니다. 반대로 당신이 분석가 스타일과 협상을 해야 한다면 많은 자료와 비교 자료를 준비하고, 상대에게 분석할 시간을 줘야 한다고 말합니다.

두 번째는 수용자(Accommodator)입니다. 관계를 형성하고 윈-윈을 얻으려는 사람입니다. 사교적이지만 시간 관리가 안 되는 편이고, 집중력이 부족한 스타일입니다. 이런 사람과 협상할 때는 그들이 양보하지 못하는 부분을 찾아보라고 권합니다.

세 번째는 일을 마무리하고 싶어 하는 사람입니다. 직설적이고, 일 중심적이며, 이기고 싶어 합니다. 만일 여러분이 이런 유형이라면, 목소리 톤을 부드럽게 하고, 질문을 준비하는 게 좋습니다. 반대로 이런 사람과 협상할 때는 잘 듣고, 그가 하는 말을 이해했다는 사실을 전달해야 합니다.

이제 결론입니다. 책에서 저자는 '맞아(That's right)'와 '네가 맞아(You're right)'의 차이에 대해 설명합니다.

"누군가가 와서 당신의 말을 들으려 하지도 않고 대화도 안 되며 자신의 이야기만 하려는 태도로 괴롭게 한다면, 어떻게 이런 사람을 떼어내겠는가? You're right, 그래 네가 맞다고 해줘야 그들은 만족해하며 당신을 더는 괴롭히지 않을 것이다."

이렇게 자신의 생각과 논리로 꽉 찬 사람들이 자신의 의견을 관철하려 한다면 You're right로 그들을 쉽게 떨쳐낼 수 있습니다. 하지만 이 말뜻은 그런 상대의 의견에 동의한다는 표현이 아닙니다. 그저 성가신 사람을 떨쳐내는 것뿐입니다. 거꾸로 '그래, 네가 맞다'라는 말을 당신이 많이 들었다면, 모두의 동의를 끌어낸 반응이 아니었다는 것 또한 알아야 합니다.

That's right라는 표현은 내가 하는 말을 듣고 상대도 같이 생각하면서 동의를 했을 때 나오는 반응입니다. 그런데 누군가와 대화를 할 때, 맞다고 대답하면서 그다음 말을 이어가려면 최소한 그 사람이 무슨 말을 하는지 이해함과 동시에, 서로 대화를 나눌 수 있는 비슷한 역량을 가지고 있어야 합니다.

이제 여러분들에게 한 가지 기준이 생겼습니다. 공부하고, 경력을 쌓고, 자기계발을 하는 진짜 이유 중 하나는 내가 속한 커뮤니티의 발전에 기여할 뿐만 아니라 누군가와 함께 어깨를 맞대고 일할 때 대화를 하며 맞는 것은 맞다고 말할 수 있는 사람이 되기 위해서입니다. 그리고 또 한 가지가 있습니다. 책에서 말하는 협상의 기술은 저자가 만난 은행털이범이나 납치범도 이미 알고 있는 기술입니다. 그들은 협상이라는 절차가 있음을 알고, 스스로 확실한 목적을 가지고 범죄를 저지르는 것입니다. 저자는 납치범을 비즈니스맨이라고 표현합니다. 이런 돈을 목적으로 하는 납치범처럼, 돈 버는 방법을 알려주겠다는 여러 가짜 구루들은 이런 협상의 기술을 습득해서 자신의 이익을 취하려 한다는 사실을 꼭 기억하십시오.

1. 상대를 내가 원하는 방향으로 움직이는 방법을 가르쳐준다는 것은 마케팅일 가능성이 크고 그대로 따라 했다가는 부작용이 있을 수 있다.

2. 원하는 것을 얻는 것이란 상대방이 원하는 것을 고려한 상황에서 서로에게 윈-윈이 될 때 가능한 것이다. 이것을 한마디로 협상이라고 한다.

3. 협상은 전투가 아니라 발견의 과정이다. 가능한 많은 정보를 밝혀내는 것이 목표다. 옳은 것이 성공적인 협상의 열쇠가 아니다. 올바른 사고방식을 갖는 것이야말로 열쇠다.

4. 협상은 관계 형성을 기반으로 대화가 이루어지는 것이다. 좋은 협상가가 된다는 것은 경청하는 능력과 대화에 필요한 스킬을 갖추는 것이다.

5. 끝까지 들어라. 끝까지 상대의 말을 들으며 내 안에서 싹트는 넘겨짚고 싶어 하는 자의적 해석의 목소리를 잠재워야 한다.

6. 미러링을 사용하라. 상대방의 스피치 패턴을 파악하고 모방하는 미러링을 통해 상대가 느끼기 편하도록 하라.

7. 공감하고 신뢰를 쌓아라. 공감한다는 것은 상대방의 의견에 무조건 동의하라는 뜻이 아니라 상대방의 관점에서 이해를 하는 것이다.

8. No라고 말하며 안정과 모멘텀을 찾아라. No라고 말하는 것은 문자 그대로 거절하는 게 아니다. "난 더 시간이 필요해. 동의하기에는 준비가 안 되었어. 정보가 더 필요해"라는 의미일 수 있다.

9. 협상 스타일 세 가지.
   첫 번째, 분석가. 냉담해 보이지만 꼼꼼하고 체계적인 스타일.
   두 번째, 수용자. 관계를 형성하고 윈-윈을 얻으려는 스타일.
   세 번째, 일을 마무리하고 싶어 하는 스타일.

글쓰기는
인간의 기본 욕구다

'기승전 책 읽기가 답이다'라고 말하는 분들이 많습니다. 몇몇 유튜버의 영향 때문에 이게 트렌드가 된 것 같습니다. 저는 감히 그렇게 생각하지 않습니다. 사람이 먹었으면 소화를 시키고 배설을 해야 하는 것처럼, 분명 책을 읽었으면 그에 맞는 아웃풋을 하는 것이 건강하다고 생각합니다. 그게 진짜 자신만의 것이죠. 그래서 저는 '기승전 글쓰기'가 맞다고 생각합니다.

글쓰기에 재능이 없어 못 한다고 생각할 수도 있지만, 사실 글이라는 것은 인간 문명과 늘 함께해온 것입니다. 동굴 벽화부터 시작해 무언가 기록하려는 본능은 작가만 가진 것이 아니라 누구에게나 있는 욕망입니다.

인간이라면 누구나 스토리 없는 사람은 없습니다. 장르를 불문하고 하고 싶은 말을 글로 쓰면 됩니다.

요즘 유행하는 감성 브이로그만 봐도 수요를 읽을 수 있습니다. 소소한 나의 일상 이야기는 더는 담장 너머 이웃의 삶을 엿볼 수 없게 된 대중들의 궁금증을 해소하며, 어떤 면에서는 예전 정겨운 이웃의 이야기가 다른 방법으로 삶의 일부가 되고 있습니다.

많은 양의 글을 잘 쓸 필요도 없습니다. 사진 한 장 아래에 짧은 글도 충분히 좋은 글쓰기가 되고, 나아가 책이 됩니다. 처음엔 어렵더라도 서서히 양을 채우다 보면 습작의 힘으로 질은 자동으로 향상됩니다. 그럼 블로그에 포스팅하거나 유튜브 스크립트로 활용해서 영상으로 만들어 업로드할 수 있습니다. 일기처럼 나만 간직하고 싶은 이야기들을 파일로 모아두었다가 한꺼번에 책으로 만들어도 됩니다.

번역기를 활용해 한국어를 영문으로 바꿔서 게시하는 것도 반드시 고려해보십시오. 한국만 타깃으로 하지 말고, 전 세계를 시장으로 삼고 뻗어 나갈 수 있는 역량이 충분하다는 것을 인지하기 바랍니다. 선동하는 듯해서 "무언가를 하자"라는 말은 최대한 지양하려고 노력했는데, 블로그에 포스팅도 하고, 그걸로 유튜브 영상도 만들고, 나중에 모아서 책도 내는 글쓰기를 시작해보라는 말은 꼭 한번 권하고 싶었습니다.

글에 대한 공식과 방법론이 있지만, 아무리 읽고 따라 해도 한 번에는 잘 안 됩니다. 그리고 인내가 필요합니다. 글은 누구나 시작할 수 있지만, 퇴고하는 과정을 반드시 거쳐야 하기 때문입니다.

모든 것이 그렇지만 글이야말로 노력해야 하는 분야이며, 계속 나아질 수 있는 분야 중 하나입니다. 여기에서는 유명 작가의 글쓰기부터 유명 블로거의 글쓰기 노하우를 알려드리겠습니다.

우선 '왜 글을 써야 하는가?'라는 질문으로 시작해보겠습니다.

알게 모르게 사람들은 머릿속에 많은 생각을 하고 삽니다. 그리고 자신들의 생각이 누군가에게는, 나아가 사회에 얼마나 가치 있는지 깨닫지 못합니다. 아주 단적인 예로 내가 알고 있는 것이 모두가 아는 상식이라고 생각하면서, 실제로는 나만 알고 있는 지식인 경우가 많습니다. 용기를 내어 글쓰기를 시작하십시오. 앞으로는 내가 알고 있는 것, 생각하는 것을 글로 쓰고 콘텐츠를 생산하는 사람과, 그렇지 않은 사람으로 범주화될 것입니다.

글쓰기의 거의 모든 과정은 전반, 중반, 후반전으로 나뉩니다.
먼저 글쓰기의 전반전입니다. 유명 블로거들이 하나같이 하는 말이 있습니다.

"글을 시작했으면 끝날 때까지 멈추지 말라."

이 간단한 말을 실제로 적용하려면 제가 지금 이야기하는 것들을 고려해야 합니다.

1. 완벽함을 버려라.

팀 페리스의 블로그에도 아직 수정되지 않은 부분이 있습니다. 그리고 그것에 대해 영상에서도 이야기합니다. 내가 할 수 있는 것과 없는 것을 구분해서 할 수 없는 것을 그냥 놓아두어도 됩니다.

2. 방해 요소를 제거하라.

다시 말해 글을 쓰는 것에 집중하라는 뜻입니다. 개인마다 이 말을 실현하기 위해 해야 할 숙제는 모두 다르겠죠.

3. 한번 앉았으면 포스팅 하나를 끝내라.

자료 검색과 글쓰기를 분리해야 합니다. 글을 쓰다가 끊기는 현상이 있으면 안 됩니다. 시작했으면 끝을 봐야 합니다. 글을 한번 쓰기 시작하면 앞뒤가 안 맞고 내용이 엉망이라도 좋으니 멈추면 안 됩니다. 하루아침에 글을 잘 쓸 수는 없습니다. 내 머릿속에 떠오르는 것들을 A4 용지 한 페이지에 어떤 형식이어도 좋으니 적어보는 연습을 매일 하면 좋습니다. 되도록 아침에 1시간 일찍 일어나서 글을 쓰는 것을 추천합니다. 뇌가 가장 신선할 때 글을 쓰면서 내가 아는 것들, 생각한 것들을 계속 쓰는 연습을 하세요. 가능하면 하나의 주제와 테마에 맞춰 쓰는 연습을 하면 더 좋습니다.

4. 졸작이라도 모아두어라.

이렇게 한 페이지에 막 적어놓은 것들을 버리지 말고 모으십시오. 아이디어를 메모하듯이 몇 문장과 키워드만 있어도 됩니다. 그리고 시간이 좀 지난 후에 다시 열어서 보면 그때의 생각이 꼬리를 물어 더 견고한 틀을 짜고 살을 채울 수 있습니다. 결국 머릿속에 처음 떠올랐던 불완전한 것들은 나중에 완벽한 작업을 위한 준비 운동이 되는 셈입니다.

5. 먼저 쓰고 나중에 편집하라.

앞의 내용과 일맥상통합니다. 먼저 쓰기부터 시작하십시오.

자, 여기까지 했으면 이미 반은 온 것입니다. 시작이 반이니까요. 이제 중반전으로 넘어가 보겠습니다. 바로 프리 블로깅(Free Blogging)입니다. 글을 쓰기 위한 준비 작업으로, 이를 이용하면 빠른 포스팅을 할 수 있습니다.

1. 정리하는 블로거가 되라.

여러분이 블로그 포스팅을 하기 전에 바탕화면에 폴더를 하나 만들고 거기에 블로그에 쓸 아이디어, 토픽, 이미지 자료를 모아두십시오.

2. 아우트라인을 쓰라.

아우트라인의 기초는 서론, 본론, 결론입니다. 이 과정을 진행할 때 떠오르는 아이디어를 펜과 종이로 쓰는 것을 추천하는 사람들이 많습니다. 굳이 펜과 종이를 사용하라는 이유는 문서 프로그램의 기능을 모르는 경우가 많고, 예쁘게 정리하기 위해서 이 기능 저 기능 뒤지다가

정작 중요한 아우트라인 작업을 못하는 경우가 많아서입니다. 일단 펜으로 종이에 한 가지 키워드나 테마를 적고, 그 안에서 전달해야 할 것들을 포인트별로 적습니다. 그리고 이것을 바탕으로 서론과 결론을 짭니다. 나머지 본론에서는 서론을 더 자세하게 말해주고 살을 채우는 느낌으로 쓰면 됩니다.

3. 결론을 먼저 쓰라.

결론에서 제시하는 메시지가 응축된 한 문장을 서론에 쓰는 경우가 많습니다. 그래야 직관적으로 독자들의 관심을 끌 수 있기 때문입니다.

4. 한번 글을 쓰기 시작하면, 끝까지 글 쓰는 사람이 되라.

일단 시작하면 계속 글을 쓰는 쪽으로 두뇌가 돌아갑니다. 유튜브 콘텐츠 같은 경우 촬영과 편집 때문에 시간이 걸리지만, 유튜브에 관계없이 글은 매일 하나 이상씩 나올 수 있습니다. 결코 양보다 질이 앞서서 성장할 수 없습니다.

5. 글쓰기를 멈출 때를 알아라.

이 부분은 글을 쓰는 삶을 사는 사람들에게 해당됩니다. 쉽게 말해 번 아웃을 조심해야 한다는 뜻입니다. 글을 쓰는 작업은 정보의 깊이와 입체감을 살려 표현하는 과정인데, 아우트라인부터 리서치까지 몇 가지 힘든 과정을 포함하고 있습니다. 고로 피곤한 상태라면 잘 해내기가 어렵고, 좋은 글을 생산하는 데 악영향을 끼칠 수 있습니다.

6. 스토리텔링을 하라.

글로 정보의 깊이를 담는 데 어려움을 느끼는 분이 있다면 스토리텔링을 하십시오. 각종 노하우를 동영상으로 알려주는 게 요즘의 대세라면, 이 많은 정보 중에서 그나마 사람들의 관심도가 높고, 오래 기억에 남는 영상은 스토리가 담긴 영상입니다. 사람이 이야기를 전달할 때 말하는 사람과 듣는 사람의 뇌는 똑같은 영역이 자극을 받습니다. 다시 말해 스토리 기반 콘텐츠를 소비한 사람은 소비한 콘텐츠를 바로 말로 전환하는 데 별다른 과정이 들지 않게 됩니다. 그만큼 파급력 있는 콘텐츠가 될 수 있습니다.

글쓰기에 관해서 이야기한다면 어휘에 대해 말하지 않을 수 없습니다. 글을 쓸 때 웬만하면 단어의 중복을 피해야 하는 것이 원칙입니다. 창의적 글쓰기는 더더욱 그렇습니다. 그래서 작가들을 위한 사전이 따로 존재합니다. 내가 아는 흔한 단어를 기반으로 검색을 해서 같은 의미의 다른 단어들을 대입해보십시오. 물론 동의어 사전으로도 이 과정을 충분히 해낼 수 있습니다.

어휘 관련 또 하나의 포인트는 더 많은 동사를 쓰는 것입니다. 소셜 미디어를 연구한 한 과학자가 발견해낸 현상입니다. 트위터 게시물 중에서 동사를 많이 포함하고 있는 게시물이 더 많은 클릭을 기록했다는 결과가 있습니다.

글쓰기의 후반전으로 넘어가겠습니다. 드디어 올 것이 왔습니다. 글의 수정, 퇴고의 과정입니다.

아침에 일찍 일어나 써놓은 글이 저녁에 다시 보면 이상하고, 자기 전에 집중해서 써놓은 글이 아침에 일어나서 수정하려고 보면 이상하죠. 이에 대한 해결책이 바로 퇴고입니다.

글의 검토, 퇴고는 숙련자 입장에서는 당일에 할 수 있을지 모르겠지만 일반적으로는 그렇지 않습니다. 글은 한 주제에 맞추어 일관성 있게 써 내려가는 것이기 때문에, 정신적 환기의 과정 없이 내가 써놓은 글을 다시 보는 것은 굉장히 힘듭니다. 이를 근본적으로 해결할 방법은 크게 두 가지가 있습니다.

첫 번째, 글을 최대한 간결하게 쓴다.

글을 최대한 간결하게 쓰고 문장도 영어로 치면 중문, 복문 구조가 아니라 단문 구조로 최대한 짧게 쓰는 것입니다. 그러면 복잡한 생각을 간단하게 정리해서 글을 써 내려가기도 쉽고, 검토하기도 쉽습니다. 그리고 이 방법은 많은 양의 블로그 글을 생산해야 하는 상황에 매우 적합합니다. 게다가 간결하기 때문에 가독성이 높아 대중의 눈높이에도 잘 맞습니다.

두 번째, 서론을 마지막에 쓰라.

한 가지 팩트 체크를 하고 넘어가겠습니다. 글을 잘 쓰는 사람들은 첫 문장에 혼을 갈아 넣을 정도로 중요도를 둡니다. 하지만 중요한 첫 문장에 몇 시간을 써버리면 나머지를 쓸 힘이 없기 때문에 이 작업을 제일 마지막으로 하는 것을 추천합니다.

이에 따라 글 쓰는 과정을 굳이 순서로 따지자면 아웃트라인을 설정하고, 조사하고, 글 쓰고, 글 수정하기의 수순을 밟은 후, 마지막에 서론을 쓰면 순탄합니다.

글쓰기 과정을 전반, 중반, 후반부로 나누어 설명했습니다. 이렇게 쓴 글을 수입으로 연결하는 부분에 관해서 살펴보겠습니다. 내가 이미 유명한 사람이 아닌 이상, 그저 포스팅한다고 해서 수입이 나올 기대를 하면 안 됩니다. 그래서 크게 두 가지가 필요합니다.

첫 번째, 글을 대중이 원하는 방향에 맞추어 쓴다.

예를 들어 대중이 필요한 정보를 주는 것입니다. 서비스 등에 대한 사전 경험을 나눈다던가, 제품 리뷰를 하는 방식입니다.

두 번째, 영향력 있는 사람에게 거점을 둔다.

인지도가 제로인 상태에서 나의 콘텐츠를 알리는 것은 쉽지 않습니다. 블로그 포스팅은 대중이 원하는 정보만 주어도 별다른 광고 없이 트래픽을 어느 정도 유도할 수 있지만, 제대로 수익을 내려면 이미 유명하고 영향력 있는 사람들의 블로그처럼 많은 사람의 유입이 있어야 합니다. 하지만 나의 인지도가 매우 낮고, 내가 줄 수 있는 콘텐츠의 가치가 크지 않은 상태에서 누군가와 관계를 맺기란 쉽지 않습니다. 그래서 유튜브 등 기타 소셜 플랫폼을 이용해 나의 콘텐츠를 알리는 데 힘써야 합니다.

내가 쓴 글이 돈이 된다는 것은 단순히 글에서 주는 정보뿐만 아니라 나라는 사람의 영향력이 높아져서 얻게 되는 결과입니다. 『부자의 그릇』이라는 책에서도 돈은 다른 사람이 주는데, 나에 대한 평가가 높아질수록 액수가 높아진다는 이야기가 나오죠.

내가 글을 열심히 써서 책을 낸다고 하더라도 대한민국 성인 평균 독서량을 따져볼 때 많이 팔릴 것을 기대하기는 어렵습니다. 물론 책을 출간하면 이력에 도움이 되고 공신력을 높여주는 툴이 되는 건 맞습니다. 나아가 그 책의 내용과 관련해 강의 섭외도 들어올 수 있습니다.

하지만 이것을 더 파급력 있게 하기 위해서는 블로그, 유튜브 등 소셜 플랫폼에서 활발하게 활동하면서 트래픽을 키워 책을 내는 것이 좋습니다.

전체적으로 정리하자면 블로그, 책을 막론하고 글을 쓰기 시작했으면 매일 주제에 맞는 글을 써내는 것이 최우선이라고 할 수 있습니다. 블로그는 책보다 더 짧은 분량이므로 숙련도에 따라 앉은자리에서 30분 안에 끝낼 수도 있습니다. 간결함을 유지하되 일관성 있는 주제의 블로그 포스팅도 엮으면 충분히 책이 될 수 있습니다.

블로그, 책 출간을 글에만 국한해 범주화하지 말고 소통, 영향력이라는 측면에서 블로거, 유튜버의 연장선에서 생각하십시오. 결국 이

게임은 사람들과의 접점을 더 많이 만들어내는 사람이 이기는 게임입니다.

　글쓰기를 위한 정보의 차별화는 크게 두 가지에서 옵니다. 바로 나만의 경험과 나만의 세계관입니다. 나만의 경험이란 예를 들어 용산에서 조립 컴퓨터를 팔다가 유튜버로 전환해서 사람들에게 어떤 조합의 조립 컴퓨터가 좋은 성능을 나타내는지 정보를 제공하는 것입니다.
　이렇게 자신만의 분야에서 쌓은 노하우를 하나씩 풀어보는 것도 좋은 콘텐츠가 될 수 있습니다. 그리고 해당 분야에 대한 노하우가 없더라도 도전하면서 성장일기를 쓰듯이 기록하는 것도 좋은 콘텐츠가 될 수 있습니다. 다만 내 글을 읽고자 하는 타겟층을 잘 설정하고 장황하지 않게 사실과 결과 위주로 쉽게 전달해야 합니다.

　나만의 세계관이란 단순히 정보 전달을 하는 것 외에, 나의 사상이 묻어날 수밖에 없는 성격의 글을 말합니다. 예를 들어서 사업 마인드, 세일즈 같은 것입니다. 이런 무형의 가치를 설명하는 경우에 필요한 것은 내가 어떤 세계관을 가졌는지 설명할 줄 아는 능력입니다. 그래야 독자 역시 나의 세계관과 접근법에 대해 이해하고 선별적으로 나의 콘텐츠를 소비할 수 있게 됩니다. 이런 경우에는 가능하다면 모델을 정해서, 그 모델에 견주어 개념을 설명하는 것이 가장 좋습니다.

　마지막으로 다산 정약용의 글쓰기를 예로 살펴보겠습니다. 아버지가 유배당한 후에 생계가 어려워진 아들들이 양반임에도 불구하고 양계장을 차렸습니다. 아들로부터 생계 때문에 양계장을 차리게 됐다는 내용의 편지를 받은 정약용은 아버지로서 미안하다는 말보다 양계장을 운영하면서 일어난 일들과 관리하는 법을 샅샅이 적으라고 했습니다. 그래서 백성들이 닭을 키울 때 어떻게 하면 더 잘 키울 수 있는지 정보를 공개하도록 했습니다. 무엇보다 백성들이 더 잘살기를 원한 겁니다.

여러분도 나만의 경험과 나만의 세계관을 가지고 있다면 충분히 글을 쓸 수 있습니다. 무엇보다 지금 바로 시작하세요. 시작했다면 이미 반은 한 것입니다.

TIP+KEY

1. 글을 쓰려는 본능은 작가만 가진 것이 아니라 누구에게나 있는 욕망이다.

2. 인간이라면 누구나 스토리 없는 사람은 없다. 장르에 국한되지 않고 하고 싶은 말을 글로 쓰면 된다.

3. 많은 양의 글을 잘 쓸 필요 없다. 사진 한 장 아래에 짧은 글도 충분히 좋은 글쓰기가 되고, 나아가 책이 된다.

4. 글에 대한 공식과 방법론이 있지만, 아무리 읽고 따라 해도 한 번에는 안 된다는 것을 알자.

5. 인내가 필요하다. 글은 누구나 시작할 수 있지만, 퇴고하는 과정을 반드시 거쳐야 하기 때문이다.

6. 글을 쓸 때 고려해야 할 점.

첫 번째, 완벽함을 버려라.

두 번째, 방해 요소를 제거하라.

세 번째, 한번 앉았을 때, 포스팅 하나를 끝내라.

네 번째, 졸작이라도 모아두어라.

다섯 번째, 먼저 쓰고 나중에 편집하라.

7. 글을 쓰기 위한 준비 작업.

첫 번째, 블로그 포스팅을 하기 전에 바탕화면에 폴더를 하나 만들고 거기에 블로
그에 쓸 아이디어, 토픽, 이미지 자료를 모아두어라.

두 번째, 아우트라인을 쓰라.

세 번째, 결론을 먼저 쓰라.

네 번째, 한번 글을 쓰기 시작하면, 끝까지 글 쓰는 사람이 되라.

다섯 번째, 글쓰기를 멈출 때를 알아라.

여섯 번째, 스토리텔링을 하라.

8. 글의 수정 및 퇴고의 과정.

첫 번째, 글을 최대한 간결하게 쓴다.

두 번째, 서론을 마지막에 써라.

책상 앞에서는 글을 쓰거나
아무것도 안 하거나
둘 중 하나만 해라

예전 같으면 집에서 돈을 벌기 위해서 가내 수공업처럼 인형의 눈이나 단추를 다는 일을 했겠지만, 그러기에 지금 우리는 너무 많이 배웠고, 너무 많은 것을 알고 있습니다. 그리고 할 수 있는 것들도 너무 많습니다. 하지만 문제는 그에 비해 인생이라는 시간은 턱없이 짧습니다.

넘치는 지식으로 인한 지식 비만에서 자유롭기 위해서라도 우리는 계속 쓰는 활동을 통해 지식을 소화해야 하고, 필요 없는 것들은 제해야 하며 올바른 의사결정을 해야 합니다. 이렇게 글을 쓰는 활동만 해도 건강한 멘탈 관리에 큰 도움이 됩니다.

특히 삶과 고군분투하느라 머릿속에 켜켜이 쌓인 지식과 깊은 생각을 갖고만 있는 재야의 고수들이 많습니다.

윤동주 시인은 일제 치하에 있던 나라 상황을 보고 괴로워했습니다. 먹고 싶은 것, 입고 싶은 것 등 기본 욕구도 마음대로 해결하지 못하는 감옥 생활을 하면서 그가 자유롭게 할 수 있었던 것은 바로 글쓰기였습니다. 숨은 재야의 고수들도 시대 상황만 다를 뿐, 윤동주 시인처럼 각자의 감옥 생활을 하고 있지 않을까 싶습니다.

그럼 글을 써서 돈을 버는 일은 어떨까요? 지금 많은 젊은이들은 코로나 사태와 더불어 빚, 빈부격차, 사회 구조, 자신을 억누르는 자존감 등에 눌려 살고 있습니다. 팩트 체크를 해보면 1세 미만 영아 사망률이 크게 감소했고, 기술도 발전했으며, 영양 상태도 좋아졌고, GDP도 많이 높아졌습니다. 하지만 어려운 상황에 처한 사람들의 상황은 여전히 쉽지 않습니다.

그런 여러분이 어려운 가운데 3,000원을 내고 김밥 한 줄을 사 먹었는데, 그 김밥의 퀄리티와 영양, 맛이 정말 형편없다면 통탄하지 않겠습니까? 그럼 그 이야기를 나같이 당하는 사람이 나오지 말라고 글로 쓰면 됩니다. 우선 글쓰기를 시작하십시오. 무엇보다 시작이 중요합니다.

비정규직, 계약직이 많은 현재 취업시장에서 정말 낮은 확률을 뚫고 정규직을 얻어서 경력을 쌓고 있다면, 혹시라도 심신이 지치지 않고 마음의 여유가 있을 때 그 이야기를 써 내려가면 됩니다. 하다못해 새로 나온 치킨, 버거 가게에 가서 이것저것 먹어보고 리뷰도 하지 않습니까?

글은 소비자 입장(Customer-centric)이 되어 써야 합니다. 스티브 잡스의 경영 철학도 철저히 여기에 기반하고 있습니다. 당신이 글 쓰라고 해서 글 썼는데, 블로그 열었는데, 전자책 만들었는데, 아무도 보지 않는다고 말하면 정말 답이 없습니다. 돈을 주고 읽을 만한 내용의 글을 썼는지 자신이 잘 알 것입니다. 셀링 포인트를 잡는 문제는 글을 써서 돈을 벌고자 하는 사람이라면 누구나 먼저 고민해야 할 부분이기도 합니다.

시장의 수요 측면에서 글쓰기를 하는 것이 왜 중요한지, 또는 할 수만 있다면 빨리 시작하는 것이 왜 중요한지 이야기해보겠습니다.

코로나로 인해 더 뜨거워진 사업 중 하나는 OTT 사업입니다. OTT 란 인터넷을 통해 방송, 영화 등의 콘텐츠를 제공하는 'Over The Top' 서비스의 줄임말입니다. OTT 사업하면 떠오르는 것이 넷플릭스입니다. 많은 사람들이 집에 있으면서 콘텐츠 정주행, 역주행을 하게 되었기 때문입니다. 이에 더해 사람들이 소비한 콘텐츠를 분석해 비슷한 콘텐츠를 계속 추천해주는 알고리즘 기술을 기반으로, 소비자들은 자신의 입맛에 맞는 콘텐츠를 골라볼 수 있게 되었습니다.

문제는 알고리즘이 추천해주는 대로 내가 좋아하는 장르만 몰아보게 되면, 한 분야의 책을 여러 권 봤을 때처럼 결말이 뻔히 보이게 됩니다. 이게 책처럼 생각하게 만드는 콘텐츠라면 그것을 바탕으로 다른 분야로 사고를 확장해 더 나은 의사결정을 하게 되는 등 얻을 수 있는 부분이 생기지만, 넷플릭스에서 엔터테인먼트를 위한 콘텐츠 소비를 계속하게 되면 임계치에 다다릅니다. 쉽게 말해 식상함이 금방 찾아옵니다.

넷플릭스 같은 사업이 나락을 걷는 길은 간단합니다. 넷플릭스 하면 식상하고 오래된 콘텐츠, 이 공식만 사람들의 머릿속에 자리 잡으면 끝입니다. 넷플릭스를 잡기 위해 아마존 프라임, 왓챠와 같은 다른 플랫폼들이 등장하기도 했습니다. 이를 막기 위해 넷플릭스에서는 넷플릭스 오리지널이라는 태그를 달아 넷플릭스가 제작비를 지원해 콘텐츠를 직접 제작하고 배포하고 있습니다.

사람들이 거리 두기를 하면서 고립될수록 유튜브, 넷플릭스 등의 콘텐츠 소비는 더욱 늘어날 것입니다. 모두가 콘텐츠 소비를 생활화하고, 가볍게 중독이 되기도 합니다. 한편으로 철저한 소비자, 공급자의 경계선도 없이 소비자 겸 공급자도 나오는 것입니다.

내용이 무엇이 되었든 콘텐츠 제작에 대한 수요는 증가할 수밖에 없습니다. 고로 재야의 고수뿐만 아니라 능력을 갖추고도 좀처럼 성취해보지 못한 개인들의 글쓰기는 증가한 니즈에 맞춰 수익 창출의 장으로 연결되는 것이 자연스러운 현상입니다.

창작자가 기존에 없던 콘텐츠를 글로 쓴다면 부담이 됩니다. 특히 내가 가진 것, 나의 삶이 누군가와 비교하면 별것 아닌 것처럼 보이기 때문에 더더욱 그렇습니다.

언젠가 수필 작가들에게 수필 작업 과정에 대해 들은 적이 있습니다. 한결같이 하는 말이 매우 부끄럽고, 마음이 고통스럽다는 것이었습니다. 왜냐하면 거짓 없이 자신의 속마음을 말해야 하기 때문입니다. 이처럼 글을 쓴다는 것은 그 자체로도 넘어야 할 산이 매우 많습니다. 그럼에도 불구하고 글을 써야 하고, 산을 넘어가야 합니다.

누구나 글을 써야 하는 시대에 글을 잘 쓰기 위해 롤모델로 삼을 만한 인물을 소개해보겠습니다. 바로 닐 게이먼입니다. 미국에서 생존하는 소설 작가 중 가장 많은 팬을 보유하고 있는 작가로 알려진 그는 어른들에게는 판타지를, 아이들에게는 공포를 모티브로 몰입감 있는 소설을 씁니다.

물론 이분의 작품에서 영감을 얻어 드라마나 영화화된 경우도 있습니다. 닐 게이먼은 단순히 소설만 쓰는 것이 아니라 영화 대본, 코미디 등 다방면의 글쓰기를 합니다. 미국 만화 〈심슨〉에도 출연하고 드라마 〈빅뱅 이론〉에 출연하기도 했습니다.

그렇다면 닐 게이먼이 어떻게 글을 쓰는지 한번 살펴보겠습니다. 그에게는 스스로 세운 자기만의 원칙이 있습니다.

"앉아서 글을 쓰거나 앉아서 아무것도 안 하는 것은 되지만 앉아서 다른 일을 하는 것은 안 된다."

앉아서 낱말 퍼즐을 하거나 친구에게 문자를 하는 것은 안 됩니다. 그에게 있어 앉아서 할 수 있는 것은 아무것도 안 하는 것이나 글을 쓰는 것뿐입니다. 자신에게 다른 일을 할 수 있는 옵션을 아예 주지 않습니다. 아무것도 안 한다는, 글을 안 쓸 수도 있는 기회를 자신에게 부여함으로써 자유만은 허락합니다. 그렇지만 아무것도 하지 않고 있으면 금방 깨닫는다고 합니다. 글을 쓰는 것이 앉아서 아무것도 하지 않는 것보다 훨씬 낫다는 사실을. 그는 이렇게 해서 많은 사람들이 아는 오늘날의 인기 작가가 되었습니다.

별것 아닌 것 같지만 이건 엄청난 일입니다. 지금 여러분의 삶에서 글이 써지지 않고 있다면 몰입을 하지 않아서가 아니라, 이것저것 조금씩 적당히 하는 삶에 몰입되어서 그런 것입니다.

행동 경제학의 측면에서 보면 닐 게이먼의 선택은 엄청난 힘을 가지고 있습니다. 자신에게 책상에서 글을 쓰거나 아무것도 하지 않거나 선택의 여지를 줌으로써 인간으로서의 자유의지를 확보했습니다. 동시에 어떤 것을 하고 싶다면 글만을 쓰도록 문을 열어둠으로써 자신을 작가로 포지셔닝했고, 글을 창작하는 데 모든 것을 집중했습니다.

작가의 글쓰기란 기본적으로 창작의 과정을 품고 있습니다. 그리고 창작자는 번뇌와 고통 속에 있습니다. 세상에 속해 있지만 세상과는 달라야 늘 다른 관점이나 창작물을 만들 수 있기 때문입니다. 세상에 속해 있지만, 섞이면 안 됩니다. 철저히 관망하는 자세로 사람들이 어떤 사고 방식을 가지고 어떤 트렌드를 타고 있는지 파악해야 합니다. 그리고 두세 발 앞서가서도 안 됩니다. 딱 반 발짝 앞선 것을 창작해야 합니다.

우리는 글을 쓸 때 기존의 것들과는 다른 창작물을 내야 한다고 생각합니다. 하지만 최소한 두 가지 옵션은 있습니다. 앞에서 말한 닐 게이먼 같은 작가처럼 창작을 하던가, 내 삶을 기록하는 성실한 기록자가 되던가 하는 것입니다.

창작은 매우 고통스럽습니다. 그렇다면 나의 삶 또는 오래된 내 분야의 노하우나 정보를 기록하면 됩니다. 매달 정해진 기간에 세금을 납부하듯 그렇게 적어 내려가십시오. 경력이나 노하우가 없는 사람들은 경력이나 노하우를 만들면 됩니다. 그리고 그전에 하루를 돌아보고 정리하는 일기부터 쓰면서 작은 성공을 만들어보십시오. 다시 말하지만 어떤 분야이건 처음부터 잘하는 사람은 없습니다. 중요한 것은 기록자혹은 작가가 되기로 하고, 다른 것에 옵션을 두면 안 됩니다. 그래서는 죽도 밥도 안 됩니다.

닐 게이먼처럼 글을 잘 쓸 필요는 없습니다. 그리고 그처럼 글과 창작에 몰두한 삶을 아무나 살 수 있는 것도 아닙니다. 하지만 취미로 좋아하는 스포츠를 계속하다 보면 잘하게 되고, 관심이 가다 보면 그 분야의 선수들을 동경하게 되는 것, 경험한 분들은 알 겁니다. 인간이기 때문에 하는 고유의 행동 중 기록에 관한 욕구는 누구에게나 잠재되어 있습니다.

컴퓨터나 노트북이 없어도, 펜과 종이만 있어도 시작할 수 있는 것이 글쓰기입니다. 그리고 지금 우리는 글만 잘 쓰면 블로그와 전자책, 혹은 그 이상으로 가치를 창출하기 좋은 시대에 살고 있습니다. 게다가 같은 층의 이웃과도 얼굴 한번 마주치지 않고 있고, 언택트 때문에 서로 만날 수도 없는 지금 시대에는 대단한 위인이 아니어도 덤덤히 나의 스토리, 콘텐츠로 얼마든지 글을 쓸 수 있습니다.

퍼스널 브랜딩의 시대에 글은 필수라고 해도 과언이 아닙니다. 닐 게이먼처럼 창작의 고통과 함께하는 작가가 되라는 것이 아닙니다. 사람들의 니즈에 귀를 기울이며 필요한 콘텐츠를 내놓을 때, 창조력 한 스푼을 더 넣으면 분명 글쓰기 실력이 나아질 것입니다.

데이비드 포스터 월리스 역시 자신이 본 거대한 쇼핑몰 같은 미국이라는 나라가 많은 자기중심적인 소비자들을 찍어내는 것에 대해 통탄했고, 계속해서 그 관점을 놓치지 않았습니다. 지속해서 생각하는 기능을 꺼버리지 않았던 것입니다. 이는 도파민 금식 그 이상이라고 생각합니다.

글은 학식이 높고 재능이 풍부한 사람만 쓸 수 있는 것이 아닙니다. 내가 생각하는 것, 사는 방식, 남들과 같지 않은 나만의 인생 스토리를 글로 옮길 수 있기만 하면 됩니다. 무엇보다 좋은 스토리텔러가 되기만 하면 되는 것입니다.

하는 일마다 잘 안 됐던 사람이 있었습니다. 이 사람은 심지어 작가가 되려고 수업을 들었는데, 글 솜씨가 형편없다고 교수에게 혹평을 받기도 했습니다. 그래도 글에 대한 열정을 포기할 수 없었습니다. 그런데 알고 보니 자신은 창작에 대한 열정을 가진 것이 아니라 스토리텔링을 좋아하는 것이었습니다. 그래서 아이들에게 교훈이 담긴 이야기를 들려주는 글을 쓰게 되었는데, 그게 바로 우리가 아는 안데르센의 동화입니다.

글쓰기 능력이 형편없었던 안데르센도 어릴 적부터 가난한 아버지로부터 이야기를 들으며 스토리텔링 능력을 키웠습니다. 그리고 그 능력을 발판으로 어린이라는 타깃 독자를 정하고 기록을 시작한 것입니다. 하물며 여러분이라고 이런 게 없을까요?

TIP+KEY

1. 글은 소비자 입장이 되어 써야 한다. 돈을 주고 읽을 만한 내용의 글을 썼는지 자신에게 물어보고 셀링 포인트를 잡는 문제는 글을 써서 돈을 벌고자 한다면 누구나 먼저 고민해야 할 부분이다.

2. 행동 경제학의 측면에서 닐 게이먼의 선택은 엄청난 힘을 가지고 있다. 자신에게 책상에서 글을 쓰거나 아무것도 하지 않거나, 두 가지 선택의 여지를 줌으로써 인간으로서의 자유의지를 확보했다. 동시에 어떤 것을 하고 싶다면 글만 쓰도록 문을 열어둠으로써 글을 창작하는 데 모든 것을 집중했다.

3. 우리는 글을 쓸 때 기존의 것들과는 다른 창작물을 내야 한다고 생각한다. 하지만 창작이 어렵다면 나의 삶 또는 오래된 내 분야의 노하우나 정보를 기록하면 된다.

4. 어떤 분야이건 처음부터 잘하는 사람은 없다. 아주 작지만 하루를 돌아보고 정리하는 일기 작성부터 하면서 작은 성공을 이루어야 한다.

작은 행동, 루틴이 모여
성공을 부른다

정말 중요한 것, 가치 있는 것에만 관심을 기울이라고 말한 『신경 끄기의 기술』의 저자 마크 맨슨이 추천사를 쓴 책이 있습니다. 바로 제임스 클리어의 『아주 작은 습관의 힘(Atomic Habits)』입니다.

"습관은 양날의 칼이다. 당신은 좋은 습관으로 성장할 수 있는 만큼 나쁜 습관을 통해 망가지기도 쉽다."

저자 제임스 클리어는 모호한 성공과 삶의 변화에 구체적으로 한 발자국씩 다가가도록 차근차근 설명해줍니다. 저자가 말하는 'Atomic Habits'란 긴 시간에 걸쳐 반복되는 아주 작은 습관을 의미합니다. 퇴근 후에 내가 가진 작은 예산에서 기쁨을 누리는 것이 '소확행'이라면, 내가 하는 작은 행동에 집중하는 것이 'Atomic Habits'입니다.

저자는 감정을 경계합니다. 어떤 계획도 세우지 못하게 만들고, 지속성도 없으며, 그날그날의 컨디션과 기분에 따라 집중력도 달라지고, 시간이 빨리 가기도 하고 느리게 가게도 만드는 것이 바로 감정입니다. 감정적으로 했다가는 뭔가 기준선이 없어집니다.

많은 사람들이 동기가 부족하다고 생각하지만, 사실은 명확성이 부족한 경우가 많습니다. 어떤 습관에서 빠져나오기 위해서는 더 큰 동기부여가 되어야 하고 의지력이 필요합니다. '글을 쓰고 싶은 마음이 생긴다면', '명상을 해야겠다는 마음이 생긴다면', '운동을 해야겠다는 마음이 생긴다면 하겠어'라고 말하지만, 사실은 그렇게 할 계획이 없는 것입니다.

저자가 말하는 사소한 습관은 하루에 1%씩 나아지는 것을 목표로 하는 것입니다. 그럼 1년 동안 매일 1% 상승을 하면 365% 성장, 약 3.7배 성장을 한다고 생각할 수 있습니다. 이것만으로도 대단하지만 복리 효과까지 감안한다면 37배까지 성장할 수 있습니다. 저자는 습관을 우리가 문제를 손쉽게 해결하도록 도와주는 '정신적 지름길(Mental Shortcut)'이라고 표현합니다.

동물의 세계를 잘 관찰하면 신기하고 오묘한 것들이 너무도 많습니다. 그중 한 예가 철새입니다. 철새는 때가 되면 따뜻한 남쪽으로 여정을 떠납니다. 그뿐만 아니라 브이 자로 대형을 갖추어 날아가기도 합니다. 그런데 조금만 더 파헤치면 사실 놀라울 것이 없습니다. 왜냐하면 이것은 철새의 뇌에 심어진 고유 알고리즘 같은 본능이기 때문입니다.

그렇다면 사람은 어떨까요? 계속 실패하고 가난한 사람은 계속해서 또 실패하고 가난할까요? 사람도 동물이니까 실패하는 사람은 계속 실패하도록 뇌 속에 어떤 알고리즘이 심어져 있지 않을까요? 그렇지 않습니다. 그리고 그렇지 않다는 사실을 우리 모두가 알고 있습니다. 사람은 자신의 상황과 환경을 바꿀 수 있기 때문입니다.

저자는 우리가 특정한 패턴의 행동을 반복하도록 하는 것을 무의식적으로 반복하는 습관(Habit Loop)이라고 말합니다. 그리고 이것을 점진적으로 바꿀 수 있다고 주장합니다.

저자는 작은 습관을 바꾸기 위한 방법을 아래와 같이 소개합니다.

첫 번째 단계는 '분명히 하라'입니다.

오랫동안 응급의료원 경력을 쌓은 한 여성이 어느 날 시아버지를 만났는데 시아버지의 안색을 보고 "얼굴이 마음에 안 든다"라고 말했다고 합니다. 당황한 시아버지는 "나도 네 얼굴이 맘에 안 든다"라고 받아쳤지만 사실 그녀가 의미한 것은 안색이었습니다. 건강상의 문제가 있다는 사실을 안색에서 발견한 것입니다. 수년간 구급차 안에서 심장에 문제가 있는 응급 환자들을 보면서 자신도 모르게 환자의 증상을 보는 눈을 키우게 된 것이죠. 그리고 시아버지는 그 말을 한 몇 시간 후에 생사가 걸린 수술을 받게 됩니다.

이 일화를 통해 저자는 말합니다. "사람의 뇌는 예측하는 기계다." 주변 환경과 정보를 통해 계속해서 다음을 예측한다는 의미입니다.

그리고 이어서 일본의 기차 운전사의 예가 나옵니다. 기차가 매 역에 도착하고 출발할 때마다 운전사가 습관적으로 하는 것이 있다고 합니다. 속도계를 가리키며 속도계가 가리키는 숫자를 소리 내어 읊는 것입니다. 그리고 역을 떠날 때 시간표를 가리키며 몇 시에 해당 역을 떠나는지도 소리 내어 읊는다고 합니다. 얼핏 바보 같아 보이는 이 과정으로 실수를 85%까지 줄이고, 사고를 30%까지 줄일 수 있다고 합니다.

저자는 말합니다. **"매일의 행동을 적어라. 내가 어떤 습관이 있는지 알아야 바꿀 수 있다."**

일단 내가 매일 하는 습관을 적어보십시오. 예를 들어 일어나고, 알람 끄고, 스마트폰 확인하고, 화장실 가고, 몸무게 재고, 샤워하고, 이빨 닦고, 치실하고, 로션 바르고, 수건 마르도록 걸어두고, 옷 입고, 차 마시기. 그리고 이 행동들에 각각 좋은 습관인지, 나쁜 습관인지 기호를 붙여서 체크를 합니다.

침팬지 전문가인 동물학자 제인 구달도 계속 침팬지를 찾아가 많은 시간을 보내고 관찰하면서 끊임없이 적었습니다. 기록만큼 정확하고 변화를 상세하게 알 방법도 드물기 때문입니다.

자신의 사소한 습관에 대해 파악했다면 다음으로 습관 스태킹(Habit Stacking)을 활용해 변화를 줄 수 있습니다. BJ 포그의 『작은 습관(Tiny Habits)』에 나오는 습관 스태킹 공식을 소개하겠습니다.

이 공식은 간단히 말해 '최근 습관을 한 후에 새로운 습관을 한다'

는 것입니다. 예를 들면 이와 같습니다. '아침에 일어나 모닝커피를 마시면서 1분 동안 명상을 한다.' '10만 원이 넘는 물건을 살 때 24시간을 기다렸다가 구매한다.' '밥을 먹을 때 채소와 함께 먹는다.' '새로운 것을 구매할 때 안 쓰는 물건 하나를 버린다.'

습관 스태킹의 열쇠는 매일 이미 하는 것에 하나를 더하는 것입니다. 습관 스태킹의 기본을 마스터하면 작은 습관에서 시작해 큰 습관까지 연결 지을 수 있습니다. 이것은 마치 작은 성공부터 시작해 큰 성공을 이루는 사업 성공 스토리 같기도 합니다.

그다음은 환경 조성입니다. 행동은 환경에 있는 사람의 기능이며, 환경은 사람의 행동에 영향을 줍니다.

매사추세츠의 한 병원 내과 의사 앤 손다이크는 의지력과 관계없이 환경을 통해 식습관만 고쳐도 병원에서 근무하는 사람들의 건강을 증진할 수 있다는 생각을 했습니다. 병원 카페테리아에 탄산음료 자판기는 여전히 있었지만 물을 더 많은 곳에 배치한 결과, 탄산음료의 판매량은 11.4% 감소하고 물 판매량은 25.8%나 증가했다고 합니다.

이 일화를 통해 제임스 클리어가 전달하고자 하는 포인트는 운동선수에게 루틴이 매우 중요하듯 특정 장소로 가서 패턴을 만드는 것입니다. 저자의 경우, 소파나 식탁에서 일했다고 합니다. 그런데 문제는 저녁이 되어도 일을 그만두기가 매우 힘들었습니다. 왜냐하면 쉬고, 음식을 섭취하는 공간에서 일했기 때문에 언제 일을 그만하고 쉬어야 하는지 구별이 되지 않았기 때문입니다. 결국 한 공간에서 하나만 하도록 룰을 정했다고 합니다.

원룸에 사는 사람들은 가구나 소품을 이용해 활동을 나눌 수 있습니다. 예를 들어 의자에서는 책을 읽고, 책상에서는 글을 쓰고, 테이블에서 음식을 먹는 거죠.

다음은 자기통제(self-control)의 비밀입니다.

1971년 베트남 전쟁이 16년째 진행되고 있을 때 미국의 의원 로버트 스틸과 모건 머피는 사람들이 놀랄 만한 발견을 했다고 합니다. 베트남 주둔 미군의 35%는 헤로인을 시도해봤고, 20%가 중독되었다는 사실이었습니다. 당시 대통령이었던 닉슨의 지시로 베트남 참전 군인들이 미국으로 돌아왔을 때 마약 중독 예방과 갱생 프로그램을 이수하도록 했습니다. 그리고 마약에 손을 댔던 군인 중 5%만이 1년 안에 중독이 되었고, 12%만이 3년 안에 재발했다고 합니다. 다시 말해 10명 중 1명만 헤로인 중독이 되었고, 나머지는 하루아침에 마약 중독 증세가 사라진 것입니다.

저자는 이렇게 설명합니다. "만약 당신이 비만이거나 흡연자거나 중독자라면 자기통제 능력이 없어서 그럴 거라는 말을 들었을 가능성이 크다. 그만큼 자기통제 능력으로 문제를 해결할 수 있다는 생각은 문화 깊이 자리 잡고 있다." 그런데 최근 과학자들이 자기통제력이 높은 사람들을 대상으로 한 연구에 의하면 자기통제력을 발휘한 삶을 사는 사람들은 대단한 의지력과 자제력을 사용하지 않아도 되도록 동선을 짜기 때문에 그런 것이라고 합니다. 다시 말해 유혹이 오는 상황에 시간을 덜 쓰는 것입니다.

저자는 나쁜 습관에 매이지 않는 방법은 나쁜 습관을 시작하게 하는 것으로부터 나를 멀리하면 된다고 말합니다.

"스마트폰이 일에 방해가 된다면, 눈에 보이지 않는 다른 방에 두어라. 본인이 부족하다고 생각하고 열등감이 든다면, 소셜미디어를 중단하고 계정을 없애 질투와 부러움에서 자유로워져라. 전자 제품에 너무 많은 돈을 쓴다면, 테크 리뷰를 그만 쳐다봐라. 자제력은 단기 전략이지 장기 전략이 아니다."

두 번째 단계는 '습관을 매력적이게 하라'입니다.

그럼 나에게 성공을 가져다주는 습관을 어떻게 매력적으로 만들까요? 저자는 세 가지로 요약합니다.

첫 번째, 템테이션 번들링(Temptation Bundling)입니다.

아일랜드 더블린 출신의 전자공학도 로난 번은 넷플릭스 보는 것을 좋아했다고 합니다. 하지만 운동량이 좀 더 필요한 상태였습니다. 그래서 그는 본인의 전공을 살려서 재밌는 장치를 하나 만듭니다. 실내 자전거에 노트북과 티비를 연결하고 자전거를 탈 때 어느 속도에 도달해야만 넷플릭스를 볼 수 있도록 한 것입니다. 체중 조절도 하고 넷플릭스

몰아보기도 한 번씩 할 수 있도록 매력적인 유혹을 유익한 습관과 묶은 것입니다.

쉽게 설명하자면 템테이션 번들링이란 꼭 해야 하는 것과 하고 싶은 것을 묶는 것입니다. 예를 들어 "인스타그램을 5분간 하고 팔굽혀 펴기를 20개 한다"는 식입니다.

앞서 소개했던 습관 스태킹과는 다릅니다. 습관 스태킹은 동선에 맞춰서 하나씩 새로운 습관을 추가하는 것입니다. 아침에 일어나 커피를 마시는 김에 1분 명상을 하는 것이죠. 하지만 이것은 나의 하루가 어떤 습관들로 이루어져 있는지 리스트에 다 적은 다음 좋고, 나쁘고, 중립적인 것을 나누어 머릿속에 넣고 있어야 가능합니다. 여기서 문제는 내가 해야만 하는 습관들로만 구성된 삶은 습관 스태킹으로 관리가 되지만, 내가 하고 싶은 것은 어느 분류에 넣어야 할지 애매할 수 있다는 점입니다.

저자는 습관 스태킹과 템테이션 번들링을 함께 구성할 수 있다고 설명합니다. "평소 하던 습관을 한 후, 내가 필요한 행동을 하고, 내가 필요한 행동을 한 후, 내가 원하는 것을 한다."

두 번째, 커뮤니티(community)입니다.

1965년 헝가리에서 라슬로라는 남자가 한 여인에게 편지를 보냅니다. 라슬로는 유전적 요인과 상관없이 연습과 좋은 습관만 있으면 어떤 분야건 아이들을 천재로 만들 수 있다는 신념을 가지고 있었습니다. 쉽게 말해 천재는 태어나는 것이 아니라 만들어진다고 믿었죠. 그리고 그 신념이 맞다는 것을 입증하기 위해 아내가 필요했던 겁니다.

결혼 후 라슬로는 자신의 신념을 입증시킬 분야를 양쪽 가계의 유전적 요인이 전혀 없는 체스로 정하고, 아이들에게 체스를 가르칩니다. 아기가 태어나기도 전에 집에는 유명한 체스 선수들의 사진이 벽에 붙어 있었고, 아이들이 체스 경기를 하게 되면 그 결과를 분석할 시스템까지 갖췄다고 합니다.

그 결과 첫째 아이는 네 살 때 체스를 둘 수 있게 되었고, 좀 지나서는 성인을 이길 수 있는 실력이 되었습니다. 둘째 아이는 첫째보다 더 잘해서 열네 살 때 세계 챔피언이 되었고, 막내는 집에서 체스를 가장 잘하는 아이로 성장해서 다섯 살 때 아버지를 꺾고 열두 살에는 세계 100위권 안에 드는 선수가 되었습니다.

이 일화 속 아이들에게는 체스에 집착하는 습관이 정상적인 문화였습니다. 여기서 저자가 말하고자 하는 포인트는 여러분이 추구하는 행동이 정상적으로 받아들여지는 커뮤니티와 문화를 찾아 합류하라는 것입니다.

저자는 우리가 어떤 습관을 할지 고르는 게 아니라 모방한다고 말합니다. 그리고 사람들은 세 가지 유형의 그룹을 통해 습관을 모방합니다. 가까운 사람, 다수의 사람, 힘 있는 사람입니다.

첫 번째, 가까운 사람을 모방하는 케이스입니다.

내리사랑이라고 하죠. 윗사람, 연장자에게서 사랑을 배우는 것을 의미합니다. 습관도 마찬가지입니다. 나와 가까운 사람의 행동을 보고 습관을 모방하게 되는 것입니다. 부모가 어떻게 언쟁을 하는지, 친구들이 서로 어떤 식으로 대화하는지, 직장 동료들이 어떤 결과를 내는지까지 우리는 복제합니다.

두 번째, 다수의 사람을 모방하는 케이스입니다.

1950년대에 솔로몬이라는 심리학자가 실험을 했습니다. 카드 두 개를 보여주고 왼쪽의 선과 길이가 같은 것을 오른쪽 A, B, C 중에서 고르도록 했습니다. 딱 봐도 C와 길이가 같은 데도 미리 심어둔 다수의 배우가 주변에서 A라고 말하자 아무것도 몰랐던 실험 대상자 역시 A라고 대답했다고 합니다. 피실험자가 이렇게 반응한 이유는 언쟁에서 이기고 똑똑해 보이는 것보다 그룹에서 받아들여지는 것이 더 큰 보상이기 때문이라는군요.

세 번째, 힘 있는 자들을 모방하는 케이스입니다.

모방을 통해 그들처럼 성공하길 원하기 때문입니다. 또한 힘 있는 자들에게 칭찬을 받으면 일을 더 잘하게 됩니다. 저자는 앞에서 소개했던 체스를 잘 두었던 아이들도 부모라는 힘 있는 지위의 사람들이 장려하고 칭찬했기 때문에 나온 결과라고 합니다.

결론입니다. 매일 1% 성장을 목표로 복리 효과까지 더하면 많은 성장을 하게 되는데, 이것의 부작용이 있습니다. 매일 1% 성장을 하지 않으면 1% 도태된다는 점입니다. 그리고 1% 도태가 매일 쌓이면 마찬가지로 마이너스에도 복리 효과가 적용됩니다. 예를 들어 100달러로 장사를 시작했는데 150달러가 되려면 50% 성장을 해야 하지만 150달러가 100달러가 되는 데는 33%의 손실만 있으면 되기 때문에, 손실을 피하는 것이 50달러를 버는 것만큼 중요합니다. 그러니 더더욱 감정을 지표 삼아서 매일 해야 할 일들과 하고 싶은 일들을 분간해내야겠습니다.

습관의 형성에서 가장 중요한 포인트 중 하나를 꼽으라면 단연 시간입니다. 한 번에 긴 시간 동안 어떤 행동을 하는 것보다 짧더라도 매일 반복하는 것이 무의식중의 습관 형성과 연관이 있기 때문입니다. 그래서 저자는 2분만 지속하면 되는 습관부터 시작하라고 추천합니다.

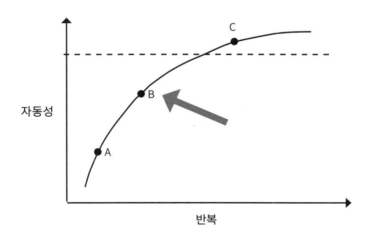

또한 저자가 말하는 습관을 쉽게 행하는 방법은 빈번함에 있습니다. 이 표를 보면 반복, 자동성이 X, Y 축을 이루고 있습니다. 계속 반복하면 표에서 보이는 B 지점부터는 습관이 쉬워지고, C부터는 무의식적으로 하게 된다고 합니다.

그런데 시간을 정해두고 매일 무언가를 하는 것이 잘 안 지켜지거나, 바쁘고 정신이 없어서 잘 안 되는 분들도 있을 듯합니다. 그럴 때는 화장실 갈 때마다 정해진 뭔가를 계속해보세요. 매일 반복해서 할 수밖에 없는 행동과 원하는 습관을 연결 지으면 훨씬 잘할 수 있습니다.

TIP+KEY

1. 많은 사람이 동기가 부족하다고 생각하지만, 사실은 명확성이 부족한 것이다.

2. 어떤 습관에서 빠져나오기 위해서는 더 동기부여가 되어야 하고 의지력이 필요하다.

3. 하루에 1%씩 나아지는 것을 목표로 해, 1년 동안 매일 1% 상승을 하면 365% 성장, 약 3.7배 성장을 한다. 이것만으로도 대단하지만 복리 효과로 인해 37배까지 성장할 수 있다.

4. 매일 1% 성장을 하지 않으면 1% 도태된다. 그리고 1% 도태가 매일 쌓이면 마찬가지로 마이너스에도 복리 효과가 적용된다.

5. 2분만 지속하면 되는 습관부터 시작하라.

어려운 것을 빠르게 배워야
기계에 대체되지 않는다

『딥 워크(Deep Work)』의 저자 칼 뉴포트는 조지타운 대학 컴퓨터공학부 부교수입니다. 아이비리그 대학 중 하나인 다트머스 대학에서 학사를 마치고 MIT에서 박사 과정을 마친 수재입니다. 간단히 말해 공부에 도가 튼 사람이라고 할 수 있죠. 그런데 저자의 집안을 보면 왜 저자가 현 위치에 있는지 어느 정도 이해할 수 있습니다.

뉴포트의 할아버지는 신학자에, 아버지는 사회학자 겸 갤럽의 고위 간부입니다. 집안 대대로 내려오는 박사 집안입니다.

유복한 집안에서 부족함 없이 자란 수재이지만 저자는 좋은 환경, 좋은 두뇌를 가만히 두지 않고 계속해서 무언가를 생산했습니다. 이 책 이외에도 여러 권의 책을 집필했을 뿐만 아니라 블로그를 통해 공부와 커리어에서 성공하는 법에 대해 포스팅을 하고 있습니다. 학벌, 두뇌를 갖춘 사람이 생산성에 포커스를 맞추어 삶을 살고 있다니 앞으로가 더욱 기대됩니다.

그럼 저자가 말하는 '딥 워크'는 무엇일까요? 간단히 설명하자면 일을 제대로 잘하기 위해 생산성을 높이는 기술을 말합니다.

톰 소여의 모험으로 잘 알려진 마크 트웨인, 영화감독 우디 앨런, 심리학자 칼 융 등 위대한 업적을 남긴 사람들은 딥 워크를 통해 길이 남을 작품을 생산했습니다. 이에 반해 2012년 맥킨지 연구에 따르면 지식산업에 종사하는 사람들은 업무 시간의 60%를 이메일, 카톡 등의 인스턴트 메시지와 인터넷 서핑을 하는 데 사용한다고 합니다. 저자에 따르면 이것들은 진짜 집중해서 일을 하는 데 방해 요소가 되고, 집중력 저하의 원인이 됩니다.

'아니, 나는 그런 위대한 인물들처럼 대단한 업적을 세우는 게 목표가 아니야!' 이렇게 생각하는 분도 있을 겁니다. 저자는 한 경제학자의 말을 인용해 이야기합니다.

"미래에는 곧 기계들이 경제를 바꿔놓을 것이다. 앞으로 바뀔 새로운 경제에서 세 가지 종류의 사람이 아니라면 다 떨어져 나갈 것이다."

그 세 가지 종류 중 첫 번째는 고급 기술 노동자(Highly-skilled workers)입니다. 예를 들어 프로그래머나 데이터 분석가 같은 사람들이죠. 새로운 가치를 만들기 위해 기계들을 직접 설계하거나 프로그래밍할 수 있는 사람입니다.

두 번째는 각 분야에서 최고 재능을 가진 사람(Top Talents)입니다. 기술의 발전을 통해 전 세계적으로 능력 있는 사람들을 비대면으로 찾아 고용하는 게 가능해졌습니다. 평균 수준의 능력을 갖춘 사람을 정규직으로 고용하는 것보다 더 나은 옵션이 생긴 셈입니다.

마지막 종류는 미래의 경제에서 살아남는 새로운 기술에 투자할 수 있는 자본을 가진 오너(Owner)입니다.

저자가 이 이야기를 꺼낸 이유는 최소한 이 세 가지 중 하나의 유형인 사람이 되어야만 미래를 걱정하지 않고 기계에 대체되지 않을 수 있기 때문입니다.

저자는 책을 통해 두 가지 핵심 메시지를 전달합니다.

"집중해서 일하는 능력이 진짜 능력이다(Focus is new IQ). 이것저것 일을 많이 하는 것 같지만 실제로는 생산성이 없는 경우가 많다."

방금 말씀드린 세 가지 유형의 사람 중에서 고급 기술을 가지거나 최고 재능을 가진 사람이 되기 위해서는 최소한 두 가지 능력을 습득해야 합니다.

"습득하기 어려운 능력을 빨리 배우고 마스터해야 한다. 기계에 대체되지 않으려면 어려운 것을 반복적으로 빨리 배워야 한다."

저자는 어려운 것을 빨리 배우는 강도 높은 이 과정에 딥 워크가 꼭 필요하다고 강조합니다. 그런데 이게 신경과학적으로도 맞는 이야기입니다. 계속해서 어려운 것을 배우고 빠르게 소화하는 사람을 신경과학적으로 설명하면 다음과 같습니다.

> "한 기술에 강하게 몰입해서 집중하면 독립된 신경회로를 계속해서 자극하게 된다. 그 결과 마이엘린이 자극된 신경회로 주변에 분비된다. 이렇게 되면 자극된 신경회로가 다음에 더 빠르게 반응한다. 그래서 그것을 더 잘하게 된다."

두 번째 포인트는 슈퍼스타입니다. 저자가 말하는 슈퍼스타란 가치 있는 기술들을 마스터만 하는 데 그치지 않고, 그것들을 통해 뛰어난 결과를 가져오는 사람입니다. 예를 들어 사회문제를 컴퓨터 프로그램 개발을 통해 해결하는 것 같은 일이죠.

제이슨 밴이라는 사람은 경제학 대학원생이었는데, 6개월 후 전공 분야를 바꿨다고 합니다. 그리고 경제학과 대학원생으로 쌓은 지식을 6개월 만에 컴퓨터 프로그램으로 만들었습니다. 일단 그는 자기 자신을 두 달 동안 가둬놓고 강도 높은 프로그램 공부를 한 후, 코딩 부트캠프에 참여해 좋은 성적을 거뒀습니다. 그뿐만 아니라 그곳에서 새로운 직장을 얻었는데 전 직장 월급의 두 배를를 벌었다는군요.

그럼 저자가 설명하는 일에 집중하는 능력을 키워 제대로 된 일을 해내는 딥 워크에 대해서 더 자세히 알아보겠습니다.

첫 번째, 루틴을 정하라.

저자는 본인의 MIT 전공을 살려 딥 워크를 위한 네 가지 루틴 알고리즘을 디자인했습니다.

1. 수도승식(Monastic) 접근법입니다.

내가 집중해야 하는 한 가지 큰 프로젝트 외에 나머지 것들을 완벽하게 제거하거나 줄이는 방법입니다. 과학자 도널드는 자신의 이메일 계정을 지우고 우편함을 열었습니다. 그리고 도착한 우편물 중에서도 중요한 것만 비서를 통해 선별해서 확인했습니다. 이 방법은 조직에서 자신의 기여도가 확연히 큰 사람들에게 유용합니다.

2. 이중모드(Bimodal) 접근법입니다.

시간을 나눠서 딥 워크와 나머지 해야 할 것들을 구분하는 방법입니다. 저자는 일주일에 며칠은 딥워크를 위한 시간을 따로 확보하라고 말합니다. 예를 들어 심리학자 칼 융은 글을 쓰기 위해 취리히를 떠나 정기적으로 다른 도시에 갔다고 합니다. 이 접근법은 모든 종류의 일에 적용할 수 있습니다.

3. 리드미컬(Rhythmic) 접근법입니다.

딥 워크의 습관을 만들기 위해 매일 리듬을 만드는 방법입니다. 딥 워크를 할 때마다 달력에 크게 X 표시를 한다거나, 하루 중 특정 시간을 정해 딥 워크를 하는 것입니다. 하루를 온전히 딥워크에 쏠 수 없는 상황에서 유용합니다.

4. 저널리스트식(Journalistic) 접근법입니다.

시간이 되고 여건이 될 때마다 딥 워크를 하는 방법입니다. 다만 이 것은 고수가 할 수 있는 것이라는군요. 예를 들어 월터 아이작슨의 경우 여건이 될 때마다 글을 써서 책을 냈는데, 그렇게 할 수 있었던 이유는 수년간의 저널리즘 경험이 있었기 때문입니다.

두 번째, 마인드를 트레이닝하라.

몸은 일하거나 공부를 하는 장소에 있는데, 마음이 다른 곳에 가 있 어 방해될 때가 많습니다. 이런 방해 요소를 줄이기 위해 저자는 방해받 을 것까지 계산해서 스케줄에 넣을 것을 주문합니다.

예를 들어 딥 워크를 위해 인터넷 사용을 하루 1시간으로 제한했는 데, 업무상 인터넷을 반드시 사용해야 한다면, 하루 사용을 2시간으로 늘려 미리 계산하는 것입니다. 그리고 날을 정해 인터넷 프리 데이를 만 들어서 온종일 딥 워크를 할 수 있는 환경을 조성하라고 조언합니다.

또한 반대로 걷거나 샤워를 할 때처럼 몸은 무언가를 하고 있는데 정신은 사용 가능할 때가 있습니다. 저자는 이 시간을 활용해 전문적이 고 직업적인 문제들에 대해 깊이 생각하라고 말합니다.

세 번째, 디지털 미디어를 선택적으로 사용하라.

책에서 저자가 말하는 포인트 중 우리 모두에게 해당할 만한 내용이 있습니다. 바로 소셜미디어 중독입니다. 저자는 소셜미디어를 끊을 각오를 하고 30일 동안 사용하지 말 것을 주문합니다. 그리고 해당 소셜미디어 서비스가 없는 삶에 어려움이 있었는지, 소셜미디어에서 내가 보이지 않았다고 해서 사람들이 걱정했는지를 자문해보고 '그렇다'라는 대답이 안 나왔다면 그만 사용해도 된다고 말합니다.

이 외에 쉬는 시간에도 아무 생각 없이 인터넷 서핑을 하는 것보다 다음날과 남은 인생의 과업을 위해 충전하는 시간을 가지고, 정신을 풍성하게 해주는 활동들을 통해 확실히 쉬라고 조언합니다.

네 번째, 딥 워크를 위해 피상적 업무를 간소화하라.

저자가 소개한 딥 워크의 반대 개념이 피상적 업무(Shallow Work)입니다. 피상적인 업무와 딥 워크를 구분할 때 잘못하면 중요도가 높은 일과 그렇지 않은 나머지 일로 나눠서, 자칫 어렵고 중요한 일이 아니면 하찮은 것처럼 여길 수도 있습니다. 일에 귀천이 있는 것이 아니라 말그대로 일의 난이도와 경중을 가리라는 의미입니다.

사람들은 본능적으로 지금 할 수 있는 쉬운 일을 찾아서 하는데, 그렇게 하다 보면 에너지와 집중력을 써야 할 때 못 쓰는 경우가 생깁니다. 저자는 크고 난이도가 있는 일, 결과를 크게 낼 수 있는 일에 집중할 에너지와 시간을 주지 않고 자꾸 덜 중요한 일만 하는 직장 환경이라면 피상적 업무의 한계선을 정하라고 합니다. 그게 안 되는 곳이라면 장기적으로 결과를 내고 성장할 수 있는 직장을 찾아 떠날 것을 조언합니다.

일을 하다 보면 일이 잘 안 될 때도 있습니다. 아무래도 사람이기 때문에 분명히 딥 워크를 포함한 모든 종류의 일이 잘 안 될 수가 있습니다. 저자는 일을 종료할 때 잘 종료해야 한다고 말합니다. 특히 일을 마무리할 때 자신만의 일을 마무리하는 의식에 대해 설명합니다. 이메일과 스케줄을 확인하고 다음에 있을 중요한 스케줄을 다시 한 번 체크한 다음, 내일 시작하는 일에 대해 러프하게 스케치를 하고 이렇게 말하라고 합니다. 셧다운 완료(Shutdown Complete)!

『딥 워크』는 모두가 읽고 적용할 수 있는 자기계발서입니다. MIT에서 컴퓨터 공학을 전공한 학자가 이렇게 계측 가능(Measurable)하고 누구나 이해하기 쉽도록 이야기를 하는 것은 큰 장점입니다. 그런 점에서 저자야말로 자신의 분야를 뛰어넘어 무엇이든 배우고 마스터할 수 있는 딥 워크를 실천하고 있는 것 같습니다.

그뿐만 아니라 책에는 심리학, 신경학, 철학적 측면이 골고루 담겨 저자의 노력을 충분히 느낄 수 있습니다.

심리학적인 측면입니다.

딥 워크와 같이 한계에 부딪히며 도전적인 일에 깊이 집중하는 것은 성취감을 매우 높이는 일입니다. 심리학자 칙센트미하이는 사람들이 가치 있으면서 어려운 일을 성취하기 위해 몸과 마음이 한계에 부딪혔을 때 최고의 기분을 느끼는 것을 발견했습니다. 연구 결과에 따르면 사람들은 자유시간보다 의미 있는 목표, 피드백, 도전이 있는 일을 하는 것을 더 즐긴다고 합니다.

신경학적 측면입니다.

딥 워크의 신경학적 장점은 어떤 대상에 정기적으로 집중하면 그 업무와 관련된 뇌 속의 신경 통로가 강화된다는 사실입니다. 근육을 단련하는 것과 비슷하죠. 반복해서 집중하는 패턴이 쌓이면 부정적인 것들을 무시하고 긍정적인 면을 볼 수 있게 되고, 결과적으로 더 행복해진다고 합니다.

중요한 건 집중력을 쏟을 만한 크고 중요한 일 한 가지를 정하는 것입니다. 인생의 이모작을 위해 새로운 것을 배우거나, 전공과 관련 없는 분야를 섭렵하는 등의 일입니다. 이렇게 딥 워크를 하다 보면 중요한 것에 집중하기 때문에 사소한 일들에 신경을 끌 수 있게 됩니다.

철학적인 측면입니다.

의미 있는 일을 위해 누구나 박사 학위를 따거나 지식수준이 높은 일을 할 필요는 없습니다. 철학적으로 말해 어떤 종류의 일을 하더라도 의미를 찾을 수 있기 때문입니다. 저자가 말하는 중요한 포인트는 맡은 일을 그야말로 장인 정신으로 임해서 마스터하는 것입니다. 예를 들어 소설가들은 플롯 포인트를 점검하고, 음악가들은 악기 연주 시 손가락의 움직임을 더 연습하고, 교사들은 수업 계획을 업데이트하는 것에 딥 워크를 활용하면 됩니다.

저자는 타임 블로킹(time blocking)이라는 기술을 이용해서 시간을 블록으로 쪼개어 관리한다고 합니다. 유한한 인생에서 가진 능력이 무엇이든 그것을 가지고 열매를 맺어야 한다는 생각 때문이라는군요. 저자를 불편하게 만드는 것은 컨트롤할 수 없이 흘러가는 시간이라고 합니다. 최고의 지식을 가지고 성공하는 사람들은 자신의 재능, 환경, 물질이 아니라, 시간을 최대한의 결과를 얻기 위한 투자 자본으로 바라봅니다.

세상은 바뀝니다. 그리고 중요하다고 여겨지는 가치도 바뀝니다. 그래도 바뀌지 않는 게 있다면, 우리는 모두 시간이라는 최고의 투자 자본을 가지고 있다는 사실입니다.

TIP+KEY

1. 딥 워크는 일을 제대로 잘하기 위해 생산성을 높이는 기술을 말한다.

2. 어려운 것을 소화하는 강도 높은 과정에 딥 워크가 필요하다.

3. 제대로 된 일을 해내는 딥 워크.

   첫 번째, 루틴을 정하라.

   두 번째, 마인드를 트레이닝하라.

   세 번째, 디지털 미디어를 선택적으로 사용하라.

   네 번째, 딥 워크를 위해 피상적 업무를 간소화하라.

4. 세상은 바뀐다. 그리고 중요하다고 여겨지는 가치도 바뀐다. 그래도 바뀌지 않는
   게 있다면, 우리는 모두 시간이라는 최고의 투자 자본을 가지고 있다는 사실이다.

참고 문헌

프롤로그

Joshua Greene, Moral Tribes: Emotion, Reason, and the Gap Between Us- and Them, Penguin Press(October 31, 2013).

Chapter 1
지금 어떤 상황인가?
성공을 이끄는 선택은 스스로 하는 것이다

1. 급하지만 중요한 일을 해야 인생이 바뀐다

2. 미루는 습관을 없애면 하고 싶었던 일을 할 수 있다

3. 생각이 팩트와 멀어지면 잘못된 선택을 한다
Hans Rosling, Factfulness: Ten Reasons We're Wrong About The World- And Why Things Are Better Than You Think, Sceptre(April 3, 2018).

4. 자신감 넘쳤기 때문에 실패했다
Christopher Chabris and Daniel Simons, The Invisible Gorilla: And Other Ways Our Intuition Deceives Us, Harper Collins(June 4, 2010).

5. 멘토는 내 안에 있다
Tony Robbins, Unshakeable: Your Guide to Financial Freedom, Simon&- Schuster UK(February 28, 2017).

6. 인간이 결정하는 한 해답은 있다
Dan Ariely, Predictably Irrational, Revised and Expanded Edition: The Hid- den Forces That Shape Our Decisions, Harper Collins(June 6, 2009).

7. 화려한 삶이 최고가 아니다. 자신의 시간을 살아라
Mark Manson, The Subtle Art of Not Giving a Fuck: A Counterintuitive Approach to Living a Good Life, Harper(September 13, 2016).

8. 모두가 거짓말을 하지만 누구도 극단적인 거짓을 선택하지는 않는다
Dan Ariely, The Honest Truth About Dishonesty: How We Lie to Everyone-Especially Ourselves, Harper(June 18, 2013).

Chapter 2
성공한 사람들에게 배워라
자신의 방식으로 전환하라

9. 미디어에 사람들의 사고가 잠식될 참담한 미래를 경고한 데이비드 포스터 월리스
David Foster Wallace, A Supposedly Fun Thing I'll Never Do Again: Essays and Arguments, Back Bay Books(October 31, 2009).

10. 무일푼으로 자수성가하는 가장 현실적인 방법
Gary Vaynerchuk, Jab, Jab, Jab, Right Hook: How to Tell Your Story in a Noisy Social World, HarperBusiness(November 26, 2013).

11. 동기부여의 정의를 새로 쓴 최고의 자기계발서 『나를 다치게 할 수 없어』
David Goggins, Can't Hurt Me: Master Your Mind and Defy the Odds, Lioncrest Publishing(December 4, 2018).

12. 40일 도파민 금식으로 새로운 영감을 얻는 법
Greg Kamphuis, A 40 Day Dopamine Fast, Kindle Edition(February 12, 2017).

13. 자수성가의 대명사 20조 자산가 레이 달리오

Ray Dalio, Principles: Life and Work, Simon&Schuster(September 19, 2017).

14. 부자들의 필독서, 『부의 추월차선』의 엠제이 드마코

MJ De Marco, The Millionaire Fastlane: Crack the Code to Wealth and Live Rich for a Lifetime!, Viperion Publishing Corp(January 4, 2011).

15. 대니얼 레비틴이 말하는 생각과 인생을 정리하는 법

Daniel J. Levitin, The Organized Mind: Thinking Straight in the Age of Information Overload, Dutton(August 19, 2014).

16. 행복팔이 마케팅에 속아 넘어가지 않는 법

https://www.edx.org/professional-certificate/berkeleyx-science-of-happiness-at-work

https://ggsc.berkeley.edu/what_we_do/event/the_science_of_happiness

17. 신경쇠약으로 세계 최고의 회사를 만든 리드 헤이스팅스

Reed Hastings, No Rules Rules: Netflix and the Culture of Reinvention, Penguin Press(September 8, 2020).

18. 스티브 잡스, 팀 쿡, 에릭 슈미트를 수천 조 벌게 해준 코치 빌 캠벨

Eric Schmidt, Trillion Dollar Coach: The Leadership Playbook of SiliconValley's Bill Campbell, Harper Business(April 16, 2019).

Adam M. Grant Ph. D., Give and Take: Why Helping Others Drives Our Success, Penguin Books(Apri l9, 2013).

Chapter 3
평범하고 기본적인 것들의 위대함
삶과 사업을 두 배 성공시키는 스킬

19. 아픔을 탁월함으로 레버리지하라
Meg Jay, Supernormal: The Untold Story of Adversity and Resilience, Twelve(November 14, 2017).

20. 멀리 내다보는 안목을 갖는 방법
이즈미 마사토, 『부자의 그릇』, 다산3.0(2015. 3. 2).

21. 보이지 않는 벽을 허물어야 원하는 것을 얻을 수 있다
Mark Joyner, Simpleology: The Simple Science of Getting What You Want, Wiley(August 18, 2009).

22. 뇌를 알아야 왜 그런 선택을 하는지 알 수 있다
John Medina, Brain Rules(Updated and Expanded): 12 Principles for Surviving and Thriving at Work, Home, and School, Pear Press(April 22, 2014).

23. 삶을 끌어내리는 사람들을 멀리하라
Lauren Kozlowski, Narcissistic Ex: How to Get Over a Toxic Relationship, Deal With an Abusive Exand Become Free of the Controlling Sociopath, Escape the Narcissist(June 21, 2019).

24. 목표를 쪼개어 꿈을 이루는 자가 미래 설계법
https://www.selfauthoring.com/

25. 방해받지 않고 일에 푹 빠져 몰입하게 만드는 집중력
Chris Bailey, Hyper focus: How to Manage Your Attention in a World of Distraction, Penguin Books(August 28, 2018).

26. 상대와의 대화에서 통제권을 되찾는 방법

Christopher Voss and Tahl Raz, Never Split the Difference: Negotiating As If Your Life Depended On It, Harper Business(May 17, 2016).

27. 글쓰기는 인간의 기본 욕구다

https://www.thelifestyle-files.com/case-slow-blogging/

28. 책상 앞에서는 글을 쓰거나 아무것도 안 하거나 둘 중 하나만 해라

https://www.youtube.com/watch?v=3gGocFUOYqs&t=5s

Dan Ariely, Predictably Irrational, Revised and Expanded Edition: The Hidden Forces That Shape Our Decisions, Harper Collins(June 6, 2009).

29. 작은 행동, 루틴이 모여 성공을 부른다

James Clear, Atomic Habits: An Easy & Proven Way to Build Good Habits & Break Bad Ones, Avery(October 16, 2018).

30. 어려운 것을 빠르게 배워야 기계에 대체되지 않는다

Cal Newport, Deep Work: Rules for Focused Success in a Distracted World, Grand Central Publishing(January 5, 2016).

Erik Brynjolfsson, Race Against The Machine: How the Digital Revolution is Accelerating Innovation, Driving Productivity, and Irreversibly Transforming Employment and the Economy, Digital Frontier Press(October 17, 2011).

그들은 알지만 당신은 모르는 30가지

초판 1쇄 발행 2021년 5월 27일
초판 5쇄 발행 2022년 11월 21일

지은이 이리앨
펴낸이 최지연
기획 김선민
마케팅 이유리, 김현지, 안이슬
디자인 urbook

펴낸곳 스토어하우스
출판신고 2019년 12월 30일 제 307-2019-89호
주소 서울시 마포구 큰우물로 75 성지빌딩 1406호
전화 02-6949-6014 **팩스** 02-6919-9058
이메일 book@tain.co.kr

ⓒ 이리앨, 2021

ISBN 979-11-90912-19-8 03800